VERBONDEN

DE VERWRONGEN-TRILOGIE, BOEK 3

ANNA ZAIRES

♠ MOZAIKA PUBLICATIONS ♠

Uitgegeven door Mozaika Publications, onderdeel van Mozaika LLC.
www.mozaikallc.com

Ontwerp cover: Najla Qamber Designs
www.najlaqamberdesigns.com

Vertaling: TextStress

e-ISBN: 978-1-63142-384-0
ISBN: 978-1-63142-385-7

I

DE TERUGKEER

1

Julian

EEN ADEMLOZE SCHREEUW HAALT ME UIT EEN RUSTELOZE SLAAP. Mijn onbeschadigde oog vliegt open en in een vlaag van adrenaline schiet ik overeind. Die plotse beweging stuurt een sterke pijnscheut door mijn gebroken ribben. Het gips om mijn linkerarm slaat tegen de hartmonitor naast het bed en de pijn is zo hevig dat de kamer even misselijkmakend snel om me heen draait. Mijn hart bonst en het duurt even voor ik besef wat me gewekt heeft.

Nora.

Ze moet weer een nachtmerrie hebben.

Mijn lichaam maakte zich al op voor de strijd, maar

nu kan het weer ontspannen. Er is geen gevaar. Niemand zit momenteel achter ons aan. Ik lig naast Nora in mijn luxe ziekenhuisbed en we zijn allebei veilig. Deze privékliniek in Zwitserland is zo goed beveiligd als Lucas kon bewerkstelligen.

De pijn in mijn ribben en arm neemt af tot een draaglijk niveau. Voorzichtig leg ik een hand op Nora's schouder om haar wakker te schudden. Ze ligt met haar rug naar me toe, dus ik kan niet zien of ze huilt, maar haar huid voelt koud en klam aan. Ze moet al een tijdje zo liggen dromen, want ze rilt ook.

'Wakker worden, schatje,' prevel ik terwijl ik over haar slanke arm strijk. Er komt licht door de lamellen voor het raam en ik weet dus dat het al ochtend moet zijn. 'Het is maar een droom. Wakker worden, poesje van me...'

Ze verstijft onder mijn aanraking en ik besef dat ze nog niet helemaal wakker is, dat ze nog gevangen zit in die nachtmerrie. Haar ademhaling is stotend en ik voel haar beven. Haar ellende knaagt aan me, doet me meer pijn dan welke verwonding ook. De wetenschap dat ik verantwoordelijk ben hiervoor - dat ik haar niet heb kunnen beschermen - brandt als zuur in mijn binnenste.

Die woede is zowel gericht tegen mezelf als tegen Peter Sokolov, de man die Nora haar leven liet wagen om mij te redden.

Voor mijn vervloekte reis naar Tadzjikistan was ze langzaam over Beths dood heen aan het komen. Haar nachtmerries kwamen steeds minder vaak voor. Maar nu zijn haar nare dromen terug en Nora is er slechter aan toe dan eerst, te oordelen aan de paniekaanval die ze gisteren tijdens de seks had.

Daar wil ik Peter de nek voor omdraaien. En als ik hem ooit nog zie, doe ik dat misschien ook. De Rus leeft mijn leven gered, maar daarbij heeft hij Nora's leven in gevaar gebracht en dat zal ik hem nooit vergeven. En zijn verdomde namenlijst? Vergeet het maar. Ik ga hem mooi niet belonen voor dit verraad, wat Nora hem ook beloofd mag hebben.

'Kom op, schatje, wakker worden,' dring ik weer aan, terwijl ik mezelf met mijn rechterarm weer in een liggende positie manoeuvreer. Ook daarbij doen mijn ribben pijn, maar minder hevig. Ik schuif voorzichtig naar Nora toe en nestel me tegen haar aan. 'Alles is goed. Het is voorbij, dat beloof ik je.'

Ze haalt diep en snikkend adem en ik voel de spanning uit haar sijpelen als ze zich realiseert waar ze is. 'Julian?' fluistert ze, en ze draait zich om. Ik zie dat ze gehuild heeft; haar wangen zijn nat van de tranen.

'Ja. Je bent veilig. Alles is goed.' Ik laat de vinger van mijn rechterhand over haar kaak glijden, genietend van de fragiele schoonheid van haar gezichtsbouw. Mijn hand lijkt groot en ruw naast haar delicate trekken. Door de naalden die Majid op me gebruikt heeft, zijn mijn nagels kapot en blauw. Het contrast tussen ons is meer dan duidelijk, hoewel Nora niet geheel ongeschonden uit de strijd is gekomen. De puurheid van haar gouden huid wordt ontsierd door een fikse blauwe plek aan de linkerkant van haar gezicht, waar die klootzakken van Al-Quadar haar buiten westen hebben geslagen.

Als ze niet al dood waren, had ik ze met bloten handen uiteengescheurd omdat ze het waagden haar pijn te doen.

'Wat droomde je?' vraag ik zacht. 'Ging het over Beth?'

'Nee.' Ze schudt haar hoofd. Haar ademhaling begint rustiger te worden, maar in haar stem zijn nog sporen van de horror te horen als ze hees zegt: 'Dit keer ging het over jou. Majid sneed je ogen eruit en ik kon hem niet tegenhouden.'

Ik probeer niets te laten blijken, maar dat lukt niet. Haar woorden sturen me terug naar die koude, raamloze ruimte en de misselijkmakende ervaringen die ik de afgelopen dagen heb geprobeerd te vergeten. Mijn hoofd bonst als ik me de pijn herinner en mijn half geheelde oogkas voelt opnieuw brandend leeg aan. Opnieuw voel ik bloed en ander vocht over mijn gezicht druipen. De herinnering maakt me kotsmisselijk. Ik ben gewend aan pijn en heb ervaring met gemarteld worden - mijn vader vond dat zijn zoon alles moest kunnen weerstaan - maar mijn oog verliezen is met stip de afschuwelijkste ervaring van mijn hele leven.

Fysiek in elk geval.

Emotioneel gezien is het waarschijnlijk Nora's verschijning in diezelfde ruimte.

Het kost me al mijn wilskracht mijn gedachten terug te halen naar het heden, weg van de verdovende angst die in me opkwam toen ze door Majids mannen naar binnen werd gesleept.

'Maar je hebt hem tegengehouden, Nora.' Ik vind het vreselijk om toe te geven, maar zonder haar moed zou ik nu ergens in een vuilbak in Tadzjikistan liggen rotten. 'Je kwam me halen en je hebt me gered.'

Ik kan nog steeds nauwelijks geloven dat ze dat heeft gedaan - dat ze zichzelf vrijwillig in handen heeft laten vallen van gestoorde terroristen om mij te redden. Ze deed het niet uit een naïeve overtuiging dat ze haar niets aan zouden doen. Nee, mijn poesje wist precies waar ze toe in staat waren en toch had ze de moed het te doen.

Ik ben het meisje dat ik ontvoerde mijn leven schuldig en ik weet niet precies hoe ik daarmee om moet gaan.

'Waarom heb je het gedaan?' Ik laat mijn duim over haar onderlip glijden. Diep vanbinnen weet ik het wel, maar ik wil het haar horen zeggen.

Ze kijkt me aan. Haar ogen staan somber door haar droom. 'Omdat ik zonder jou niet kan leven,' zegt ze zacht. 'Dat weet je, Julian. Je wilde dat ik van je zou houden en ik houd van je. Ik houd zoveel van je dat ik voor jou door de hel zou lopen.'

Ik absorbeer haar woorden met een gretig, schaamteloos genoegen. Ik kan geen genoeg krijgen van haar liefde - ik kan geen genoeg krijgen van haar. Oorspronkelijk wilde ik haar omdat ze zo op Maria leek, maar mijn jeugdvriendin heeft nooit zelfs maar een fractie van de emoties bij me opgeroepen die Nora in me oproept. Mijn genegenheid voor Maria was onschuldig en puur, net als zijzelf.

Mijn obsessie met Nora is het tegenovergestelde.

'Luister, poesje van me...' Ik laat mijn hand naar haar schouder glijden. 'Ik wil dat je me belooft dat je nooit meer zoiets doet. Ik ben uiteraard dolblij dat ik nog leef, maar ik was liever gestorven dan dat jij in zulk gevaar verkeert. Je mag nooit meer je leven voor me wagen. Begrepen?'

Ze schenkt me een kort, haast onmerkbaar knikje, en in haar ogen zie ik een opstandige blik. Ze wil me niet boos maken en dus gaat ze niet tegen me in, maar ik vermoed dat ze altijd zal doen wat ze denkt dat juist is, ongeacht wat ze nu zegt.

Uiteraard vraagt dit om een zwaardere aanpak.

'Goed,' zeg ik gladjes. 'Want de volgende keer - mocht er een volgende keer komen - vermoord ik iedereen die jou tegen mijn bevelen in helpt. En ik doe het echt, langzaam en pijnlijk. Begrijp je me, Nora? Als iemand maar een haar van je hoofd riskeert, of het nu is om mij te redden of vanwege iets anders, dan sterft die persoon een zeer onaangename dood. Ben ik volkomen duidelijk?'

'Ja.' Nu ziet ze bleek. Haar lippen zijn samengeperst alsof ze een protest wil tegenhouden. Ze is boos op me, maar ook bang. Niet vanwege haarzelf - die angst is ze nu wel kwijt - maar vanwege anderen. Mijn poesje weet dat ik mijn beloftes nakom.

Ze weet dat ik een gewetenloze moordenaar ben met slechts één zwakte: zij.

Met mijn hand stevig om haar schouder leun ik naar voren om haar een kus op haar mond te geven. Heel even houdt ze haar lippen opeengeperst, maar als ik een hand langs haar hals laat glijden, zucht ze diep en geeft me toegang tot haar mond. Meteen sta ik in vuur en vlam, mijn penis onbedwingbaar hard.

'Pardon, meneer Esguerra...' Het geluid van een vrouwenstem wordt vergezeld door een zacht klopje op de deur. Ik besef dat de ochtendzusters hun ronde doen.

Verdomme. Ik wil ze dolgraag negeren, maar vermoedelijk komen ze zo dan gewoon weer terug - mogelijk wanneer ik me tot aan mijn ballen in Nora's strakke kutje bevind.

Met tegenzin laat ik Nora los, die haastig uit bed schiet en een ochtendjas aantrekt. Ik laat me op mijn rug vallen, sissend van de pijn die door mijn ribben schiet.

'Zal ik de deur opendoen?' vraagt ze, en ik knik berustend. De zusters moeten mijn verwondingen beoordelen en het verband vervangen. Zij beslissen of ik mag reizen, dus ben ik vast van plan mee te werken.

Hoe eerder ze klaar zijn, hoe eerder ik uit dit verdomde ziekenhuis weg ben.

Zodra Nora de deur opendoet, stappen twee verpleegsters binnen. Ze worden vergezeld door David Goldberg, de korte, kalende man die op het landgoed mijn persoonlijke arts is. Hij is een uitstekende traumachirurg en ik heb hem laten komen om de reconstructie aan mijn gezicht te overzien. Hij moest ervoor zorgen dat de chirurgen in de kliniek het niet verziekten.

Als het even kan, wil ik Nora niet afstoten met mijn littekens.

'Het vliegtuig staat al klaar,' zegt Goldberg als de zusters het verband om mijn voorhoofd beginnen los te wikkelen. 'Als er geen tekenen van infectie zijn, kunnen we naar huis.'

'Uitstekend.' Ik blijf stil liggen en negeer de pijnlijke onderzoeken. Intussen pakt Nora wat kleding uit de kast en verdwijnt in de badkamer die aan onze kamer grenst. Als ik water hoor lopen, besef ik dat ze van deze tijd gebruik maakt om even te gaan douchen. Waarschijnlijk probeert ze me te ontlopen omdat ze ontdaan is over het dreigement dat ik uitte. Mijn poesje is gevoelig voor geweld tegen hen die zij als onschuldig beschouwt - zoals die stomme knul, Jake, die ze stond te zoenen op de avond dat ik haar ontvoerde.

Ik zou nog steeds graag zijn ingewanden eruit rukken omdat hij aan haar heeft gezeten... en misschien doe ik dat op een dag ook nog wel.

'Geen enkel teken van een infectie,' vertelt Goldberg me als de zusters klaar zijn met het verwijderen van het verband. 'Je geneest goed.'

'Mooi.' Ik haal langzaam en diep adem om de pijn te beheersen als de zusters de wonden schoonmaken en mijn ribben opnieuw verbinden. De laatste paar dagen heb ik de voorgeschreven dosis van mijn pijnstillers gehalveerd, en daar merk ik nu het effect van. Over een paar dagen stop ik waarschijnlijk helemaal, om een verslaving te voorkomen.

Eén verslaving is wel genoeg.

Als de zusters bijna klaar zijn, komt Nora de badkamer weer uit, net gedoucht en gehuld in een spijkerbroek en een bloesje met korte mouwen. 'Alles goed?' vraagt ze aan Goldberg.

'Hij is klaar om te gaan,' zegt hij met een warme glimlach. Volgens mij vindt hij haar aardig - en dat vind ik prima, aangezien hij homoseksueel is. 'Hoe voel je je?'

'Prima, bedankt.' Ze heft haar arm en laat een grote pleister zien die zich op de plek bevindt waar de terroristen haar anticonceptiestaafje eruit hebben gesneden, het per abuis aanziend voor een zender. 'Ik zal blij zijn als de hechtingen eruit zijn, maar ik heb er weinig last van.'

'Mooi, daar ben ik blij om.' Dan wendt Goldberg zich tot mij en vraagt: 'Wanneer wil je vertrekken?'

'Zorg dat Lucas de auto over twintig minuten laat voorrijden,' draag ik hem op. Als de zusters de kamer uitlopen, laat ik voorzichtig mijn benen uit bed zakken. 'Ik kleed me aan en dan kunnen we gaan.'

'Prima,' zegt Goldberg, en hij draait zich om.

'Ik loop wel even mee, dokter Goldberg,' zegt Nora snel. Iets in haar stem trekt mijn aandacht. 'Ik heb iets van beneden nodig,' legt ze uit.

Goldberg kijkt haar verrast aan. 'Prima.'

'Wat dan, poesje?' Ik ga staan en negeer mijn naaktheid. Goldberg wendt beleefd zijn blik af als ik Nora bij haar arm pak en voorkom dat ze wegloopt. 'Wat heb je nodig?'

Ze kijkt ongemakkelijk van me weg.

'Wat is er, Nora?' Mijn nieuwsgierigheid is nu echt geprikkeld. Ik verstevig mijn greep om haar dichter naar me toe te trekken.

Ze kijkt me aan. Er ligt een blos op haar wangen en haar kaak staat opstandig. 'Ik heb de morning-afterpil nodig, goed? Ik wil hem innemen voor we vertrekken.'

'O.' Heel even weet ik niet wat ik moet zeggen. Ik had er helemaal niet over nagedacht dat Nora zonder haar anticonceptiestaafje zwanger kon raken. Al twee jaar lang gaan we met elkaar naar bed en ze is al die tijd beschermd geweest door dat implantaat. Ik ben er zo aan gewend dat ik er helemaal niet aan had gedacht nu voorzorgsmaatregelen te moeten nemen.

Maar Nora blijkbaar wel.

'Je wilt de morning-afterpil?' herhaal ik langzaam, terwijl ik probeer te verwerken dat Nora - mijn Nora - zwanger zou kunnen zijn.

Zwanger van mijn kind.

Een kind dat ze duidelijk niet wil.

'Ja.' Haar donkere ogen lijken enorm als ze zo naar me staart. 'Het is heel onwaarschijnlijk van maar één keer, maar ik wil geen risico lopen.'

Ze wil geen risico lopen zwanger te raken van mijn kind. Ik krijg op de een of andere manier niet genoeg lucht als ik haar aankijk en de angst zie die ze zo hard probeert te verbergen. Ze maakt zich zorgen om mijn reactie, is bang dat ik haar zal verbieden die pil te nemen.

Bang dat ik haar een ongewenst kind zal opdringen.

'Ik wacht buiten,' zegt Goldberg. Blijkbaar voelt hij de toenemende spanning aan, want voor ik een woord kan zeggen, is hij de deur al uitgelopen, waardoor Nora en ik samen achterblijven.

Nora tilt haar kin op en kijkt me recht aan. De vastberadenheid straalt van haar gezicht als ze zegt: 'Julian, ik weet dit dat we dit nooit besproken hebben, maar...'

'Maar je bent daar niet klaar voor,' onderbreek ik haar. De band om mijn borst lijkt nog strakker te worden. 'Je wilt nu geen baby.'

Haar ogen worden groot en ze knikt. 'Dat klopt,' zegt ze behoedzaam. 'Ik ben nog niet eens afgestudeerd en jij bent gewond...'

'En je weet niet zeker of je een kind wilt met een man als ik.'

Ze slikt, maar kijkt niet weg en ontkent het ook niet. Haar stilte voelt als een oordeel. Ik had het gevoel dat iets zich om mijn borst spande, maar dat wordt nu vervangen door een vreemde, stekende pijn.

Ik laat haar arm los en stap achteruit. 'Zeg Goldberg maar dat hij je die pil geeft, evenals welke anticonceptie hij ook geschikt acht.' Mijn stem klinkt ongewoon kil en afstandelijk. 'Ik ga me even opfrissen en aankleden.'

Voor ze nog iets kan zeggen, stap ik de badkamer binnen en doe de deur achter me dicht.

Ik hoef de opluchting op haar gezicht niet te zien.

Ik wil niet denken aan hoe ik me daarbij zou voelen.

VERBLUFT KIJK IK JULIANS NAAKTE LICHAAM NA ALS HIJ DE BADKAMER IN VERDWIJNT. Zijn verwondingen hinderen hem, waardoor hij strammer beweegt dan normaal. Desondanks is zijn loop nog altijd gracieus. Zelfs na de hel die hij doorstaan heeft, is zijn lichaam nog gespierd en atletisch. Het witte verband rond zijn ribben benadrukt de breedte van zijn schouders en de gebronsde tint van zijn huid.

Hij heeft niet tegen de morning-afterpil geprotesteerd.

Als dat besef doordringt, worden mijn knieën slap van opluchting. De adrenaline, hoog gehouden door de spanning, raast uit me weg. Ik was er vrijwel zeker van dat hij me die pil zou ontzeggen. Zijn uitdrukking was gesloten, onleesbaar... en daardoor gevaarlijk. Hij doorzag mijn slappe excuses over school en zijn verwondingen meteen. Het kille licht in zijn ene oog maakte me misselijk van angst.

Maar hij heeft me die pil niet ontzegd. In plaats daarvan stelde hij juist voor dat ik nieuwe anticonceptie ga halen bij dokter Goldberg.

Het gelukzalige gevoel dat door me heen stroomt, maakt me duizelig. Zijn toestemming houdt vast in dat ook Julian geen kinderen wil, ondanks zijn vreemde gedrag zojuist.

Niet van plan mijn geluk in gevaar te brengen, snel ik de kamer uit, dokter Goldberg achterna. Ik wil het geregeld hebben voor we vertrekken.

In de jungle is het een stuk lastiger om aan anticonceptie te komen.

'IK HEB DIE MORNING-AFTERPIL INGENOMEN,' ZEG IK tegen Julian als we ons geïnstalleerd hebben in zijn privévliegtuig - hetzelfde dat ons in december van Chicago naar Colombia vervoerde toen Julian me kwam halen. 'En ik heb dit.' Ik laat hem de pleister op mijn arm zien, die het wondje van het nieuwe anticonceptiestaafje bedekt. Mijn arm klopt met een doffe pijn, maar ik ben er zo blij mee dat het me niet stoort.

Julian kijkt op vanaf zijn laptop. Zijn uitdrukking is nog steeds gesloten. 'Mooi,' zegt hij kortaf. Daarna gaat hij weer verder met de e-mail naar een van zijn ingenieurs. Hij is bezig met het opstellen van de specificaties voor een nieuwe drone. Dat weet ik omdat ik het zojuist vroeg en hij het me uitlegde. De laatste maanden is hij veel opener geweest over zijn leven - maar dat maakt het juist vreemd dat hij het niet over anticonceptie wil hebben.

Ik vraag me of dat komt doordat dokter Goldberg erbij is. De kleine man zit voorin het vliegtuig, een heel stuk verderop, maar echte privacy hebben we niet. Wat het ook moge zijn, ik laat het nu maar. Ik bespreek het wel met hem op een beter moment.

Het vliegtuig stijgt op en ik kijk naar de Zwitserse Alpen tot we boven de wolken uitkomen. Daarna wacht ik tot de mooie stewardess, Isabella, ons het ontbijt komt brengen. We zijn vanochtend zo snel vertrokken dat ik alleen tijd had voor een kop koffie.

Een paar minuten later komt Isabella aanlopen, gehuld in een strakke rode jurk die als gegoten om haar beeldschone lichaam zit. In haar handen heeft ze een dienblad met koffie en gebak. Het lijkt erop dat Goldberg in slaap gevallen is en ze loopt naar ons toe, een verleidelijke glimlach om haar lippen.

Ik ontmoette haar voor het eerst toen Julian me in december kwam halen en ik was ontzettend jaloers. Maar sindsdien ben ik te weten gekomen dat Isabella nooit een affaire heeft gehad met Julian. Ze is getrouwd met een van de bewakers op het landgoed. Nu ik dat weet, bezie ik haar in een veel vriendelijker licht. De afgelopen maanden heb ik haar zo'n twee keer gezien; in tegenstelling tot de meeste van Julians medewerkers is ze het merendeel van de tijd weg van het landgoed. Ze werkt als zijn informant bij meerdere bedrijven die privéjets leveren aan de wereldtop.

'Het zou je verbazen hoe loslippig mensen worden na een paar drankjes op tien kilometer hoogte,' legde Julian me een keer uit. 'Directeuren, politici, kartelleiders... Ze hebben Isabella graag in hun buurt en letten dan niet altijd op hun woorden. Dankzij haar ben ik veel te weten gekomen, van tips over aandelenhandel met voorkennis tot informatie over drugshandel in een bepaald gebied.'

Ik ben dus niet langer jaloers op Isabella - maar ik vind nog steeds dat ze iets te flirterig doet tegen Julian. Ze is getrouwd, nota bene. Maar goed, ik ben waarschijnlijk ook geen expert in hoe je je als getrouwde vrouw gedraagt. Als ik langer dan één seconde naar een andere man staar, teken ik daarmee zijn doodvonnis.

Julian geeft een nieuwe betekenis aan het woord bezitterigheid.

'Wil je koffie?' Isabella is naast Julians stoel blijven staan. Ze staart niet zo openlijk naar hem, maar toch moet ik de neiging bedwingen haar in haar knappe gezicht te slaan vanwege de lonkende blik die ze mijn echtgenoot toewerpt.

Blijkbaar is Julian niet de enige die problemen heeft met bezitterigheid. Hoe gestoord het ook is: ik voel me bezitterig ten opzichte van de man die me ontvoerd heeft. Het slaat nergens op, maar ik ben al lang geleden gestopt mijn bizarre relatie met Julian te definiëren.

Het is makkelijker om het gewoon te accepteren.

Julian kijkt op van zijn laptop als hij Isabella's vraag hoort. 'Zeker,' zegt hij. Daarna werpt hij een blik in mijn richting. 'Nora?'

'Ja, graag,' zeg ik beleefd. 'En een paar croissants.'

Isabella schenkt voor ons allebei een kop koffie in, zet de croissants naast me en loopt dan heupwiegend terug naar de voorzijde van het vliegtuig. Weer steekt jaloezie de kop op - tot ik mezelf eraan herinner dat Julian míj wil.

Hij wil me te graag, eigenlijk, maar dat is weer een ander probleem.

In het half uur dat volgt, lees ik rustig verder terwijl ik mijn croissants opeet en van mijn koffie drink. Julian lijkt nog steeds druk bezig met zijn e-mail, dus ik val hem niet lastig; ik probeer me te concentreren op de sciencefictionthriller die ik in de winkel van de kliniek heb gekocht. Maar mijn aandacht dwaalt steeds af.

Het is gek om hier zo te zitten lezen. Onwerkelijk, bijna. Het is net of er niets gebeurd is. Alsof we niet zojuist terreur en marteling hebben overleefd.

Alsof ik niet in koelen bloede iemand een kogel door het hoofd heb gejaagd.

Alsof ik niet Julian weer bijna ben verloren.

Mijn hart begint te bonzen en de beelden van mijn laatste nachtmerrie doemen voor mijn ogen op. Bloed... Julians lichaam, verminkt en opengereten... Zijn beeldschone gezicht met lege oogkassen... Het boek glijdt uit mijn handen als ik probeer te blijven ademen door een keel die ineens veel te dicht lijkt te zitten.

'Nora?' Sterke, warme vingers sluiten zich om mijn pols. Door de waas van paniek die me omringt, zie ik Julians verbonden gezicht. Zijn laptop staat vergeten op de tafel naast hem; al zijn aandacht is op mij gericht. 'Nora, hoor je me?'

Ik knik en probeer met mijn tong mijn lippen te bevochtigen. Maar mijn mond is gortdroog van angst en het koude zweet laat mijn bloes aan mijn rug plakken. Mijn handen klemmen zich om de stoel; mijn nagels boren zich in het zachte leer. Een deel van mij is zich ervan bewust dat mijn geest spelletjes met me speelt - dat mijn enorme angst onredelijk is - maar mijn lichaam gedraagt zich alsof er een daadwerkelijke dreiging in de buurt is.

Het voelt of we terug zijn op die bouwplaats in Tadzjikistan, overgeleverd aan Majid en de andere terroristen.

'Blijf ademen, schatje.' Julians stem klinkt troostend als hij zacht een hand om mijn kaak legt. 'Langzaam en diep ademhalen... Braaf meisje.'

Ik doe wat hij zegt en houd mijn blik op hem gericht terwijl ik diep probeer in te ademen om mijn paniek te temmen. Na een minuut of wat komt mijn hartslag tot bedaren en kan ik mijn vingers ontspannen. Ik zit nog steeds te trillen, maar die verstikkende angst is verdwenen.

Beschaamd leg ik mijn vingers om Julians hand en

duw hem weg. 'Het gaat prima,' zeg ik zonder mijn stem al te erg te laten trillen. 'Het spijt me. Ik weet niet wat me overkwam.'

Zijn oog glinstert in een combinatie van woede en frustratie. Zijn vingers houden de mijne stevig vast, alsof ze me niet willen loslaten. 'Het gaat niet prima, Nora,' zegt hij. 'Het gaat helemaal niet prima met je.'

Hij heeft gelijk. Ik wil het niet toegeven, maar hij heeft wel gelijk. Al sinds Julian het landgoed verliet om de terroristen te grijpen, gaat het niet goed met me. Ik ben een wrak sinds zijn vertrek - en nu hij terug is, lijkt het alleen maar erger te worden.

'Het gaat prima,' herhaal ik. Ik wil niet dat hij denkt dat ik zwak ben. Julian is gemarteld en lijkt daar goed mee om te gaan, maar ik stort zonder enige goede reden in.

'Prima?' Hij fronst. 'Je hebt in de afgelopen vierentwintig uur twee paniekaanvallen en een nachtmerrie gehad. Dat is niet prima, Nora.'

Ik slik en kijk naar beneden, naar zijn hand, die de mijne in een stevige, bezitterige greep houdt. Ik vind het vreselijk dat ik dit niet gewoon een plekje kan geven, net zoals Julian lijkt te doen. Hij heeft nog steeds nachtmerries over Maria, dat weet ik wel, maar wat hij met de terroristen doorstaan heeft, lijkt hem nauwelijks iets te doen. Hij heeft het recht om paniekaanvallen te krijgen, ik niet. Ze hebben mij nauwelijks aangeraakt. Hem hebben ze dagenlang gemarteld.

Ik ben zwak en dat haat ik.

'Nora, schatje, luister eens naar me.'

Ik kijk op omdat Julians stem ongebruikelijk teder klinkt. Zijn blik houdt de mijne vast.

'Het is jouw schuld niet,' zegt hij zacht. 'Niets hieraan. Je hebt veel meegemaakt en je bent getraumatiseerd. Bij mij hoef je dat niet te verbergen. Als je paniek voelt opkomen, zeg het dan, dan help ik je erdoorheen. Begrepen?'

'Ja,' fluister ik. Vreemd genoeg voel ik me opgelucht door zijn woorden. Het lijkt heel ironisch dat de man die de duisternis in mijn leven bracht, me helpt ermee om te gaan, maar zo is het altijd al geweest.

Ik heb altijd troost gevonden in de armen van mijn ontvoerder.

'Mooi. Onthoud dat.' Hij leunt naar me toe om me te kussen en ik kom hem tegemoet, voorzichtig vanwege zijn gewonde ribben. Zijn lippen raken de mijne met een ongewone tederheid. Ik sluit mijn ogen. Het laatste restje paniek vervaagt als een warme opwinding zich door me heen verspreidt. Ik leg mijn handen in de zijne en als zijn tong mijn mond binnendringt, kreun ik zacht bij het proeven van zijn bekende en verleidelijke smaak.

Als ik mijn tong rond de zijne laat glijden, kreunt hij ook. Hij slaat zijn rechterarm om me heen om me dichter tegen hem aan te drukken en ik voel de spanning in zijn sterke lichaam toenemen. Zijn ademhaling versnelt en zijn kus wordt harder, intenser, waardoor ook mijn lichaam begint te bonzen van verlangen.

'Slaapkamer. Nu.' Het klinkt meer als een grom dan als een zin. Intussen staat hij op en trekt me uit mijn stoel. Voor ik iets kan zeggen, heeft hij zijn vingers om mijn pols gewikkeld en sleurt hij me richting de staart van het vliegtuig. Goddank is dokter Goldberg in slaap gevallen en bevindt Isabella zich in de cockpit; er is niemand die ziet hoe Julian me als een holbewoner naar zijn bed sleept.

Eenmaal in de kleine kamer schopt hij de deur dicht en trekt me naar het bed. Zelfs nu hij gewond is, is hij nog ongelofelijk sterk. Zijn kracht intimideert me, maar windt me tegelijkertijd op. Ik ben niet zozeer bang dat hij me pijn gaat doen - dat weet ik namelijk, net zo goed als ik weet dat ik daarvan zal genieten - maar ik weet waar hij toe in staat is.

Ik zag hem een man doden met een stoelpoot.

Die herinnering zou me met afschuw moeten vervullen, maar vreemd genoeg is hij zowel opwindend als beangstigend. Maar goed, Julian is niet de enige die iemand gedood heeft deze week.

We zijn allebei moordenaars.

'Kleed je uit,' beveelt hij me. Naast het bed laat hij mijn pols los. Zijn overhemd mist de mouwen omdat zijn gipsarm erdoorheen moet passen. Met het verband om zijn gezicht lijkt hij zowel gewond als gevaarlijk - een moderne piraat na een overval. De spieren van zijn rechterarm tekenen zich duidelijk af en zijn ene oog is verbluffend blauw in zijn gebronsde gezicht.

Ik hou zoveel van hem dat het pijn doet.

Om me te kunnen uitkleden, ga ik een stapje

achteruit. Eerst trek ik mijn bloesje uit, dan mijn spijkerbroek. Als ik alleen nog een witte string en een bijpassende beha draag, zegt Julian hees: 'Klim op het bed. Ik wil dat je op handen en knieën gaat zitten, je achterste naar mij gericht.'

Een warme rilling glijdt langs mijn ruggengraat naar beneden en versterkt de gloed tussen mijn benen. Ik draai me om en doe wat hij zegt, met een hart dat bonst van gespannen verwachting. Ik herinner me onze vorige vrijpartij in dit vliegtuig nog, evenals de blauwe plekken die de dagen erna mijn dijen sierden. Nu is Julian niet fit genoeg voor zoiets, maar die wetenschap vermindert mijn angst en opwinding niet.

Bij mijn echtgenoot gaan angst en genot hand in hand.

Als ik naar Julians wensen zit, met mijn achterste ter hoogte van zijn kruis, komt hij dichterbij en trekt mijn slipje langzaam naar beneden. Zijn aanraking stuurt een huivering door me heen. Mijn vagina trekt samen en hij kreunt zacht als hij een hand tussen mijn benen omhoog laat glijden tot hij mijn schaamlippen beroert. 'Je kutje is zo nat,' fluistert hij ruw, terwijl hij twee grote vingers in me duwt. 'Zo nat voor me en zo strak... Je wilt dit, hè, schatje? Je wilt dat ik je neem, dat ik je hard neuk...'

Ik snak naar adem als hij een vinger kromt en precies die plek raakt die mijn hele lichaam spant. 'Ja...' Mijn fluistering is nauwelijks hoorbaar omdat ik overspoeld word door bedwelmende golven genot. 'Ja, alsjeblieft...'

Hij grinnikt, een laag geluid waarin duister genoegen doorklinkt. Als hij zijn vingers terugtrekt, voel ik me leeg vanbinnen, leeg en tegelijkertijd bonzend van verlangen. Maar voor ik kan protesteren, hoor ik het geluid van een rits die naar beneden wordt getrokken. Dan voel ik zijn gladde, dikke eikel tegen mijn dijbenen.

'Dat zal ik doen,' prevelt hij terwijl hij zichzelf naar mijn opening leidt. 'Ik ga je zo lekker neuken,' - zijn eikel dringt in me, waardoor mijn adem stokt - 'dat je het zal uitschreeuwen van genot. Ja, toch, schatje?'

Maar hij wacht niet op een antwoord; in plaats daarvan grijpt hij mijn rechterheup en ramt zichzelf in me, zodat me een kreetje ontsnapt. Zoals altijd voelt zijn binnendringing als een aanval; zijn omvang rekt me uit tot het haast pijnlijk is. Als ik niet zo opgewonden was geweest, had hij me pijn gedaan. Maar nu voegt die ruwe behandeling alleen iets verrukkelijks toe, wat mijn opwinding verhoogt en me nog natter maakt. Omdat mijn slipje om mijn knieën spant, kan ik mijn benen niet verder spreiden. Daardoor voel ik elke centimeter van zijn hete penis, die nog groter lijkt dan hij al is.

Ik verwacht een bruut ritme dat doorgaat waar die eerste stoot begon, maar nu hij in me zit, begint hij langzaam te bewegen. Die langzame, doelgerichte bewegingen zijn bedoeld om mijn genot zo groot mogelijk te maken. In en uit, in en uit... Het voelt alsof hij me vanbinnen streelt, me plaagt tot ik alle sensaties ervaar die mijn lichaam kan bieden. In en uit, in en uit... Ik sta op het punt van klaarkomen, maar dat lukt niet als hij zo langzaam beweegt. In en uit...

'Julian,' kreun ik gefrustreerd als hij nog langzamer stoot.

'Zeg me wat je wilt, schatje,' prevelt hij terwijl hij zich bijna helemaal terugtrekt. 'Vertel me precies wat je wilt.'

'Neuk me,' hijg ik, in de lakens klauwend. 'Alsjeblieft, laat me komen.'

Opnieuw grinnikt hij, maar het geluid klinkt gespannen en zijn ademhaling is zwaar en onregelmatig. Ik voel dat hij in me groeit en ik knijp mijn spieren samen in de hoop dat hij net een beetje sneller beweegt, me net dat beetje meer geeft dat ik nodig heb...

En dat doet hij ook.

Hij grijpt mijn heup vast en verhoogt het ritme, zodat hij me harder en sneller neukt. Zijn stoten dringen diep door en sturen vanuit mijn kern schokgolven van genot door me heen. Opnieuw klauw ik in de lakens, steeds harder kreunend als de spanning in mijn binnenste onbeheersbaar wordt, ondraaglijk... en dan barst ik in miljoenen stukjes uiteen. Mijn lichaam trekt hulpeloos samen rondom zijn harde schacht. Kreunend zet hij zijn vingers nog harder in mijn huid als zijn greep op mijn heupen verstrakt. Hij schuurt langs mijn achterste, schokkend in me als ook hij klaarkomt.

Als we allebei voldaan zijn, trekt hij zich terug en

stapt achteruit. Bevend van de intensiteit van mijn orgasme laat ik me op mijn zij vallen en kijk hem aan.

Zijn broek staat open en zijn ademhaling is onregelmatig en zwaar. In zijn blik zie ik een laatste restje verlangen als hij kijkt naar de plek waar zijn zaad langzaam uit mijn vagina drupt.

Blozend kijk ik de kamer rond, op zoek naar een tissue. Gelukkig staat er een doos tissues naast het bed. Ik pak er een en gebruik die om het bewijs van onze samenkomst weg te vegen.

Julian observeert mijn handelingen zonder iets te zeggen. Dan stopt hij met een gesloten uitdrukking zijn slapper wordende penis in zijn broek en ritst die dicht.

Ik trek de lakens over mijn naakte lichaam. Nu de hitte in mijn binnenste verdwijnt, voel ik me koud en tentoongesteld. Normaal gesproken houdt Julian me in zijn armen na de seks, onze band versterkend met tederheid na de ruwe behandeling. Maar vandaag lijkt hij daar geen zin in te hebben.

'Is alles in orde?' vraag ik voorzichtig. 'Heb ik iets misdaan?'

Hij gaat op het bed zitten en werpt me een koele glimlach toe. 'Wat zou je misdaan kunnen hebben, poesje van me?' Terwijl hij me blijft aankijken, laat hij een lok van mijn haar door zijn vingers glijden. Het gebaar is speels, maar er is een harde blik in zijn ogen verschenen die me nog nerveuzer maakt.

Ineens daagt me iets. 'Het is de morning-afterpil, hè? Ben je boos omdat ik die heb genomen?'

'Boos? Omdat je geen kind met me wilt?' Hij lacht,

maar de scherpe kant aan het geluid bezorgt me een naar gevoel in mijn maag. 'Nee, poesje van me, ik ben niet boos. Ik ben me ervan bewust dat ik een heel slechte vader zou zijn.'

Ik staar hem aan terwijl ik probeer te begrijpen waarom ik me door zijn woorden schuldig voel. Hij is een moordenaar en een sadist, een man die me zonder wroeging ontvoerde en gevangen hield. Toch voel ik me rot, alsof ik hem onbedoeld heb gekwetst.

Alsof ik echt iets misdaan heb.

'Julian...' Ik weet niet wat ik moet zeggen. Ik kan niet liegen en zeggen dat hij een goede vader zou zijn. Dat zou hij meteen doorzien. Daarom vraag ik voorzichtig: 'Wil je kinderen?'

Met ingehouden adem wacht ik op het antwoord.

Hij kijkt me wederom onbeweeglijk aan. 'Nee, Nora,' zegt hij zacht. 'Het laatste wat jij en ik moeten doen, is kinderen krijgen. Je mag alle anticonceptie gebruiken die je wilt. Ik zal je niet tot een zwangerschap dwingen.'

Opgelucht laat ik mijn adem ontsnappen. 'Oké, mooi. Maar waarom...'

Voor ik de vraag kan afmaken, is Julian opgestaan, wat me duidelijk maakt dat hij klaar is met dit gesprek. 'Ik ga naar de cabine,' zegt hij kalm. 'Ik moet nog wat werk afmaken. Kom ook daarheen als je je hebt aangekleed.'

Met die woorden verdwijnt hij door de deur. Ik blijf alleen in bed achter, naakt en verward.

 *ulian*

Ik ben bezig met een rapport van mijn portefeuillebeheerder over een potentiële investering als Nora zachtjes naast me komt zitten. Als ze haar boek pakt en begint te lezen, kan ik de verleiding niet weerstaan naar haar te kijken.

Nu ik even bij haar vandaan ben geweest, is die irrationele neiging haar te kwetsen verdwenen. In plaats daarvan voel ik een onbegrijpelijke droefheid... en een onverwacht gevoel van verlies.

Ik begrijp het niet. Ik loog niet tegen Nora toen ik zei dat ik geen kinderen wilde. Tot dusver heb ik nog weinig over dat onderwerp nagedacht, maar nu ik dat wel doe, kan ik me niet voorstellen vader te worden.

Wat zou ik met een kind moeten? Het zou gewoon nog een zwakte zijn die mijn vijanden zouden kunnen gebruiken. Ik heb geen interesse in baby's en van opvoeden weet ik ook niets. Mijn ouders waren nou niet bepaald rolmodellen. Ik zou blij moeten zijn dat Nora geen kinderen wil. Maar toen ze over de morning-afterpil begon, voelde dat als een trap in de maag.

Als een afwijzing van het ergste soort.

Ik heb geprobeerd er niet aan te denken, maar toen ik haar mijn zaad van haar been zag vegen, kwamen al die ongewilde emoties weer boven. Het herinnerde me eraan dat ze dit niet van me wil.

Dat ze dit nooit van me zal willen.

Alleen begrijp ik niet wat dat uitmaakt. Ik ben nooit van plan geweest met Nora een gezin te beginnen. Het huwelijk was een manier om onze band te bevestigen, meer niet. Ze is mijn poesje... Mijn bezit en mijn obsessie. Ze houdt van me omdat ik dat heb afgedwongen. Ik wil haar omdat ze noodzakelijk is voor mijn voortbestaan. Kinderen maken geen deel uit van deze verbinding.

Dat kan niet.

Als ze ziet dat ik naar haar kijk, werpt Nora me een voorzichtige glimlach toe. 'Waar ben je mee bezig?' vraagt ze terwijl ze haar boek op z'n kop op haar schoot legt. 'Nog steeds het ontwerp van de drone?'

'Nee, schatje.' Ik dwing mezelf te focussen op het feit dat ze voor mij naar Tadzjikistan kwam - dat ze genoeg van me houdt om zoiets gestoords te doen - en mijn stemming verbetert. Het strakke gevoel in mijn borst vervaagt.

'Wat is het dan?' houdt ze aan. Onvrijwillig glimlach ik naar haar. Haar nieuwsgierigheid amuseert me. Niet langer wil Nora in de periferie van mijn bestaan blijven; ze wil alles weten en wordt steeds brutaler in haar zoektocht naar antwoorden.

Bij een ander zou ik geërgerd zijn. Maar van Nora vind ik het niet erg. Ik geniet van haar nieuwsgierigheid. 'Ik bekijk een potentiële investering,' leg ik uit.

Ze kijkt geïnteresseerd, dus vertel ik haar over de start-up in biotechnologie die zich specialiseert in hersenmedicatie. Als ik besluit dit te doen, word ik een zogenaamde angel-investeerder, iemand die bijdraagt aan het opstarten van het bedrijf. Ik ben altijd al geïnteresseerd geweest in durfkapitaal, waardoor ik zorg dat ik op de hoogte blijf van innovaties op allerlei gebieden en daar zo goed mogelijk van probeer te profiteren.

Ze luistert vol interesse naar mijn uitleg, haar donkere ogen de hele tijd op mijn gezicht gericht. De manier waarop ze als een spons informatie opzuigt, bevalt me. Dat maakt het leuk haar dingen te leren, haar de verschillende delen van mijn wereld te laten zien. De vragen die ze stelt, tonen inzicht en laten me zien dat ze precies weet waar ik het over heb.

'Als die medicatie herinneringen kan wissen, kan die dan gebruikt worden voor PTSS en zo?' vraagt ze nadat ik een van de veelbelovendere projecten van de start-up heb beschreven. Ik knik - zelf had ik dat zojuist ook al bedacht.

Dit had ik niet voorzien toen ik haar ontvoerde: het pure plezier dat ik ervaar als ik tijd met haar doorbreng. Toen ik haar voor het eerst zag, was mijn interesse puur seksueel. Ze was een mooi meisje dat me zo in beslag nam dat ik haar niet uit mijn hoofd kreeg. Ik verwachtte niet dat ze naast mijn bedgenoot ook mijn metgezel zou worden, dat ik het leuk zou vinden gewoon bij haar te zijn.

Ik wist niet dat ze mij net zo goed zou bezitten als ik haar.

Het is echt het beste dat ze die pil heeft genomen. Als we allebei genezen zijn, wordt ons leven weer normaal.

Normaal voor ons dan.

Ik zal Nora bij me hebben en ik houd haar voor altijd in mijn buurt.

TEGEN DE TIJD DAT WE GAAN LANDEN, IS HET DONKER buiten. Ik help een slaperige Nora het vliegtuig uit en we stappen de auto in, die ons naar huis brengt.

Naar huis. Het is gek deze plek weer als mijn thuis te beschouwen. Toen ik nog jong was, was dit ook mijn thuis, maar ik haatte het hier. Ik vond alles even erg, van de vochtige hitte tot de doordringende geur van de jungle. Maar toen ik ouder werd, voelde ik me toch tot dit soort plaatsen aangetrokken: tropische omgevingen die me deden denken aan de jungle waarin ik opgroeide.

Dankzij Nora's aanwezigheid besefte ik dat ik het landgoed helemaal niet haat. Mijn haat was nooit gericht op de plek, maar op de persoon aan wie die plek toebehoorde.

Mijn vader.

Als Nora zich wat dichter tegen me aannestelt en zacht gaapt, onderbreekt ze mijn mijmeringen. Het geluidje dat ze maakt is zo kittenachtig dat ik in de lach schiet en een arm om haar heen sla om haar nog wat dichter tegen me aan te trekken. 'Heb je slaap?'

'Hm-mm.' Ze wrijft met haar gezicht langs mijn hals. 'Je ruikt lekker,' prevelt ze.

Het gevoel van haar lippen tegen mijn huid maakt me spontaan keihard.

Verdomme. Gefrustreerd slaak ik een zucht als de auto afremt omdat we bij het huis zijn. Ana en Rosa staan op het bordes te wachten en ik zit hier met een stijve. Ik schuif opzij, weg van Nora, in de hoop dat mijn penis weer tot bedaren komt. Als ze met haar elleboog mijn ribben raakt, verstijf ik even van de pijn, mentaal Majid vervloekend.

Ik kan verdomme niet wachten tot ik genezen ben. Zelfs de seks van vandaag deed pijn, vooral toen ik het tempo opvoerde. Niet dat dat iets afdeed aan het genot - ik zou nog genieten van seks met Nora als ik op het punt stond het loodje te leggen - maar toch irriteerde het me. Pijn en seks is een goede combinatie, maar alleen als ik degene ben die de pijn toebrengt.

Het voordeel van deze gedachten is dat mijn erectie afneemt.

'We zijn er,' zeg ik tegen Nora als ze opnieuw gaapt en in haar ogen wrijft. 'Ik zou je graag over de drempel dragen, maar ik denk niet dat het me ditmaal gaat lukken.'

Ze knippert even verward, maar dan lacht ze breed naar me. Zij herinnert zich het ook. 'Ik ben nu geen kersverse bruid meer,' zegt ze met diezelfde lach. 'Dus het is je vergeven.'

Als ik terug lach, voel ik een ongewone vreugde. Dan open ik het portier.

Zodra we naast de auto staan, worden we door twee huilende vrouwen belaagd. Of, beter gezegd: Nora wordt belaagd. Ik kijk verbaasd toe hoe Ana en Rosa haar lachend en huilend tegelijk bijna plat knuffelen. Als ze klaar zijn met Nora, wenden ze zich tot mij. Als Ana mijn verbonden gezicht ziet, begint ze nog harder te huilen. 'O, *pobrecito...*' Ze vervalt in het Spaans, zoals ze vaker doet als ze overstuur is. Nora en Rosa proberen haar te troosten door te zeggen dat ik weer helemaal zal herstellen en dat het belangrijkste is dat ik nog leef.

De bezorgdheid van de huishoudster vind ik zowel aandoenlijk als ongemakkelijk. Ik heb in zekere zin altijd wel geweten dat de oudere vrouw om me gaf, maar ik wist niet dat haar gevoelens zo sterk waren. Al mijn hele leven is Ana een warme, troostende aanwezigheid voor me hier op het landgoed: iemand die me voedde, mijn rotzooi opruimde en mijn blauwe plekken en schaafwonden verzorgde. Maar ik heb haar nooit echt in mijn hart toegelaten. Nu pas voel ik dat me dat eigenlijk spijt. Noch zij, noch Rosa, het dienstmeisje dat een vriendin van Nora is, heeft geprobeerd me te omhelzen. Ze denken waarschijnlijk dat ik het niet zou willen en waarschijnlijk hebben ze gelijk.

De enige van wie ik een uiting van affectie wil - nee, nodig heb -, is Nora. En zelfs dat is pas recent.

Als de drie vrouwen hun emotionele hereniging hebben afgerond, gaan we gezamenlijk het huis binnen. Ondanks het late uur hebben Nora en ik trek. De maaltijd die Ana voor ons heeft klaargezet, wordt dan ook in recordtijd verorberd. Dan gaan we naar de slaapkamer, uitgeput en afgedraaid.

Na een snelle douche en een al even snel vluggertje val ik in slaap, Nora's hoofd op mijn goede schouder.

Ik kan niet wachten tot ons gewone leven weer begint.

Ik schrik wakker van een bloedstollende schreeuw. Hij is vol angst en wanhoop, weergalmt door de kamer en vult me met adrenaline.

Ik sta al naast het bed voor ik het goed en wel doorheb. Als het geluid wegsterft, grijp ik het pistool dat in mijn nachtkastje ligt en doe tegelijkertijd het licht aan.

In de verlichte kamer zie ik Nora bevend onder de dekens in het midden van het bed liggen.

Er is niemand anders in de kamer. Er is geen zichtbare dreiging.

Mijn bonzende hart komt langzaam tot bedaren. We worden niet aangevallen. Nora moet degene zijn die zo geschreeuwd heeft.

Ze heeft opnieuw een nachtmerrie.

Verdomme. Ik kan het geweld in me nauwelijks bedwingen. Het vervult me tot ik sta te beven van woede, ernaar snakkend iedere hufter te vernietigen die hier verantwoordelijk voor is.

Misschien moet ik met mezelf beginnen.

Ik draai me om en haal een paar keer diep adem om de kolkende furie in mijn binnenste te bedwingen. Er is hier niemand om pijn te doen. Er zijn hier geen vijanden om me op af te reageren.

Alleen Nora is er en zij heeft me nodig, kalm en rationeel.

Na een paar seconden kan ik er zeker van zijn dat ik haar geen pijn zal doen. Ik draai me om en leg het wapen terug in het nachtkastje. Dan ga ik op het bed zitten. Mijn ribben en schouder bonzen en mijn hoofd doet pijn van de plotselinge bewegingen, maar die pijn is niets vergeleken bij het zware gevoel in mijn borst.

'Nora, schatje...' Ik trek de deken van haar naakte lichaam en schud haar met mijn rechterhand zachtjes wakker. 'Wakker worden, poesje van me. Het is maar een droom.' Haar huid voelt klam en de piepende geluidjes die ze maakt, doen me meer pijn dan Majids martelingen. Opnieuw welt woede in me op, maar ik onderdruk hem en houd mijn stem laag en gelijkmatig. 'Wakker worden, schatje. Je droomt. Het is niet echt.'

Ze rolt zich op haar rug en ik zie dat haar ogen open zijn, hoewel ze nog steeds beeft.

Haar handen klauwen wanhopig aan de dekens als haar borst snel rijst en daalt in een poging zuurstof binnen te krijgen.

Ze droomt niet - ze heeft een paniekaanval, waarschijnlijk veroorzaakt door haar nachtmerrie.

Ik kan het wel uitschreeuwen van woede, maar dat doe ik niet. Ze heeft me nodig en ik zal haar niet teleurstellen.

Nooit meer.

Ik ga op mijn knieën zitten en pak haar kaak met mijn rechterhand stevig vast. 'Kijk me aan, Nora.' Het klinkt als een bevel, ruw en eisend. 'Kijk me aan, poesje van me. Nu.'

Ondanks haar paniek doet ze wat ik zeg. Ze is te goed geconditioneerd om het niet te doen. Haar blik schiet naar de mijne en ik zie dat haar pupillen verwijd zijn. Ze hyperventileert, haar mond wijd geopend in een poging meer lucht binnen te krijgen.

Godallemachtig. Mijn eerste, instinctieve reactie is haar vast te houden en te kalmeren, zacht en mild, maar ik weet nog dat dat tijdens haar paniekaanval van gisteren, tijdens de seks, niet leek te helpen.

Alleen geweld.

Daarom laat ik me, in plaats van zachte woordjes te fluisteren, op één arm zakken en pers ik een harde, ruwe kus op haar mond, mijn hand nog steeds om haar kaak geklemd. Mijn lippen rammen tegen de hare en mijn tanden schaven haar onderlip als ik mijn tong pijnlijk bij haar naar binnen pers. Het sadistische monster in mij rilt van genoegen als ik haar bloed proef, maar de rest van mij krimpt ineen bij de gedachte aan wat ze moet doorstaan.

Ze snakt opnieuw naar adem, maar nu klinkt het anders: verrast in plaats van wanhopig. Ik voel haar borst uitzetten als ze een diepe ademteug neemt. Mijn brute methode om tot haar door te dringen werkt; ze concentreert zich op de fysieke in plaats van de mentale pijn. Haar handen ontspannen zich en laten de lakens los. Ze verstrakt onder me, nu in de greep van een andere angst.

Die angst wekt het duistere roofdier in me - het deel van mij dat haar wil onderwerpen en verslinden.

De woede die ik nog altijd onderdruk voedt die honger, vermengt zich ermee en gaat erin op tot ik alleen nog maar uit een gewetenloos, afschuwelijk verlangen lijk te bestaan. Mijn bewustzijn verscherpt zich tot ik me alleen nog bewust ben van de zijdeachtige zachtheid van haar lippen, vermengd met de smaak van bloed, en de rondingen van haar naakte lichaam, klein en hulpeloos onder me. Mijn penis wordt haast pijnlijk hard als ze met beide handen mijn onderarm omklemt en een zacht, smekend geluidje maakt.

Ineens is zoenen niet genoeg meer. Ik moet haar helemaal hebben.

Ik laat haar kaak los en duw mezelf op mijn knieën. Haar lippen zijn gezwollen en rood van het bloed, maar ze kijkt me aan. Ze hijgt nog steeds - haar borst gaat snel op en neer - maar die nietsziende leegte in haar blik is verdwenen. Ze is terug - ze is weer bij me - en meer heeft mijn innerlijke demon niet nodig.

In een soepele beweging ga ik van haar af, de pijn in mijn ribben negerend, en trek opnieuw het nachtkastje open. In plaats van het pistool pak ik echter een gevlochten leren zweepje.

Nora spert haar ogen open. 'Julian?' Haar stem klinkt ademloos, een nawee van haar paniek.

'Draai je om.' De woorden klinken ruw en weerspiegelen de gewelddadige behoefte die door me heen raast. 'Nu.'

Heel even aarzelt ze, dan rolt ze zich op haar buik.

'Op je knieën.'

Ze gaat op handen en knieën zitten en kijkt dan om, klaar voor verdere instructies.

Wat is ze toch een braaf poesje. Haar gehoorzaamheid verhoogt mijn lust, mijn wanhopige verlangen haar te bezitten. In deze positie zijn haar achterste en kutje duidelijk zichtbaar, wat me nog geiler maakt. Ik wil haar helemaal, elke centimeter van haar lichaam. Mijn spieren spannen zich en haast zonder erbij na te denken zwaai ik met de zweep. De leren touwen bijten in het zachte vlees van haar achterste.

Ze schreeuwt het uit en haar lichaam verstrakt. De duisternis in me neemt het over - alle restjes ratio verdwijnen. Haast vanaf een afstand zie ik de zweep haar huid strelen, roze plekken en rode strepen op haar rug, achterste en dijen achterlatend. Bij de eerste slagen krimpt ze ineen, het uitschreeuwend van pijn, maar als ik een ritme vindt, ontspant haar lichaam zich, de slagen verwelkomend in plaats van zich verzettend. Haar kreten worden zachter en tussen haar schaamlippen glinstert vocht.

Ze reageert op de zweepslagen alsof ze een sensuele streling zijn.

Ik sta op springen als ik de zweep laat vallen en naar haar toe kruip. Met mijn rechterarm trek ik haar aan haar heupen naar achteren, naar me toe. Mijn penis duwt tegen haar opening en een kreun ontsnapt me als ik haar zachte hitte en romige vocht tegen mijn eikel voel. Ze kreunt en kromt haar rug. Ik dring in haar, dwing haar vlees me te omsluiten, me te accepteren.

Haar kutje is ontzettend strak - haar spieren omklemmen me als een vuist. Het maakt niet uit hoe vaak ik haar neem; iedere keer is het weer nieuw, is de ervaring op de een of andere manier intenser en indringender dan ik me herinnerde. Ik zou voor eeuwig in haar zachte, vochtige hitte kunnen blijven. Maar dat gaat niet - de primitieve neiging om te bewegen, te stoten, is te sterk. Mijn hart bonst en een wild verlangen golft door me heen.

Ik houd me zo lang mogelijk stil, maar dan begin ik te bewegen. Iedere stoot duwt mijn kruis tegen haar roze gekleurde, pas gepijnigde achterste. Bij elke aanraking kreunt ze. Haar lichaam spant zich om mijn penis en het gevoel bouwt zich op, wordt intenser, tot het ondraaglijk wordt. Als mijn orgasme nadert, begint mijn huid te tintelen en ik voer het tempo op, harder, sneller, tot ik haar voel samentrekken en ze mijn naam schreeuwt.

Dat is de laatste druppel. Het orgasme dat ik tot dusver op een afstandje hield, overweldigt me met volle kracht. Ik spuit diep in haar, hees kreunend als een verbijsterend genot door mijn lichaam schiet. Ik ken geen genoegen als dit - het is een extase die veel verder gaat dan fysieke bevrediging. Ik ervaar dit alleen met Nora.

En dat zal altijd zo blijven.

Hijgend trek ik me terug en ze zakt in elkaar op het bed. Ik ga op mijn rechterzij liggen en trek haar tegen me aan. Na die brute invasie heeft ze tederheid nodig.

En ik ook, in zekere zin. Ik heb het nodig haar te troosten, haar tot rust te brengen. Haar aan me te binden als ze op haar kwetsbaarst is, zodat ik haar liefde kan waarborgen.

Dat klinkt misschien berekenend, maar zoiets belangrijks laat ik niet aan het toeval over.

Ze draait zich naar me toe en begraaft zacht snikkend haar hoofd in mijn hals. 'Houd me vast, Julian,' fluistert ze, en dat doe ik ook.

Ik zal haar altijd vasthouden, wat er ook gebeurt.

II

HET HERSTELPROCES

4

'JULIAN, HEB JE EVEN?'

Ik stap het kantoor van mijn man binnen en loop naar zijn bureau. Hij kijkt op om me te begroeten. Opnieuw ben ik getroffen door het verbluffende herstel dat hij de afgelopen zes weken heeft doorgemaakt.

Het gips om zijn arm is eraf, evenals al het verband. Julian benadert het genezingsproces als ieder ander doel: met een doelgerichte meedogenloosheid en pure vastberadenheid. Zodra dokter Goldberg verklaarde dat het gips om zijn arm eraf mocht, stortte Julian zich op fysiotherapie. Dagelijks brengt hij uren door met oefeningen die de mobiliteit en het functioneren in het linkerdeel van zijn lichaam moesten herstellen. De littekens beginnen te vervagen en soms vergeet ik bijna dat hij zo zwaar verwond is geweest - dat hij door een hel is gegaan en er relatief onbeschadigd is uitgekomen.

Zelfs zijn glazen oog valt me niet meer zo op. Ons verblijf in de kliniek en alle operaties hebben Julian miljoenen gekost - ik heb de rekening gezien - maar de artsen hebben een wonder verricht met zijn gezicht. Het implantaat is zo gelijk aan Julians echte oog dat ik nauwelijks kan zien dat het nep is als hij me recht aankijkt. Ik heb geen idee hoe ze die precieze kleur blauw hebben kunnen namaken, maar het is ze gelukt, tot op elke nuance en tint toe. De neppupil krimpt zelfs bij fel licht en wordt groter als Julian opgewonden is, dankzij een biologische responstransmitter die Julian als een horloge om zijn pols draagt. Het apparaat meet zijn hartslag en huidgeleiding en stuurt die informatie naar het implantaat, zodat de reacties er heel natuurlijk uitzien. Het enige wat het implantaat niet kan, is normale oogbewegingen simuleren... of Julian ermee laten zien.

'Die verbinding met het brein duurt nog een paar jaar,' legde Julian me een paar weken geleden uit. 'Daar zijn ze nu mee bezig in een laboratorium in Israël.'

Desondanks is het implantaat opmerkelijk levensecht. Ook leert Julian het vreemde effect van slechts één bewegend oog te minimaliseren door zijn hele hoofd te draaien om iets of iemand recht aan te kijken, zoals mij nu.

'Wat is er, poesje van me?' vraagt hij met een

glimlach. Zijn prachtige lippen zijn helemaal genezen en de vervagende littekens op zijn linkerwang geven hem een gevaarlijke, aantrekkelijke uitstraling. Het is net of iets van zijn innerlijke duisternis nu in zijn gezicht te zien is. Maar in plaats van dat het me afstoot, trekt het me juist aan.

Waarschijnlijk komt dat doordat ik die duisternis nu nodig heb - het is het enige wat voorkomt dat ik gek word.

'Monsieur Bernard zei dat hij een vriend heeft die mijn schilderijen wel wil tentoonstellen,' zeg ik op een toon die net moet doen of ik vaker zulk nieuws krijg van wereldberoemde kunstleraren. 'Hij heeft een eigen galerie in Parijs.'

Julians wenkbrauwen schieten omhoog. 'Is dat zo?'

Ik knik, nauwelijks in staat mijn opwinding te onderdrukken. 'Ja, is het niet ongelofelijk? Monsieur Bernard heeft hem vorige week wat foto's gestuurd van mijn laatste werken en de galeriehouder zei dat ze precies zijn waar hij naar op zoek is.'

'Dat is geweldig, schatje.' Julians glimlach wordt breder en hij trekt me op zijn schoot. 'Ik ben enorm trots op je.'

'Dank je wel.' Ik zou het liefst in de rondte springen, maar vooralsnog stel ik me er tevreden mee mijn armen om zijn nek te slaan en een enthousiaste kus op zijn lippen te planten. En natuurlijk neemt Julian, zodra onze lippen elkaar raken, de kus over. Mijn spontane uiting van dankbaarheid wordt een aanhoudende aanval van sensualiteit die me bedwelmt en de adem beneemt.

Als hij me eindelijk loslaat, duurt het even voor ik me herinner waarom ik ook alweer op zijn schoot zit.

'Ik ben ontzettend trots op je,' herhaalt Julian zacht. Ik voel dat hij een stijve heeft, maar hij gaat niet verder. Hij schenkt me alleen een warme glimlach en zegt: 'Ik zal Monsieur Bernard bedanken voor het maken van die foto's. Als die galeriehouder je werk inderdaad tentoon gaat stellen, kunnen we misschien een reisje maken naar Parijs.'

'Echt?' Verbijsterd staar ik hem aan. Dit is de eerste keer dat Julian laat doorschemeren dat we misschien niet altijd op het landgoed moeten blijven. Naar Parijs gaan? Ik kan het gewoon bijna niet bevatten.

Hij knikt, nog steeds glimlachend. 'Zeker. Al-Quadar vormt niet langer een bedreiging. Het is even veilig als altijd, dus met voldoende beveiliging kunnen we over een tijdje wel naar Parijs - vooral als daar een goede reden voor is.'

Ik grijns naar hem en probeer niet te denken aan hoe er een einde kwam aan de dreiging van Al-Quadar. Julian heeft me niet veel over die operatie verteld, maar wat ik weet, is voldoende. Toen onze redders de bouwplaats in Tadzjikistan vernietigden, kregen ze heel veel kostbare informatie in handen. Zodra Julian en ik terug waren op het landgoed, begon een operatie om iedereen die maar in de verste verte verbonden was met de terreurorganisatie te elimineren - sommigen snel, anderen langzaam en pijnlijk. Ik weet niet hoeveel mensen er de laatste paar weken zijn vermoord, maar het zou me niet verbazen als het in de driedubbele cijfers loopt.

De man die me nu in zijn armen houdt, is verantwoordelijk voor wat feitelijk een massaslachting is - en toch houd ik met heel mijn hart van hem.

'Een reisje naar Parijs zou geweldig zijn,' zeg ik, alle gedachten aan Al-Quadar opzijschuivend. In plaats daarvan richt ik me op het overweldigende idee dat mijn schilderijen in een echte galerie kunnen komen te hangen. Mijn schilderijen. Het is zo moeilijk te geloven dat ik Julian voorzichtig vraag: 'Heb jij aan Monsieur Bernard gevraagd dit te doen? Of die vriend van hem omgekocht?' Sinds Julian zijn vermogen heeft aangewend om mij in het zeer exclusieve online studieprogramma van Stanford in te schrijven, acht ik hem tot alles in staat.

'Nee, schatje.' Julians glimlach wordt breder. 'Ik beloof je dat ik hier niets mee te maken heb. Je hebt echt talent en dat ziet je docent ook.'

Ik geloof hem, vooral ook omdat Monsieur Bernard de laatste weken lyrisch is over mijn werk. De duisternis en diepte die hij al eerder is mijn kunst zag, zijn nu nog geprononceerder. Schilderen is een van de manieren waarop ik met mijn nachtmerries en paniekaanvallen probeer om te gaan. Seksuele pijn ook - maar dat is een heel andere zaak.

Maar ik heb geen zin om na te denken over mijn verknipte mentale staat, dus spring ik van Julians schoot. 'Ik ga het aan mijn ouders vertellen,' zeg ik vrolijk terwijl ik naar de deur loop. 'Ze vinden het vast super.'

'Dat denk ik ook.' Na me nog een laatste glimlach toe te werpen, keert hij zich weer naar zijn beeldscherm.

~

IK BEN BIJNA EEN UUR LANG MET MIJN OUDERS AAN HET SKYPEN. Zoals gewoonlijk ben ik de eerste twintig minuten bezig mijn moeder ervan te overtuigen dat ik veilig op het landgoed in Colombia ben en dat niemand achter ons aan zit. Sinds ik in de Chicago Ridge Mall ben ontvoerd, zijn mijn ouders ervan overtuigd dat Julian overal vijanden heeft die elk moment kunnen toeslaan. Als ik ze niet elke dag e-mail of bel, raken ze in paniek.

Niet dat ze vinden dat ik veilig ben bij Julian. Wat hen betreft is hij niet beter dan de terroristen die me ontvoerden. Mijn vader vindt Julian zelfs erger, aangezien mijn echtgenoot me niet één, maar zelfs twee keer van ze heeft weggenomen.

'Een galerie in Parijs? Dat is fantastisch, lieverd!' roept mijn moeder uit als ik eindelijk mijn nieuws met haar kan delen. 'We zijn ontzettend blij voor je!'

'Concentreer je je wel op je studie?' vraagt mijn vader met een frons. Hij is niet bijzonder enthousiast over mijn schilderwerk. Volgens mij is hij bang dat ik mijn studie op zal geven en een honger lijdende kunstenaar zal worden - een angst die volkomen ongegrond is, gezien de omstandigheden. Als ik me ergens geen zorgen om hoef te maken, is het geld. Julian liet me laatst weten dat hij een beheerd fonds op mijn naam heeft laten zetten en dat ik als enige erfgenaam in zijn testament ben opgenomen. Mocht hem iets overkomen, dan wordt er voor me gezorgd - in de zin van dat ik dan genoeg geld heb om een klein land te financieren.

'Ja, pap,' zeg ik geduldig. 'Geen zorgen, ik concentreer me ook op mijn studie. Ik had al gezegd dat ik het dit kwartaal rustiger aan doe. Dat haal ik dan in de zomer in door extra lessen te volgen.'

Julian stond erop dat ik het rustiger aan zou doen en hoewel ik fel heb geprotesteerd, ben ik er toch blij om. Alles lijkt moeizamer te gaan. Ik doe veel langer dan normaal over een opstel en het leren voor de toetsen is uitputtend. Zelfs met deze lichtere werklast voel ik me overweldigd, al wil ik dat niet tegen mijn ouders vertellen. Het is al erg genoeg dat Julian zich zorgen maakt.

Zo veel zorgen zelfs, dat hij een psycholoog heeft laten komen.

'Weet je het zeker, lieverd?' Mijn moeder kijkt bezorgd naar me. 'Misschien moet je deze zomer vrij nemen en gewoon een paar maanden ontspannen. Je ziet er nogal vermoeid uit.'

O, shit. Ik hoopte dat de donkere kringen onder mijn ogen niet zo zichtbaar zouden zijn.

'Het gaat prima, mam,' zeg ik. 'Ik ben tot laat bezig geweest met studeren en schilderen, dat is alles.'

Ik werd ook midden in de nacht schreeuwend wakker en kon niet meer slapen totdat Julian me zweepslagen gaf en daarna neukte, maar dat ga ik mijn ouders niet vertellen. Zij begrijpen niet dat pijn nu therapeutisch voor me is, dat ik iets nodig heb wat ik vroeger vreesde.

Dat ik Julians wrede zijde nu volledig heb omarmd.

Als we ons gesprek afronden, herinner ik me ineens dat Julian me heeft beloofd dat we mijn ouders zouden bezoeken als de dreiging van Al-Quadar geweken was. Mijn hart begint te bonzen van opwinding, maar ik besluit niets te zeggen tot ik het er vanavond bij het eten met Julian over heb gehad. Ik laat ze weten dat we elkaar snel weer spreken en sluit dan de beveiligde verbinding.

Vanavond moet ik twee dingen met Julian bespreken... en beide onderwerpen liggen gevoelig.

~

'Een reisje naar Chicago?' Julian lijkt licht verrast als ik het te berde breng. 'Je hebt je ouders minder dan twee maanden geleden nog gezien.'

'Ja, één avond, voordat Al-Quadar me ontvoerde.' Ik blaas in mijn champignonsoep voor ik mijn lepel erin steek. 'En ik was gek van de zorgen om jou, dus die avond was niet bepaald gezellig.'

Julian neemt me even op, voor hij uiteindelijk prevelt: 'Goed. Daar heb je wel een punt.' Dan begint hij van zijn soep te eten. Ik staar hem aan, nauwelijks in staat te geloven dat hij zo makkelijk instemt.

'Dus we gaan?' Ik wil het zeker weten.

Hij haalt zijn schouders op. 'Als jij dat graag wilt. Als je tentamens voorbij zijn, kunnen we gaan. We moeten wel de beveiliging verhogen natuurlijk, en wat andere voorzorgsmaatregelen nemen, maar het is wel mogelijk.'

Er vormt zich een glimlach om mijn lippen, maar dan herinner ik me ineens wat hij me al eerder heeft verteld. 'Denk je dat onze aanwezigheid mijn ouders in gevaar brengt?' Mijn maag knijpt samen in een acute vlaag van misselijkheid. 'Zouden ze een doelwit kunnen worden als men opmerkt dat je nauw contact met ze hebt?'

Julian kijkt me kalm aan. 'Dat is een mogelijkheid. Het is niet erg waarschijnlijk, maar ook niet volledig uitgesloten. Uiteraard was het gevaar veel groter toen de terroristen achter ons aan zaten, maar ik heb nog andere vijanden. Geen van hen is zo vastberaden - voor zover ik weet - maar er zijn genoeg individuen en organisaties die me graag in handen zouden krijgen.'

'Juist.' Ik slik een mondvol soep door en heb daar ogenblikkelijk spijt van. De romigheid maakt me nog misselijker. 'En je denkt dat ze mijn ouders als pressiemiddel zouden kunnen gebruiken?'

'Dat is onwaarschijnlijk, maar ik kan het niet uitsluiten. Daarom heb ik je familie vanaf het begin laten beveiligen. Het is een voorzorgsmaatregel, meer niet, maar wat mij betreft wel een noodzakelijke.'

Ik haal diep adem en probeer mijn protesterende maag te negeren. 'Zou ons reisje naar Chicago het gevaar voor hen verhogen of niet?'

'Dat weet ik niet, poesje van me.' Julian kijkt licht spijtig. 'Ik denk van niet, maar ik kan niets garanderen.'

Ik neem een nipje van mijn water in een poging de vieze vettigheid van mijn tong te krijgen. 'En als ik alleen ga?' Ik denk er niet bij na voor ik het zeg. 'Dan denkt niemand dat je nauwe banden hebt met je schoonouders.'

Julians gezicht betrekt meteen. 'Alleen?'

Ik knik, instinctief gespannen door zijn veranderde gemoedstoestand. Hoewel ik weet dat Julian me niets aan zal doen, moet ik nog altijd voorzichtig zijn met zijn temperament. Ik mag nu dan wel vrijwillig aan hem toebehoren, hij heeft absolute controle over mijn leven - net als toen ik nog zijn gevangene was op het eiland.

In alle belangrijke opzichten is hij nog altijd mijn gevaarlijke, immorele ontvoerder.

'Jij gaat nergens alleen heen.' Julians stem is zacht, maar de blik in zijn ogen is staalhard. 'Als je naar Chicago wilt, breng ik je erheen. Maar je zet geen voet buiten dit landgoed zonder mij. Begrijp je me, Nora?'

'Ja.' Ik neem nog wat slokjes water omdat de nasmaak van de soep in mijn keel blijft hangen. Wat heeft Ana er vanavond in gedaan? Hij ruikt zelfs vies. 'Ik begrijp het.' De woorden klinken kalm in plaats van geërgerd, voornamelijk omdat ik te misselijk ben om boos te worden om Julians autocratische houding. Ik drink de rest van mijn water op en zeg dan: 'Het was maar een suggestie.'

Julian staart me even aan; dan knikt hij. 'Goed.'

Voor hij nog meer kan zeggen, komt Ana de eetkamer binnen met de volgende gang: vis met rijst en bonen. Ze fronst als ze mijn onaangeroerde soep ziet. 'Vind je de soep niet lekker, Nora?'

'Nee, hij is heerlijk,' lieg ik. 'Ik heb gewoon niet zo'n trek en wilde plek overhouden voor het hoofdgerecht.'

Ana kijkt bezorgd, maar ruimt zonder iets te zeggen af. Al sinds we terug zijn, is mijn eetlust onberekenbaar. Het is niet de eerste keer dat ik een maaltijd laat staan. Ik heb niet meer op de weegschaal gestaan, maar ik denk dat ik laatste weken een paar pond ben afgevallen - en in mijn geval is dat niet per se goed.

Julian fronst ook, maar zegt niets als ik de rijst op mijn bord rondschuif. Ik heb echt totaal geen zin in eten, maar ik dwing mezelf een hap te nemen. De rijst voelt te zwaar, maar ik kauw vastberaden en slik het door. Ik wil niet dat Julian ziet dat ik te weinig eet.

Ik moet namelijk iets belangrijkers met hem bespreken.

Zodra Ana de kamer uit is gelopen, leg ik mijn vork neer en kijk hem aan. 'Ik heb nog een bericht ontvangen,' zeg ik zacht.

Julians kaak verstrakt. 'Dat weet ik.'

'Lees je nu ook mijn e-mails?' Mijn maag draait zich opnieuw om in een combinatie van misselijkheid en woede. Ik zou niet verrast moeten zijn, aangezien zich nog steeds zenders in mijn lichaam bevinden, maar iets aan deze nonchalante schending van mijn privacy irriteert me enorm.

'Natuurlijk.' Hij lijkt niet het kleinste beetje spijt te hebben. 'Ik dacht dat hij weer contact met je zou hebben opgenomen.'

Ik haal langzaam adem en houd mezelf voor dat een discussie hierover zinloos is. 'Dan weet je ook dat Peter ons niet met rust laat voor hij die lijst heeft,' zeg ik zo kalm mogelijk. 'Hij is op de een of andere manier te weten gekomen dat je afgelopen week die namen van Frank hebt gekregen. In zijn bericht stond: 'Tijd om je belofte na te komen'. Hij houdt niet op, Julian.'

'Als hij je via de e-mail lastig blijft vallen, reken ik voorgoed met hem af.' Julians toon is nu scherp. 'Hij weet wel beter dan jou gebruiken om mij te raken.'

'Hij heeft ons leven gered,' breng ik hem voor de zoveelste keer in herinnering. 'Ik weet dat je boos bent omdat hij je bevelen negeerde, maar als hij dat niet had gedaan, was je nu dood geweest.'

'En dan had jij nu geen nachtmerries en paniekaanvallen.' Julian perst zijn lippen opeen. 'We zijn zes weken verder, Nora, en het gaat niet beter met je. Je slaapt nauwelijks, eet nauwelijks, en ik kan me niet herinneren wanneer je voor het laatst hardgelopen hebt. Hij had je nooit aan dat gevaar mogen blootstellen...'

'Hij deed wat nodig was!' Ik sla met beide handen op de tafel en schiet omhoog uit mijn stoel, niet langer in staat te blijven zitten. 'Denk je dat ik me beter zou voelen als je dood was? Denk je dat ik geen nachtmerries zou hebben als Majid ons je lichaam in stukjes en beetjes had toegestuurd? Mijn verklote hoofd is niet Peters schuld, dus geef hem er niet de schuld van! Ik heb hem die lijst beloofd en ik wil dat hij hem krijgt!' Tegen de tijd dat ik bij de laatste zin kom, sta ik te schreeuwen. Ik ben te boos om me druk te maken om Julians temperament.

Hij staart me met toegeknepen ogen aan. 'Ga zitten, Nora.' Zijn stem is gevaarlijk zacht. 'Nu.'

'Of?' Ik voel me ongewoon roekeloos als ik hem deze uitdaging toewerp. 'Of anders, Julian?'

'Wil je dat spelletje echt spelen, poesje van me?' vraagt hij op diezelfde zachte toon. Als ik niets zeg, wijst hij naar mijn stoel. 'Ga zitten en eet het eten op dat Ana voor je klaargemaakt heeft.'

Ik staar hem nog even aan - ik wil niet toegeven - maar dan ga ik zitten. De vlaag van woede die in me oprees, is verdwenen. Ik voel me uitgeput en heb zin om te huilen. Ik haat het dat Julian onze ruzies zo makkelijk wint, dat ik niet onbevreesd genoeg ben om zijn grenzen te testen.

In elk geval niet als het om iets kleins als het afronden van een maaltijd gaat.

Als ik al tegen hem in ga, zal het om iets belangrijks gaan.

Ik richt mijn blik op mijn bord, pak mijn vork en prik er een stukje vis aan, mijn terugkerende misselijkheid negerend. Mijn maag draait bij elke hap, maar ik zet door tot ik de helft op heb van wat er ligt.

Intussen eet Julian zijn bord onbekommerd leeg. Onze ruzie raakt zijn eetlust blijkbaar niet.

'Toetje? Thee? Koffie?' Ik schud mijn hoofd naar Ana, want ik heb geen zin deze beproeving nog langer voort te zetten.

'Ik sla ook over Ana, bedankt,' zegt Julian beleefd. 'Het was weer heerlijk, zoals altijd.'

Ana straalt. Ze is duidelijk blij met het compliment. Ik heb gemerkt dat Julian haar vaker prijst sinds we terug zijn en dat hij zich in het geheel genomen wat meer open stelt voor haar. Ik weet niet wat de verandering teweeg heeft gebracht, maar ik weet dat Ana het waardeert. Rosa zei dat de huishoudster helemaal in haar nopjes is.

Julian staat op en biedt me zijn arm aan, terwijl Ana de tafel af begint te ruimen. Ik leg mijn hand in de holte van zijn elleboog, waarna we naar boven lopen. Mijn hart begint te bonzen en mijn misselijkheid neemt toe.

Deze ruzie van vanavond bevestigt wat ik al een tijdje vermoedde: Julian zal nooit rationeel kunnen kijken naar de kwestie met Peters lijst. Als ik mijn belofte wil houden, moet ik zelf actie ondernemen en de consequenties van Julians ongenoegen vervolgens onder ogen zien.

Zelfs als alleen de gedachte daaraan me al letterlijk misselijk maakt.

5

Julian

ZODRA WE IN DE SLAAPKAMER ZIJN, ZEGT NORA DAT ZE zich eerst wil opfrissen.

Ze gaat naar de badkamer en ik kleed me uit. Het is heerlijk dat ik beide armen weer gewoon kan bewegen. Mijn linkerschouder doet nog wel pijn tijdens de oefeningen, maar ik begin mijn kracht en bereik terug te krijgen. Zelfs het verlies van mijn oog zit me niet bijzonder dwars. De hoofdpijn en spanning rond mijn werkende oog worden steeds minder en ik leer de blinde vlek te compenseren door mijn hoofd vaker te draaien.

Ik ben feitelijk weer zo goed als de oude, maar dat kan ik van Nora niet zeggen.

Steeds als ik wakker schrik van haar geschreeuw, steeds als ze begint te hyperventileren, raast een giftig mengsel van woede en schuldgevoel door me heen. Ik ben niet iemand die vaak stilstaat bij het verleden, maar in dit geval zou ik graag willen dat ik de tijd kon terugdraaien, dat ik de onbedoelde gevolgen van mijn stomme acties ongedaan kon maken.

Dat ik mijn Nora terug kon krijgen.

Een paar minuten later komt ze weer tevoorschijn, gedoucht en in een witte badjas. Haar gladde huid glanst vochtig en haar lange, donkere haren zitten in een slordige knot op haar hoofd, waardoor haar slanke hals te zien is.

Maar die hals begint te slank te lijken, haast teer, door het gewicht dat ze inmiddels verloren is.

'Kom hier, schatje,' prevel ik, terwijl ik op het bed tik. Ik wilde haar straffen voor haar uitbarsting tijdens het eten, maar nu wil ik haar het liefst gewoon vasthouden. Nou ja, haar neuken en vasthouden - maar de seks kan wachten.

Ze loopt naar me toe en ik reik naar haar zodra ze zich op armlengte bevindt. Als ik haar op schoot trek, voelt ze veel te licht. De donkere kringen onder haar ogen verraden haar vermoeidheid.

Ze is uitgeput en ik weet niet wat ik moet doen. De therapeut die ik drie weken geleden heb laten komen, lijkt nutteloos te zijn. Daarbij weigert Nora de kalmerende middelen die de dokter haar heeft voorgeschreven. Ik zou haar kunnen dwingen, maar ik ben zelf ook geen fan van die pillen. Het laatste wat ik wil, is dat ze er verslaafd aan raakt.

Het enige wat haar lijkt te helpen - tijdelijk - is een emotionele uitlaat, veroorzaakt door seksuele pijn. Dat heeft ze nu nodig, daar vraagt ze haast elke avond om.

Mijn poesje is even verslaafd aan die pijn als ik aan het uitdelen ervan ben - een ontwikkeling die me zowel genoegen als verdriet doet.

'Je hebt weer nauwelijks gegeten,' zeg ik zacht, terwijl ik haar in een gemakkelijkere positie zet. Ik reik omhoog en maak de clip los, zodat haar haren in een waterval van donkere, glanzende lokken naar beneden tuimelden. 'Waarom, schatje? Is er iets mis met Ana's kookkunst?'

'Wat? Nee...' begint ze, maar dan corrigeert ze zichzelf. 'Misschien. Ik vond de soep niet lekker. Hij was te zwaar.'

'Ik zal Ana vragen hem voortaan niet meer te maken.' Ik herinner me duidelijk dat Nora vroeger dol was op deze soep, maar ik zeg daar niets over. Het maakt me niet uit wat ze eet, als ze maar gezond blijft.

'Zeg alsjeblieft niet tegen haar dat ik er iets van gezegd heb.' Nora kijkt me bezorgd aan. 'Ik wil haar niet kwetsen.'

'Natuurlijk.' Een glimlach vormt zich om mijn lippen. 'Ik neem je geheim mee in het graf, dat beloof ik.'

Ze lacht terug en haar gezicht licht op. Ik voel veel van de spanning tussen ons wegsijpelen. 'Bedankt,' fluistert ze. Dan legt ze een kleine hand op mijn schouder en de ander in mijn hals. Naar voren leunend drukt ze haar zachte lippen op de mijne.

Ik haal diep adem als mijn lichaam zich in een vlaag van lust meteen aanspant. Haar adem is zoet en mintachtig, haar lichte gewicht warm in mijn armen. Ik voel haar slanke vingers op mijn huid, ruik haar delicate geur en mijn ruggengraat tintelt met een groeiende honger. Mijn penis wordt hard en duwt tegen de ronding van haar achterste.

Maar ditmaal gaat de honger niet hand in hand met de wens haar pijn te doen. Hij is vermengd met tederheid. Die duistere impulsen zijn er nog wel, maar ik ben me te zeer bewust van haar kwetsbaarheid. Vanavond wil ik liever dan ooit haar beschermen en de wonden helen die ze nooit had mogen oplopen. Ik wil haar held zijn, haar redder.

Voor één nacht wil ik de man van haar dromen zijn.

Ik sluit mijn ogen en concentreer me op haar smaak, op de manier waarop haar ademhaling versnelt als ik de kus verdiep. De manier waarop haar hoofd naar achteren zakt en haar lichaam tegen het mijne smelt. Haar vingernagels schrapen over mijn scalp als haar hand door mijn haren glijdt. Ze is mijn wereld, mijn alles, en ik wil haar zo graag dat het pijn doet.

Haar zachte badjas streelt mijn dijen en stijve penis. Dat is lekker, maar haar zachte huid is nog lekkerder, dus trek ik de badjas om haar middel los. Tegelijkertijd trek ik mijn lippen los om haar aan te kunnen kijken.

De knoop komt los en haar badjas zakt open, een wig van gebruinde, gladde huid onthullend. Ik zie de ronding van haar bosten en de strakke gladheid van haar buik, maar haar tepels en onderbuik zijn nog verborgen, precies of het zo bedoeld is.

Het is een erotische aanblik, versterkt door haar hijgende ademhaling. Haar lippen zijn rood en gezwollen en er ligt een blos op haar huid.

Mijn poesje is opgewonden.

Alsof ze mijn blik voelt, slaat ze haar lange wimpers op. We kijken elkaar aan en de pijnlijke behoefte in me neemt nog verder toe. Het voelt anders dan pure lust; een complex verlangen dat bovenop mijn gewoonlijke obsessieve hunkering ligt.

Het is een smachten dat me beangstigt door zijn hevigheid.

'Zeg me dat je van me houdt.' Ineens moet ik het horen. 'Vertel het me, Nora.'

Ze knippert niet eens. 'Ik houd van je.'

Mijn armen verstrakken in hun omhelzing. 'Nog een keer.'

'Ik houd van je, Julian.' Ze houdt mijn blik vast met die zachte, donkere ogen. 'Meer dan van wie of wat ter wereld ook.'

Verdomme. Mijn borst wordt strakker en mijn hunkering wordt sterker in plaats van minder. Het is te veel en toch niet genoeg.

Ik buig mijn hoofd en neem opnieuw haar lippen in bezit, alles wat ik niet kan zeggen in de kus leggend. Haar ademhaling wordt oppervlakkig en ik weet dat ik haar te strak vasthoud, maar ik kan er niets aan doen.

Naast het overweldigende verlangen voel ik een vreemde, irrationele angst.

Angst dat ik haar kan verliezen. Dat ze weg kan glippen alsof ze een mooie, kortstondige droom is.

Nee. Ik kantel mijn hoofd en duik dieper haar mond in, haar smaak en geur absorberend om de schaduwen te verdrijven. Ze zal niet wegglippen. Dat sta ik niet toe. Ze is echt en ze is van mij. Ik kus haar tot we beiden naar adem snakken, tot de angst in mijn binnenste verdreven is door de brandende hitte tussen ons.

Dan bemin ik haar, zo teder als ik kan.

Als ik even later in slaap val, ligt Nora veilig in mijn armen.

ora

HET KOST ME AL MIJN WILSKRACHT OM WAKKER TE blijven als ik Julians ademhaling in een slapend ritme hoor vertragen. Mijn oogleden voelen zwaar en mijn lichaam is slap van uitputting en seksuele bevrediging. Ik wil niets liever dan mijn ogen sluiten en de prettige duisternis omarmen, maar dat gaat niet.

Ik moet eerst nog iets doen.

Ik wacht tot ik zeker weet dat Julian slaapt en dan wurm ik me voorzichtig uit zijn omhelzing. Tot mijn opluchting beweegt hij niet, dus sta ik op en pak ik de badjas, die tijdens de seks op de grond beland is.

Zachtjes doe ik hem aan. Dan sluip ik naar de badkamer. Mijn maag is nog van streek van het avondeten en een nieuwe golf misselijkheid welt in me op. Ik moet een paar keer slikken om mijn eten binnen te houden.

Waarschijnlijk kan ik dit beter niet doen terwijl ik zo misselijk ben. Dat weet ik wel, maar als ik het nu niet doe, heb ik er later misschien de moed niet meer voor. En ik moet het echt doen. Ik moet mijn belofte vervullen, Peter terugbetalen voor wat ik hem verschuldigd ben. Dat is belangrijk voor me. Ik wil niet het meisje zijn dat zelf niets onderneemt, de vrouw die altijd in de schaduw van haar man staat.

Ik wil niet de rest van mijn leven Julians hulpeloze poesje zijn.

Ik gooi koud water in mijn gezicht, haal een paar keer diep adem om de misselijkheid te verdrijven en loop terug naar de slaapkamer. De gordijnen staan iets open en dankzij de volle maan kan ik zien waar ik ben.

Mijn doel is het dressoir, waar Julians laptop op ligt. Hij neemt niet altijd de computer mee naar de slaapkamer, maar vanavond wel - wat nog een reden is dat ik niet wil wachten met de uitvoering van mijn plan.

Het plan zelf is uiterst eenvoudig. Ik pak de laptop, log in op Julians e-mail en stuur de lijst naar Peter. Als alles goed gaat, komt Julian er pas over een tijdje achter. En dan is het te laat. Dan heb ik mijn schuld aan Julians voormalige veiligheidsadviseur ingelost en zal mijn geweten schoon zijn.

Nou ja, zo schoon als het wordt in de wetenschap dat Peter de mensen op die lijst waarschijnlijk op afschuwelijke manieren gaat afslachten.

Nee, niet aan denken. Die mensen zijn verantwoordelijk voor de dood van Peters vrouw en zoon. Ze zijn geen onschuldige burgers en zo moet ik ze dus ook niet zien.

Het enige waar ik me nu druk om moet maken, is die lijst bij Peter krijgen zonder dat Julian wakker wordt.

Ik loop zo zacht ik kan door de kamer, hoewel mijn hart uit mijn borst lijkt te bonzen. Als ik bij het dressoir ben, sta ik stil om te luisteren.

Het is stil. Julian moet nog slapen.

Ik bijt op mijn lip als ik de laptop pak. Opnieuw luister ik.

De kamer is nog steeds gehuld in stilte.

Ik laat langzaam mijn adem ontsnappen en loop zacht terug naar de badkamer, de laptop tegen mijn borst gedrukt. Eenmaal binnen glip ik naar binnen en doe ik de deur achter me op slot. Daarna ga ik op het randje van de jacuzzi zitten.

Tot dusver gaat het goed. Ik negeer mijn draaiende maag en open de laptop.

Meteen komt er een scherm tevoorschijn dat om een wachtwoord vraagt.

Ik haal nog een keer adem om de steeds erger wordende misselijkheid te bedwingen. Dat had ik verwacht. Julian is paranoïde als het om veiligheid gaat en verandert zijn wachtwoord minstens een keer per week. Maar de laatste keer dat hij het veranderde was de dag nadat Frank, Julians contact bij de CIA, hem de lijst had gemaild.

Ik was al bezig met mijn plan en zorgde dus dat ik in de buurt was toen hij zijn wachtwoord veranderde. Maar ik staarde uiteraard niet naar de laptop. Dat zou verdacht zijn geweest. Nee, ik heb hem met mijn smartphone gefilmd terwijl ik deed of ik mijn e-mail checkte.

Nu is het hopen dat ik zijn bewegingen goed heb geïnterpreteerd...

Ik houd mijn adem in terwijl ik 'NML_#042160' intyp en op enter druk.

Het scherm knippert... en ik ben binnen.

Mijn adem ontsnapt in een zucht van opluchting. Nu hoef ik alleen de e-mail van Frank te vinden, de bijlage te openen, in mijn eigen e-mail in te loggen en de lijst naar het adres te sturen waarmee Peter contact met me opneemt.

Dat zou niet al te moeilijk moeten zijn - als ik tenminste mijn eten binnen houd.

'Nora?' Een klop op de deur laat me zo schrikken dat ik bijna de computer laat vallen. Mijn longen knijpen samen en ik staar als bevroren naar de deur.

Julian klopt nog een keer. 'Nora, schatje, gaat het wel?'

Hij weet niet dat ik zijn laptop heb. Dat besef geeft me weer ruimte om te ademen.

'Even naar de wc,' roep ik, hopend dat Julian de door adrenaline veroorzaakte trilling in mijn stem niet opmerkt. Tegelijkertijd open ik zijn e-mail en zoek ik op Franks naam. 'Ik ben zo klaar.'

'Natuurlijk schatje, neem de tijd.' De woorden

worden vergezeld door het geluid van wegstervende voetstappen.

Opgelucht slaak ik nog een zucht. Ik heb een paar minuten extra.

Snel zoek ik in de e-mails die het woord 'Frank' bevatten. Er zijn er meer dan tien van alleen de laatste week, maar degene die ik wil moet een bijlage hebben... Aha! Daar. Snel open ik hem.

Het is een spreadsheet met namen en adressen. Ik lees ze uit automatisme door. Het zijn er bijna twintig en de adressen komen uit de hele wereld, van steden in Europa tot dorpen in de Verenigde Staten. Eén valt me op: Homer Glen, Illinois.

Dat is in de buurt van Oak Lawn, mijn thuisstad. Minder dan veertig minuten rijden vanaf mijn ouders.

Verbluft lees ik de naam naast het adres.

George Cobakis.

Goddank. Die ken ik niet.

'Nora?' Daar is Julian weer. De gespannen ondertoon laat me opnieuw schrikken. Zijn volgende woorden bevestigen wat ik al vreesde. 'Nora, heb jij mijn computer?'

'Wat? Hoezo?' Ik hoop dat ik niet zo schuldig klink als ik me voel. O, shit. Potverdorie. Paniekerig sla ik de lijst op en open een nieuw browservenster.

'Mijn laptop is namelijk weg.' Nu klinken de eerste trillingen van woede in zijn stem door. 'Heb je die daar bij je?'

'Wat? Nee.' Zelfs ik hoor de leugen in mijn stem.

Mijn handen trillen, maar ik kom in gmail en tik mijn gebruikersnaam en wachtwoord in.

De deurklink rammelt. 'Nora, doe open. Nu.'

Ik geef geen antwoord. Mijn handen trillen zo, dat ik het wachtwoord verkeerd intik en opnieuw moet beginnen.

'Nora!' Julian ramt tegen de deur. 'Open verdomme die deur voor ik hem intrap!'

Eindelijk ben ik in mijn e-mail. Mijn hart bonst als een malle en ik zoek snel Peters laatste e-mail.

Bam. De deur trilt van de harde trap.

Mijn misselijkheid neemt toe, maar ik heb de e-mail.

Bam. Bam. Nog meer trappen. Ik klik op 'beantwoorden' en voeg de lijst als bijlage toe.

Bam. Bam. Bam.

Ik klik op 'verzenden' en de deur vliegt uit zijn sponning en slaat voor me tegen de vloer.

Dar staat Julian, naakt, zijn ogen blauwe spleetjes in zijn prachtige gezicht. Zijn sterke handen zijn tot vuisten gebald en zijn neusgaten staan wijd open gesperd. Een blos van woede kleurt zijn wangen.

Hij is geweldig en angstaanjagend, net een furieuze aartsengel.

'Geef me die laptop, Nora.' Zijn stem is gevaarlijk kalm. 'Nu.'

Gal rijst in mijn keel op en ik slik krampachtig. Ik sta op en met trillende benen loop ik naar hem toe om hem de computer te geven.

Met één hand pakt hij hem aan; met de ander grijpt

hij mijn rechterpols, waardoor ik aan hem vastgeketend zit.

Dan kijkt hij naar het scherm.

Op zijn gezicht zie ik precies het moment waarop hij beseft wat ik gedaan heb.

'Je hebt het naar hem gestuurd?' Hij zet de computer op de wastafelkast en trekt me aan beide armen naar zich toe. Zijn ene oog glinstert woedend. 'Je hebt verdomme die lijst naar hem gestuurd?' Hij schudt me flink door elkaar, intussen hard in mijn armen knijpend.

Mijn maag draait om en de misselijkheid slaat als een vloedgolf door me heen. 'Julian, laat los...'

Met een kracht die veroorzaakt wordt door wanhoop, ruk ik me los en duik op het toilet af, nog net op tijd voor ik over mijn nek ga.

'Hoelang ben je al misselijk?' Dokter Goldberg neemt mijn bloeddruk op terwijl ik op het bed lig en Julian door de kamer ijsbeert als een gekooide jaguar.

'Weet ik niet,' zeg ik. Met mijn ogen volg ik Julians bewegingen. Hij draagt een T-shirt en spijkerbroek, maar geen sokken of schoenen. Hij loopt rondjes voor het bed. Iedere spier is gespannen en zijn kaak staat strak.

Of hij is boos op me, of hij maakt zich zorgen om me. Waarschijnlijk allebei. Binnen een paar minuten nadat ik had overgegeven, stond de dokter in onze slaapkamer en lag ik in bed.

Het deed me denken aan zijn snelle actie toen ik op het eiland een blindedarmontsteking kreeg.

'Ik heb vast gewoon iets verkeerds gegeten of een virus opgelopen,' zeg ik tegen de arts. 'Ik werd misselijk bij het avondeten.'

'Hm-hm.' Dokter Goldberg pakt een in plastic verpakte naald met daaraan een buisje. 'Mag ik?'

'Oké.' Ik wil niet echt dat hij bloed afneemt, maar ik denk niet dat Julian toestaat dat ik weiger. 'Ga je gang.'

De dokter vindt een ader en schuift de naald in mijn arm. Ik kijk opzij. Ik ben nog steeds een beetje misselijk en ik wil mijn maag even niet testen door de aanblik van bloed.

'Klaar,' zegt hij dan. Hij verwijdert de naald en dept mijn huid met een naar alcohol ruikend watje. 'Ik zal wat tests doen en je de uitslag laten horen.'

'Ze is ook steeds moe,' zegt Julian zacht, terwijl hij even naast het bed blijft staan. Hij kijkt me niet aan en dat stoort me. 'En ze slaapt slecht vanwege de nachtmerries.'

'Juist.' De dokter staat met het buisje in zijn hand op. 'Ik ga dit in het lab onderzoeken. Ik ben met een uurtje wel terug.'

Hij snelt de kamer uit en Julian gaat op het bed zitten. Eindelijk kijkt hij me aan. Zijn gezicht is ongebruikelijk bleek en er lijkt een diepe frons in zijn voorhoofd gegroefd. 'Waarom zei je niet dat je misselijk was, Nora?' vraagt hij terwijl hij mijn hand pakt. Zijn vingers voelen warm aan en zijn greep is zacht, ondanks zijn innerlijke onrust.

Verrast knipper ik met mijn ogen. Ik had gedacht dat hij me zou ondervragen over Peters lijst. Dit verwachtte ik niet. 'Het was tijdens het eten nog niet zo erg,' zeg ik voorzichtig. 'Ik voelde me beter na het douchen en... je weet wel.' Met mijn andere hand gebaar ik naar het bed.

'De seks?' Julians uitdrukking wordt milder als onverwacht iets van geamuseerdheid in zijn blik te zien is.

'Juist.' Mijn lichaam wordt warm bij de gedachten die die woorden oproepen. Blijkbaar ben ik niet te ziek om opgewonden te raken. 'Daardoor voelde ik me beter.'

'Ik begrijp het.' Julian kijkt me schattend aan en streelt met zijn duim de binnenzijde van mijn pols. 'En omdat je je zo goed voelde, besloot je mijn computer te hacken.'

Daar zijn we dan. De afrekening die ik verwachtte. Maar Julian lijkt niet zo boos als eerst en zijn aanraking is eerder troostend dan bestraffend.

Blijkbaar heeft een voedselvergiftiging - of wat ik ook moge mankeren - zo zijn voordelen.

Ik schenk hem een voorzichtige glimlach. 'Nou, ja. Het was een goede gelegenheid.' Ik ontken mijn daad niet en bied ook geen excuses aan. Dat heeft toch geen zin. Het is voorbij. Ik heb mijn schuld bij Peter ingelost.

'Hoe wist je mijn wachtwoord?' Julians duim maakt

nog steeds cirkels over mijn pols. 'Ik heb je het niet verteld.'

'Ik filmde je toen je het een paar dagen geleden veranderde. Dat was nadat ik wist dat Frank je de lijst had gestuurd.'

Bijna onmerkbaar trillen Julians mondhoeken even. 'Dat dacht ik al. Ik vroeg me al af waarom je die dag zo vaak op je telefoon keek.'

Ik lik over mijn lippen. 'Ga je me straffen?' Julians lijkt eerder geamuseerd dan boos, maar ik denk niet dat ik er zomaar mee wegkom.

'Natuurlijk, poesje van me.' Er is geen enkele aarzeling in zijn stem te bespeuren.

Mijn polsslag schiet omhoog. 'Wanneer?'

'Wanneer ik daar zin in heb.' Zijn ogen glinsteren als hij mijn hand loslaat. 'Wil je nu wat water of zo?'

'Een paar crackers en kamillethee zou fijn zijn,' zeg ik automatisch. Intussen staar ik hem aan. Natuurlijk had ik dit verwacht, maar toch maakt het me nerveus.

'Ik zal het voor je halen.' Julian staat op. 'Ik ben zo terug.'

Hij loopt de kamer uit en ik sluit mijn ogen. Nu de adrenaline is verdwenen, is mijn eerdere vermoeidheid weer volop terug. Misschien kan ik een dutje doen voor Julian terug is...

Een klopje op de deur laat me overeind schieten. 'Ja?'

'Nora, David Goldberg hier. Mag ik binnenkomen?'

'Prima.' Ik ga weer liggen, hoewel mijn hart nog

steeds bonst. 'Bent u nu al klaar met de testen?' vraag ik als de arts binnenkomt.

'Ja.' Zijn gezichtsuitdrukking is een beetje vreemd. Hij blijft naast het bed staan. 'Nora, je bent de laatste tijd vermoeid, hè? En je voelt je ongewoon gestrest?'

'Ja.' Ik krijg hier een ongemakkelijk gevoel van. 'Waarom?'

'Heb je nog andere dingen opgemerkt? Stemmingswisselingen? Eten dat je ineens wel of niet meer lekker vindt? Misschien gevoelige borsten?'

Benauwd staar ik hem aan. 'Waar denk je aan?' Die symptomen. Hij bedoelt toch niet...

'Nora, uit de bloedtest kwam een hoog gehalte aan HcG-hormoon naar voren,' zegt de arts vriendelijk. 'Je bent zwanger.' Hij is even stil en gaat dan verder: 'Gezien het moment waarop je implantaat verwijderd werd, zou ik schatten dat je nu zo'n zes weken zwanger bent.'

*J**ulian***

Ik loop de trap op naar de slaapkamer met het dienblad met thee en crackers in mijn handen. Ik zou woedend moeten zijn, maar vreemd genoeg zijn mijn zorgen om Nora vermengd met een vleugje bewondering.

Ze ging tegen me in. Ze sloot zichzelf op in de badkamer en hackte mijn computer om een schuld in te lossen omdat zij vond dat dat nodig was. Hoewel ze geweten moet hebben dat ik erachter zou komen, deed ze het toch - en daar heb ik respect voor.

Als ik haar was, had ik hetzelfde gedaan.

Achteraf gezien had ik dit moeten verwachten. Ze stond erop dat ze Peter die lijst wilde sturen, dus het is niet echt verrassend dat ze dat op eigen houtje heeft gedaan. Vanaf het begin heb ik al een stille, koppige kracht in haar aangevoeld, een stalen kern die je gezien haar delicate uiterlijk niet zou verwachten.

Mijn poesje mag het grootste deel van de tijd volgzaam zijn, maar dat is alleen omdat ze slim genoeg te weten wanneer ze ergens tegenin kan gaan - en ik had moeten weten dat ze dit niet over haar kant zou laten gaan.

Als ik de slaapkamer nader, hoor ik stemmen. Ik herken Goldbergs licht nasale timbre.

Hij is terug met de testresultaten. Nora klinkt overstuur.

Verdomme. Een scherpe, ijskoude angst slaat door me heen. Als er iets echt mis is, als ze echt ziek is... Met twee grote stappen ben ik bij de deur. De thee slaat over de rand van het kopje, maar al mijn aandacht is op Nora gericht.

Ik houd het dienblad in één hand, duw de deur open en stap de kamer in.

Ze zit op het bed, haar ogen groot in haar doodsbleke gezicht. Goldberg zegt net: 'Ik ben bang dat het mogelijk is...'

Mijn hart slaat over. 'Wat is er mogelijk?' Mijn stem klinkt scherp. 'Wat is er mis?'

Goldberg kijkt me aan. 'Daar ben je.' Hij klinkt opgelucht. 'Ik legde net aan je vrouw uit dat de morning-afterpil slechts voor 95 procent betrouwbaar is wanneer hij binnen 24 uur wordt ingenomen. Hoewel de kans op conceptie klein was gezien het moment dat het implantaat verwijderd werd, was er toch een kleine kans op zwangerschap...'

'Zwangerschap?' Voor mijn gevoel spreekt hij een mij onbekende taal. 'Waar heb je het over?'

Goldberg zucht vermoeid. 'Nora is zes weken zwanger, Julian. Het lijkt erop dat de morning-afterpil zijn werk niet gedaan heeft.'

Ik kijk hem verbijsterd aan en hij zegt: 'Luister, ik weet dat het moeilijk te bevatten is. Waarom laat ik jullie niet alleen om het te bespreken, dan beantwoord ik jullie vragen morgenochtend. Nu is het het beste voor Nora om even rust te nemen. Stress is niet goed in haar conditie.'

Ik knik zwijgend, nog steeds geschokt, en de dokter gaat snel de kamer uit. Nora en ik blijven samen achter.

Nora zit als een wassen pop op het bed, haar gezicht bijna even wit als haar ochtendjas.

Als ik heet vocht op mijn hand voel, besef ik weer dat ik een dienblad vast heb. De pijn maakt mijn hoofd helder. Eindelijk kan ik Goldbergs woorden verwerken.

Nora is zwanger.

Niet ziek. Zwanger.

De ijskoude angst verdwijnt en wordt vervangen door een nieuwe, mij totaal onbekende emotie.

Ik zet het dienblad met het nu halfvolle kopje thee op het nachtkastje en ga naast mijn vrouw zitten, haar handen in de mijne nemend. 'Nora?' Ik trek aan haar handen, zodat ze me aankijkt. Ze is nog steeds in shock; haar blik is leeg en ver weg. 'Nora, schatje, praat eens met me.'

Ze knippert en dan is ze terug. Haar handen schokken in de mijne. Ik laat haar los en ze schiet weg, trekt haar knieën op en slaat haar armen eromheen. Haar blik vermengt zich met de mijne en we staren elkaar in stilte aan.

'Heb jij dit gedaan?' vraagt ze uiteindelijk. Haar stem is een hese fluistering. 'Heb je dokter Goldberg gevraagd me een placebo te geven in plaats van de morning-afterpil? Is het nieuwe implantaat in mijn arm nep?'

'Nee.' Ik neem niet de moeite boos te worden om haar beschuldiging. Als ik had gewild dat ze zwanger werd, had ik misschien zoiets gedaan. Nora is slim genoeg dat te weten. 'Nee, poesje van me. Dit is net zo'n schok voor mij als voor jou.'

Ze knikt en ik zie dat ze me gelooft. Ik heb geen reden om te liegen. Ze is van mij. Ik kan met haar doen wat ik wil. Als ik haar met opzet zwanger had gemaakt, had ik dat niet ontkend.

'Kom hier,' prevel ik, terwijl ik mijn hand naar haar uitsteek. Ze reageert onwillig, maar ik negeer haar tegenstand. Ik wil haar vasthouden, bij me houden. Haar haren kriebelen tegen mijn kin als ik haar op mijn schoot trek en met gesloten ogen diep inadem.

Nora is niet ziek.

Ze draagt mijn kind.

Het lijkt onwerkelijk, onnatuurlijk. Ze voelt zo

klein in mijn armen, zelf nauwelijks groter dan een kind. Maar ze wordt moeder - en ik word vader.

Een vader, net als de man die mij het leven schonk en me vormde tot wat ik nu ben.

Ongewild borrelt een oude herinnering in me op.

'Vang!' Lachend gooit hij een bal naar me. Ik spring omhoog en mijn vijfjarig handje sluit zich eromheen, de bal uit de lucht plukkend.

'Ik heb hem!' Ik ben trots op mezelf, blij met mezelf. 'Vader, ik had hem meteen!'

'Goed gedaan, zoon.' Hij grijnst naar me en op dat moment houd ik van hem. Zijn waardering is me meer waard dan wat ook. Ik vergeet de bekende beet van zijn riem en al die keren dat hij tegen me schreeuwde en me nutteloos noemde.

Hij is mijn vader en op dat moment houd ik van hem.

Mijn ogen schieten open en ik staar nietsziend naar de muur, Nora nog steeds in mijn armen. Ik kan niet geloven dat ik ooit van die man heb gehouden. Hij is al zolang een bron van haat dat ik vergeten was dat die momenten er ook waren.

Ik was vergeten dat er momenten waren waarop hij me gelukkig maakte.

Zal ik mijn kind gelukkig maken? Of zal hij of zij me haten? Ik zei tegen Nora dat ik een vreselijke vader zou zijn, maar ik weet niet of dat zo is. Voor het eerst probeer ik me een pasgeboren baby in mijn armen voor te stellen, of het spel met een peuter met appelwangen, of hoe ik een vijfjarige leer zwemmen...

Tot mijn verrassing zie ik de beelden makkelijk voor me. Ze vullen me met een onrustige mengeling van angst en verlangen.

Het is een verlangen naar iets wat ik nooit heb gekend.

Ik schrik op door een zachte snik. Het is Nora.

Ze huilt. Haar kleine lichaam schudt in mijn armen. Ik voel haar tranen tegen mijn hals en ze branden als zuur.

Een moment lang was ik vergeten dat ze dit kind echt niet wil.

Hoezeer ze geen kind met me wil.

'Stil, poesje van me.' De woorden klinker ruwer dan ik ze bedoelde, maar ik kan het niet helpen. Dat onprettige strakke gevoel in mijn borst is terug, evenals de neiging haar pijn te doen. Ik vecht ertegen en zeg op mildere toon: 'Dit is niet het einde van de wereld, echt niet.'

Ze wordt even stil, maar dan snikt ze weer. En nog een keer.

Ik kan het niet meer aan. Haar ellende voelt als een brandend mes in mijn binnenste - pijnlijk en gekmakend tegelijk.

Ik grijp haar haren en trek haar hoofd naar achteren, haar dwingend me aan te kijken. Haar ogen zijn groot en geschokt. Tranen kleven aan haar wimpers en dat maakt me nog bozer. Het beest in mij wordt wakker.

Haar lippen trillen en ze lijkt iets te willen zeggen, maar ik buig mijn hoofd en absorbeer haar woorden in een harde, diepe kus. Een scherpe, sterke vlaag lust ontwaakt en maakt mijn penis hard en mijn brein mistig. Ik wil haar en tegelijkertijd wil ik haar straffen. Ik voel dat ze tegenstribbelt, proef het zout van haar tranen. Beide wakkeren mijn verwrongen honger aan.

Hoe ze onder op het bed eindigt, weet ik niet, maar onze kleren zijn een ondraaglijke barrière en dus ruk ik ze af, meer beest dan man. Mijn vingers sluiten om haar polsen en ik neem beide in mijn linkerhand. Mijn knieën duwen haar benen ruw uiteen.

Ik hoor Nora me smeken op te houden, maar dat kan ik niet. Het verlangen haar te bezitten brandt onder mijn huid, verzengt alle rationele gedachten. Met mijn vrije hand pak ik mijn penis en met één stoot ben ik in haar, haar lichaam nemend zoals ik haar hart en ziel wil hebben.

Ze is klein en strak. Haar spieren vechten tegen me, maar de druk verhoogt mijn gewelddadige neiging haar hard te nemen alleen maar. Haar tegenstand maakt me gek, wild, tot ik niets liever wil dan met mijn penis op haar inbeuken terwijl ik haar onder me gevangen houd. Iedere stoot is een genadeloze eis, een brute verovering van wat reeds aan mij toebehoort. Het lijkt alsof ik haar uren neuk. Ik ben me slechts bewust van de woeste honger die in me brandt.

Pas als ik op haar ineen zak, hijgend na mijn heftige orgasme, trekt de mist in mijn hoofd op en besef ik wat ik heb gedaan.

Ik laat haar polsen los, duw me omhoog op een elleboog en kijk op haar neer, mijn penis nog in haar.

Ze ligt onder me, met gesloten ogen en een bleek gezicht. Ik zie een veeg bloed op haar onderlip. Ik moet haar gebeten hebben - of ze had zoveel pijn dat ze zelf op haar lip beet.

Terwijl ik naar haar kijk, opent ze haar ogen en ontmoet ze mijn blik... En voor het eerst in decennia proef ik de bittere smaak van wroeging.

8

MIJN HOOFD IS LEEG ALS IK JULIAN AANKIJK. ERGENS BEN ik me ervan bewust dat hij nog in me zit, maar meer kan ik op dit moment niet verwerken. Ik voel me gebroken, vernietigd. Het ruwe, geschaafde gevoel in mijn lichaam wordt versterkt door de diepe, stekende pijn in mijn ziel.

Maar ik weet eigenlijk niet waarom dit potje ruwe seks als een schending voelde. Waarom herinnerde dit me aan die eerste dagen op het eiland, toen Julian mijn ontvoerder was in plaats van de man die ik liefheb? Een paar dagen geleden mishandelde hij me met een zweepje en tepelklemmen en ik genoot ervan, smeekte hem om meer.

Vandaag heb ik ook gesmeekt, maar niet om meer. Ik wilde geen seks - niet nu mijn hart gebroken is wegens het kleine leven dat in me groeit.

Een onschuldig kind, geschapen door twee moordenaars.

'Nora...' Julians stem is een hese, gepijnigde fluistering. De pijn die ik hoor, raakt me. Ik wil hem haten omdat hij me pijn heeft gedaan, maar dat kan ik niet. Het zit in hem. Het is wie hij is.

Daarom is een kind van ons ook gedoemd.

Ik houd zijn blik vast, hoewel ik het gevoel heb dat ik kapot ga. 'Laat me gaan, Julian. Alsjeblieft.'

'Dat kan ik niet.' Zijn gezicht vertrekt, waardoor de littekens rond zijn linkeroog duidelijker zichtbaar worden. 'Ik kan het niet, Nora.'

Ik slik moeizaam als tot me doordringt dat hij het niet over onze fysieke positie heeft. 'Dat vraag ik niet van je. Maar ik... ik wil gewoon even alleen zijn.'

Hij trekt zich terug en rolt op zijn rug, waardoor ik me op mijn zij kan rollen, mijn knieën tegen mijn borst klemmend. Ik voel me niet misselijk meer, maar wel zwak. Uitgeput. Mijn lichaam doet pijn van Julians misbruik en ik word overspoeld door een golf van hopeloosheid, die mijn wanhoop alleen nog maar voedt.

Julian staat op, maar ik heb het nauwelijks door. Pas als hij een warm washandje tegen de pijnlijke plek tussen mijn benen duwt, realiseer ik me dat hij naar de badkamer is geweest. Ik heb geen fut om me te bewegen, dus blijf ik stil liggen en laat hem de restanten van onze vrijpartij van mijn dijen wassen.

Daarna trekt hij me tegen zich aan en slaat de dekens over ons heen. Als de bekende warmte van zijn lichaam tot me doordringt en me in slaap sust, droom ik dat ik zijn lippen tegen mijn slaap voel en hem 'Het spijt me' hoor fluisteren.

'ZOALS IK GISTERAVOND UITLEGDE, WAS DEZE ZWANGERSCHAP ONWAARSCHIJNLIJK, MAAR NIET ONMOGELIJK,' zegt dokter Goldberg als ik naast Julian op de bank plaatsneem. 'De morning-afterpil werkt in zo'n vijf procent van de gevallen niet en de waarschijnlijkheid dat je een eisprong had binnen een paar dagen nadat je je implantaat kwijt was, was ook een paar procent, dus als je het uitrekent...' Hij haalt zijn schouders op en schenkt me een schaapachtige glimlach.

'Maar hoe zit het dan met de anticonceptie die Nora nu heeft?' vraagt Julian fronsend. 'Ze heeft al weken een nieuw staafje in haar arm.'

'Juist.' De arts knikt. 'Dat moeten we zo snel mogelijk verwijderen. Ook moet Nora prenatale vitamines gaan nemen.' Hij is even stil, dan voegt hij er voorzichtig aan toe: 'Als jullie de baby tenminste willen houden.'

'Dat willen we,' zegt Julian voor ik de vraag zelfs maar heb verwerkt. 'En we willen er alles aan doen om te zorgen dat het kind gezond is.' Hij pakt mijn hand en neemt die in de zijne, bezitterig in mijn handpalm knijpend. 'En Nora natuurlijk ook.'

Eindelijk dringen dokter Goldbergs woorden tot me door. Ik kijk naar Julian. Zijn kaak staat strak en koppig. Ik had niet eens aan abortus gedacht, maar het verrast me dat Julian er zo fel op tegen is. Hij zei dat hij geen kinderen wilde, maar hij lijkt me niet zo hypocriet om morele of religieuze bezwaren tegen de ingreep te hebben.

'Uiteraard,' zegt de arts. 'Ik ben geen gynaecoloog, maar ik kan Nora onderzoeken en het implantaat verwijderen. Dan zal ik haar ook prenatale vitamines voorschrijven. Ik ken ook een uitstekende gynaecoloog die waarschijnlijk wel een tijd hier wil blijven om Nora's zwangerschap te monitoren. Ik heb je haar contactgegevens al gemaild.'

'Mooi.' Julian staat op, mijn hand loslatend. Hij ziet er rusteloos en gespannen uit. 'Ik wil dat Nora de allerbeste zorg krijgt.'

'Dat zal ik regelen,' belooft dokter Goldberg. Hij staat ook op. Hij wendt zich tot mij en zegt: 'In elk geval is dit een verklaring.'

'Waarvoor?' Ik sta ook maar op - het voelt gek om als enige te blijven zitten.

'Je aanhoudende nachtmerries en paniekaanvallen.' De arts kijkt me meelevend aan. 'Zwangerschapshormonen kunnen angsten versterken, vooral na traumatische gebeurtenissen.'

'O.' Ik staar hem aan. 'Dus ik reageer niet overdreven op wat er gebeurd is?'

'Zeker niet,' verzekert dokter Goldberg me. 'Depressie en angststoornissen kunnen bij zwangere vrouwen door veel minder ernstige zaken al getriggerd worden. Doe rustig aan en probeer je zoveel mogelijk te ontspannen, zowel voor jezelf als voor de baby. Ernstige stress kan tot allerlei complicaties leiden, waaronder een miskraam.'

'Ik zorg ervoor dat ze rust krijgt en geen stress te verduren krijgt.' Opnieuw pakt Julian mijn hand. Het is alsof hij me vandaag wel moet aanraken. 'Hoe zit het met eten en drinken?'

'Ik zal je een lijst geven met voedingsmiddelen die niet zijn toegestaan,' zegt dokter Goldberg. 'Je weet waarschijnlijk dat alcohol en cafeïne worden afgeraden, maar er zijn nog wat meer zaken, zoals sushi en vis met hoge kwikgehaltes.'

'Goed.' Julian draait zijn hoofd om me aan te kijken. 'Schatje, vind je het goed als de dokter je nu onderzoekt en het implantaat uit je arm haalt?' Zijn stem is ongebruikelijk zacht en ik zie een onherkenbare emotie in zijn blik.

'Eh, zeker.' Ik zie geen enkele reden om dit uit te stellen, maar het is fijn dat Julian het me vroeg in plaats van het onderzoek op zijn gewone, autocratische manier te bevelen.

'Mooi.' Hij brengt de hand die hij vast heeft naar zijn lippen en drukt een kus op mijn pols voor hij me loslaat. 'Ik ben zo terug.'

Ik knik en Julian loopt de kamer uit, de deur achter zich sluitend.

'Goed, Nora.' Dokter Goldberg glimlacht naar me. Hij pakt zijn tas en haalt er een paar latex handschoenen uit. 'Zullen we beginnen?'

ALS DE ARTS WEG IS, TREK IK EEN BIKINI AAN, PAK MIJN lesboek psychologie en ga naar de veranda achter. Zwanger of niet, ik heb een tentamen en ik ben van plan ervoor te gaan leren - al is het maar om me af te leiden van de huidige situatie. Opnieuw heb ik een klein wondje, bedekt door een pleister, in mijn arm. Ik probeer de doffe pijn te negeren. Op dit moment wil ik me niet concentreren op het feit dat mijn anticonceptiestaafje is verdwenen, noch op de reden waarom.

Vreemd genoeg is dat gebroken gevoel van gisteravond verdwenen. In plaats daarvan ervaar ik een soort doffe pijn. Waarschijnlijk zou ik getraumatiseerd moeten zijn - en woedend op Julian - maar dat ben ik niet. Net als de dagen na mijn ontvoering lijkt gisteravond tot een ander tijdperk te behoren, een tijd voor we werden wie we nu zijn. Ik weet dat ik mezelf voor de gek houd - ik leef in het moment en duw de nare dingen weg - maar dat heb ik nodig om mentaal gezond te blijven.

Ik kan namelijk niet stoppen van mijn ontvoerder te houden, wat hij me ook aandoet.

Daarbij is de Julian van vanochtend een heel ander persoon dan de brute wildeman van gisteravond. Vanaf het moment dat ik wakker ben geworden, behandelt hij me alsof ik van glas ben. Ik kreeg ontbijt op bed, gevolgd door een voetmassage, kusjes en liefdevolle strelingen. Als ik niet beter wist, zou ik denken dat hij zich schuldig voelt.

Maar ik weet wel beter. Slechts een dunne grens scheidt het monster van gisteravond van de tedere minnaar van vanochtend. Schuld is een emotie die mijn echtgenoot even vreemd is als medelijden met zijn vijanden.

Eenmaal op de veranda pak ik een ligstoel, zet die onder een parasol en maak het mezelf gemakkelijk. Zoals altijd is de lucht heet en vochtig, zo zwaar dat het haast verstikkend is. Maar dat vind ik niet erg. Ik ben eraan gewend. Als het ondraaglijk wordt, spring ik in het zwembad. Maar nu open ik mijn lesboek en begin het hoofdstuk over neurotransmitters opnieuw door te nemen.

Als ik halverwege ben, valt er een schaduw over me heen. Ik kijk op.

Het is Julian. Hij draagt een zwarte zwembroek en staat naast mijn stoel, me met ongeremde honger opnemend.

Ik lik over mijn lippen en staar hem aan. In het heldere zonlicht is hij haast ondraaglijk knap. De verse littekens dragen op de een of andere manier bij aan zijn absolute mannelijkheid. Van zijn schouders tot zijn kuiten is elke centimeter van zijn lichaam gevormd door harde, gladde spieren. Zijn krachtige borst is bedekt met donkere haartjes en zijn buikspieren zijn duidelijk zichtbaar. Een streepje haar loopt vanaf zijn navel zijn zwembroek in.

Hij is verbluffend knap, mooier dan welke man ook - en ik wil hem.

Ondanks gisteravond, ondanks alles, wil ik hem.

'Hoe voel je je, schatje?' vraagt hij. Zijn stem is hees en laag. 'Ben je nog misselijk? Moe?'

'Nee.' Ik ga rechtop zitten en leg het tekstboek neer. 'Vandaag voel ik me goed.'

Julian gaat naast me zitten en strijkt een lok achter mijn oor. 'Mooi,' zegt hij zacht. 'Daar ben ik blij om.'

'Kom je zwemmen?' Ik probeer de warme, vochtige gloed tussen mijn benen te negeren. 'Ik dacht dat je zou gaan werken.'

'Dat heb ik ook even gedaan, maar ik neem de rest van de dag vrij.'

'Echt?' Julian neemt nooit vrij. Nou ja, bijna nooit. 'Waarom?'

Hij schenkt me een glimlach vol zelfspot. 'Ik kon me niet concentreren.'

'O.' Ik kijk hem onderzoekend aan. 'Zullen we dan gaan zwemmen? Ik wilde na dit hoofdstuk een duik nemen, maar nu kan ook.'

'Uitstekend.' Julian staat op en steekt zijn hand uit. 'Kom op.'

Ik leg mijn hand in de zijne en laat me naar het

zwembad leiden. Als we bij het water zijn, bukt hij zich, slaat een arm onder mijn knieën door en tilt me op.

Geschrokken schiet ik in de lach, om vervolgens mijn armen om zijn nek te slaan. 'Julian! Gooi me er niet in! Ik loop liever langzaam...'

'Ik gooi je er niet in, poesje van me,' prevelt hij terwijl hij het water inloopt. In zijn ogen glanst een vlaag onverwachte humor. 'Wat voor monster denk je dat ik ben?'

'Moet ik daar echt antwoord op geven?' Ik kan niet geloven dat ik hem echt plaag, maar ineens voel ik me heel opgewekt. Het zijn vast de hormonen, maar dat maakt me niet uit. Ik ben liever luchthartig dan depressief.

'Ja, dat moet je,' zegt hij met een ondeugende grijns. Het water komt nu tot zijn middel en hij blijft staan, met mij nog steeds tegen zijn borst gedrukt. 'Want anders...'

'Want anders wat?'

'Dit.' Julian laat me een paar centimeter zakken, zodat mijn voeten het water raken. Hij probeert dreigend te kijken, maar ik kan zien dat hij eigenlijk moet lachen.

'Bedreigt u me met een duik, mijnheer?' Ik wiebel met mijn tenen in het water en kijk hem zogenaamd bestraffend aan. 'Ik dacht dat we net al hadden vastgesteld dat je me er niet in zou gooien?'

'Wie zei iets over gooien?' Hij loopt verder het zwembad in, zodat het water over mijn kuiten stroomt.

Zijn zogenaamde boze blik wordt vervangen door een duistere, sensuele glimlach. 'Ik ken andere manieren om stoute meisjes te straffen.'

'Goh, vertel...' De spieren in mijn binnenste knijpen samen als ik voor me zie wat hij in gedachten heeft. 'Wat voor manieren?'

'Om te beginnen...' Hij buigt zijn hoofd tot zijn lippen de mijne bijna raken en ik vol verwachting mijn adem inhoud '...is afkoeling nodig.'

Voor ik kan reageren, zakt hij door zijn knieën. Meteen komt het water tot mijn kin.

'Julian!' Ik begin verontwaardigd te schateren, voor ik zijn hals loslaat en tegen zijn schouders duw. Het zwembad is weliswaar verwarmd, maar het water voelt toch behoorlijk koel aan tegen mijn door de zon verwarmde huid. 'Je zou dit niet doen!'

'Ik zou je er niet ingooien,' corrigeert hij me met een ondeugende grijns. 'Ik zei niets over je er niet indragen.'

'Oké, genoeg.' Ik slaag erin uit zijn omarming te glippen en een stukje van hem weg te lopen. 'Zoek je ruzie? Dat is gelukt, mijnheer.' Ik haal uit en slaag erin hem vol in het gezicht te spetteren.

Verbluft knipperend veegt hij het water uit zijn gezicht en ik loop wat verder weg, nog harder lachend.

Maar al snel herstelt hij zich en komt hij al achter me aan. 'Heb je me nou zojuist natgespetterd?' Zijn stem is laag en dreigend. 'Heb jij nou net water in mijn gezicht gegooid, poesje van me?'

'Wat? Nee!' Ik knipper zogenaamd onschuldig met

mijn wimpers, terwijl ik steeds verder achteruit loop. 'Ik zou niet durven...' Maar de rest van mijn zin sterft weg in een gil als Julian in één simpele duik de afstand tussen ons overbrugt. Het lukt me buiten zijn bereik te blijven en schaterend zwem ik een stukje weg.

Ik ben een goede zwemmer, maar binnen een paar seconden sluiten Julians harde vingers zich om mijn enkel. 'Hebbes,' zegt hij, en hij trekt me naar zich toe. Als ik dichterbij ben, pakt hij mijn beide armen vast om me overeind te houden en slaat dan zijn armen om me heen, grinnikend om mijn slappe pogingen hem weg te duwen.

'Oké, je hebt me,' geef ik lachend toe. 'En nu?'

'Nu dit.' Hij buigt zijn hoofd en kust me. De warmte van zijn lichaam is een buffer tegen het koele water.

Zijn tong dringt mijn mond binnen en ongewild verstijf ik als de herinnering aan gisteravond voor mijn geestesoog opdoemt. Heel even herleef ik dat gevoel van hulpeloosheid en pijnlijk verraad. Blijkbaar is het me niet helemaal gelukt het goede van het slechte te scheiden. Hoe graag ik ook wil doen alsof vandaag een gewone dag is, dat is het niet. Geen enkele hoeveelheid plagen en lachen verandert iets aan het feit dat het kwaad in Julians ziel nooit helemaal uitgeroeid zal worden.

Het monster zal altijd op de loer blijven liggen.

Maar als hij me blijft kussen, groeit mijn verlangen en raak ik opnieuw onder zijn betovering. Hij is nu teder en mijn lichaam geniet ervan, geeft zich over aan de hitte van zijn omhelzing. Ik wil geloven dat hij om me geeft, wil dit droombeeld van zijn verwrongen liefde vasthouden. Daarom duw ik de nare herinneringen weg en richt ik me op het betere heden.

Op de man van wie ik houd.

ulian

Nora en ik blijven zwemmen en spelen in het zwembad tot Ana ons komt halen voor de lunch. Ik rammel en ik vermoed dat Nora ook trek heeft. Al dat gezoen en geplaag heeft me ook ontzettend geil gemaakt, maar dat zal moeten wachten.

Ik wil Nora graag neuken, maar ik heb nog liever dat ze eet.

Mijn poesje zo blij, zorgeloos en gelukkig te zien heeft het drukkende gevoel in mijn borst wel verminderd, maar niet geheel weggenomen. Die uitdrukking op haar gezicht nadat ik haar zo ruw had genomen... Die zit me nog steeds dwars en blijft me plagen, ondanks mijn pogingen het uit mijn hoofd te zetten. Ik heb haar in het verleden wel ergere dingen aangedaan, maar op de een of andere manier voelt gisteravond toch erger.

Het voelt alsof ik haar iets misdaan heb.

Misschien komt het doordat ze nu volledig de mijne is. Ik hoef haar niet langer te conditioneren, te vormen tot wat ik wil dat ze is. Ze houdt genoeg van me om voor mij haar leven op het spel te zetten, genoeg om uit vrije beweging bij me te willen zijn. Alles wat ik haar in het verleden heb aangedaan, was tot op zekere hoogte bedoeld, maar gisteravond heb ik haar gekwetst zonder dat te willen.

Ik deed haar pijn terwijl ik haar wilde vasthouden, wilde helen.

Ik heb de vrouw pijn gedaan die mijn kind draagt - en hoewel Nora me dat vergeven lijkt te hebben, kan ik het mezelf niet vergeven.

'Waar heb je zin in, Nora?' vraagt Ana als we aan de eettafel zitten. De oudere vrouw straalt en ziet er blijer uit dan ooit. 'Toast misschien? Misschien wat gewone rijst?'

Nora spert haar ogen open, maar kalm zegt ze: 'Ik wil graag wat je hebt klaargemaakt, Ana. Ik voel me vandaag echt een stuk beter.'

Ondanks mijn eerdere gemoed, glimlach ik. Of Goldberg heeft zijn mond voorbij gepraat, of Ana heeft ons vanochtend horen praten. Dat is vast de reden dat Ana zo breed glimlacht: ze weet van Nora's zwangerschap en is dolblij met het nieuws.

Bij het horen van Nora's opmerking begint Ana nog

breder te glimlachen. 'Mooi. Ik besefte vandaag pas dat je last had van ochtendmisselijkheid gisteren. Dat komt vaak voor, weet je,' zegt ze op samenzweerderige toon. 'Het begint rond de zes weken.'

'O, fijn.' Nora probeert de somberheid uit haar stem te weren, maar slaagt daar niet helemaal in. 'Daar verheug ik me echt op.'

'Ik zal goed voor je zorgen, schatje,' prevel ik. Over de tafel heen pak ik haar delicate hand. 'Ik zorg dat je krijgt wat je nodig hebt om je goed te voelen.'

Tijdens Nora's onderzoek vanochtend heb ik al een e-mail gestuurd naar de gynaecoloog die Goldberg aanraadde. Misschien is dit kind niet gepland, maar nu het er is, is de gedachte dat er iets met hem of haar gebeurt ondraaglijk. Toen Goldberg vandaag over de mogelijkheid van een abortus begon, had ik moeite hem niet aan te vliegen.

Gepland of niet, dit kind is mijn vlees en bloed en ik vermoord iedereen die het iets aan wil doen.

Nora schenkt me een klein glimlachje. 'Het komt vast goed. Zoveel vrouwen krijgen kinderen.' Ondanks haar geruststellende woorden klinkt haar stem gespannen. Ze voelt zich duidelijk nog ongemakkelijk bij het idee van de zwangerschap.

Ongemakkelijk bij het idee dat ze mijn kind draagt.

Ik haal diep adem om de instinctief opborrelende woede te bedwingen. Rationeel gezien begrijp ik haar angst. Nora houdt van me, maar ze is niet blind voor mijn aard.

Zeker na gisteravond niet.

'Ja, het komt goed,' zeg ik kalm, zacht in haar hand knijpend voor ik haar loslaat. 'Daar zorg ik wel voor.'

De rest van de maaltijd mijden we het onderwerp, beiden blij het over iets anders te hebben.

Ik breng de rest van de dag ook met Nora door, het werk dat op me ligt te wachten volkomen negerend. Voor het eerst in tijden kan ik mezelf niet druk maken om productieproblemen in Maleisië of het feit dat het Mexicaanse kartel een lagere prijs wil voor zijn op maat gemaakte machinegeweren. De Oekraïners proberen het goed te maken en me tegelijkertijd uit mijn overeenkomst met de Russen te chanteren. Interpol is woedend op de CIA omdat ze me Peter Sokolovs lijst hebben gestuurd. Een nieuwe terroristenorganisatie in Irak wil op de wachtlijst voor het explosief. Maar het kan me geen reet schelen.

Alleen Nora doet ertoe vandaag.

Na de lunch maken we een wandeling over het landgoed. Ik laat haar wat van mijn favoriete plekjes uit mijn kindertijd zien, waaronder een klein meer aan de rand van het landgoed waar ik ooit een jaguar heb gezien.

'Echt? Een jaguar?' Nora spert haar ogen open als we het bossige stuk uitkomen en op de kleine open plek bij het meer blijven staan. De hoge bomen eromheen bieden zowel schaduw als privacy - de reden dat ik daar als kind vaak kwam.

'Soms komen ze de jungle uit,' antwoord ik. 'Niet vaak, maar het gebeurt wel.'

'Hoe ben je ontsnapt?' Ze kijkt me bezorgd aan. 'Je was pas negen, zei je.'

'Ik had een wapen bij me.'

'Heb je hem gedood?'

'Nee, ik schoot op een boom naast hem om hem af te schrikken.' Ik had hem kunnen doden - zelfs toen al was ik een uitstekend schutter - maar de gedachte het felle dier iets aan te doen had me tegengestaan. Het was niet de schuld van de jaguar dat hij een roofdier was. Ik wilde hem niet straffen omdat hij de pech had menselijk gebied binnen te zijn gewandeld.

'Wat zeiden je ouders toen je het vertelde?' Nora gaat op een boomstronk zitten en kijkt naar me op. Het licht weerkaatst op het water en danst over haar schouders. 'De mijne zouden doodsbang geweest zijn.'

'Ik heb het ze niet verteld.' Ik ga zitten en voor ik mezelf kan tegenhouden, druk ik een kus op haar rechterschouder. Haar huid ruikt heerlijk en het verlangen dat ons spel in het zwembad bij me opriep, keert terug. Mijn lichaam wordt opnieuw hard door haar nabijheid.

'Waarom niet?' vraagt ze op hese toon als ik mijn hoofd ophef. 'Waarom heb je het ze niet verteld?'

'Mijn moeder was al bang voor de jungle en mijn vader zou teleurgesteld zijn geweest dat ik hem de vacht van de jaguar niet had gebracht. Het had dus geen zin om het ze te vertellen,' leg ik uit. Ik weef mijn vingers door de dikke, zijdeachtige massa van haar haren en geniet van het sensuele gevoel als het door mijn vingers glijdt. Mijn penis is keihard, maar ik ben niet van plan verder te gaan.

Pas vanavond zal ik met haar vrijen, als ze comfortabel in bed ligt en ik zeker weet dat ik haar geen pijn doe.

'O.' Nora beweegt haar hoofd mijn kant op en kijkt me door half geloken ogen aan. Haar uitdrukking doet me denken aan die van een kat die geaaid wordt. 'En je vrienden? Heb je het hun verteld?'

'Nee,' prevel ik. Ondanks mijn goede bedoelingen neemt mijn verlangen toe. 'Ik heb het aan niemand verteld.'

'Waarom niet?' Nora spint bijna als ik mijn hand opnieuw door haar haren laat glijden en haar hoofdhuid masseer. 'Hadden ze je niet geloofd?'

'Nee, ze hadden me wel geloofd.' Ik haal mijn handen uit haar haren als mijn verlangen sterker wordt en mijn zelfbeheersing begint weg te glijden. 'Ik had gewoon geen goede vrienden, dat was het meer.'

Iets dat tot mijn ongenoegen op medelijden lijkt, ligt in haar blik, maar ze zegt niets en vraagt ook niet verder. In plaats daarvan leunt ze naar me toe en drukt haar lippen op de mijne, haar kleine handen om beide zijden van mijn gezicht leggend.

Haar aanraking voelt vreemd onschuldig en onzeker, alsof dit onze eerste kus is. Haar lippen raken de mijne nauwelijks. Elke aanraking vormt een belofte van meer. Ik kan haar bijna proeven, bijna voelen, en de behoefte met haar te vrijen is zo sterk dat ik begin te beven. Slechts de herinnering aan gisteravond, aan die gekwetste, verraden blik in haar ogen, houdt me stil en laat me haar bijna-kussen accepteren en mijn handen rustig op haar schouders liggen. Ik weet dat ik haar moet tegenhouden, moet wegduwen, maar ik kan het niet.

Die aarzelende kussen zijn het liefste wat ik ooit heb gevoeld.

Net als ik denk dat ik het niet meer aan kan, verplaatst ze haar warme, kleine mond naar mijn kaak en dan langs mijn hals, kussend en knabbelend met diezelfde martelende voorzichtigheid. Haar handen laten mijn gezicht los en glijden over mijn lichaam tot ze zich om de onderrand van mijn T-shirt sluiten. Ze schuift het omhoog en ik kreun als haar knokkels langs mijn zij glijden, een brandend spoor achterlatend.

'Nora...' Ik adem scherp in als ze knielt en tussen mijn gespreide benen gaat zitten, haar gezicht op navelhoogte. 'Nora, schatje, plaag me niet zo.'

Ze negeert mijn verzoek en houdt mijn T-shirt omhoog. 'Wie plaagt je dan?' fluistert ze terwijl ze omhoog kijkt. Voor ik kan antwoorden, leunt ze naar voren om een warme, vochtige kus op mijn buik te drukken.

Verdomme. Mijn lichaam schokt en mijn penis springt op als ik een wilde vlaag van lust ervaar. De aanblik van haar, geknield daar zittend, raakt me op de verkeerde manier, wakkert al mijn duistere verlangens aan. Mijn handen ballen zich tot vuisten en ik haal snel en diep adem, mezelf eraan herinnerend dat ze nu kwetsbaar is.

Ze is zwanger van mijn kind en ik kan haar niet weer als een beest berijden.

Maar nu likt ze over mijn buik. Líkt, verdomme. Iedere ronding van elke spier verkent ze met haar tong, alsof ze zich de vorm ervan in wil prenten.

'Nora.' Mijn stem klinkt hees. 'Dat is genoeg, schatje.'

Ze heft haar hoofd en kijkt me door die lange, volle wimpers aan. 'Weet je het zeker?' prevelt ze, nog altijd mijn T-shirt vasthoudend. 'Want ik wil meer.' Ze leunt opnieuw naar voren, schraapt met haar tanden over de lagere buikspieren en zuigt dan op diezelfde plek, haar mond heet en nat op mijn naakte huid.

Naakte huid die zich net boven mijn bonzende penis bevindt, die nog altijd in toom gehouden wordt door mijn korte broek.

Lieve hemel.

'Nora...' Ik kan geen woord meer uitbrengen. Mijn vingers klemmen zich in de bast van de boom om haar maar niet te grijpen. 'Dit wil je niet, schatje, houd op...'

'Wie zegt dat ik dit niet wil?' Ze kijkt me opnieuw aan. Haar blik is verhit en duister. 'Ik wil het wel, Julian... Dankzij jou wil ik het.'

Ik snak naar adem en mijn penis schokt als ze mijn T-shirt loslaat en mijn gesp pakt. 'Ik wil je geen pijn doen.'

Haar mondhoeken krullen omhoog. 'Jawel, Julian, dat wil je wel.' Ze maakt mijn riem los en laat haar handen in mijn korte broek glijden. Haar slanke vingers sluiten zich om mijn erectie en knijpen er zachtjes in. 'Ja, toch?'

Ik sta op springen en heb mijn handen naar haar uitgestoken voor ik het goed en wel doorheb. 'Ja...' Mijn stem klinkt meer als een grom als ik haar op mijn schoot trek, zodat ze schrijlings op me komt te zitten. 'Ik wil je pijnigen, neuken, nemen op elke manier die ik ken en dan nog vaker. Ik wil mezelf in je mooie huid kerven en je horen schreeuwen als ik diep in je stoot en je over mijn stijve penis laat klaarkomen. Is dat wat je wilde horen, poesje van me?' Ik houd haar armen stevig vast en staar haar indringend aan. 'Is dat wat je wilt?'

Ze laat haar tong over haar lippen glijden. In haar ogen glinstert een opvallende duisternis. 'Ja.' Haar stem is niet meer dan een fluistering. 'Ja, Julian. Dat is precies wat ik wil.'

Verdomme. Ik sluit mijn ogen, want ik beef letterlijk van verlangen. Nu ze zo in dat zomerjurkje op mijn schoot zit, scheidt alleen haar kleine string haar kutje nog van mijn erectie. Ik hoef haar maar een paar centimeter te verschuiven om in haar te komen, in haar strakke kleine kutje te stoten...

De verleiding is ondraaglijk.

Eén, duizend. Twee, tweeduizend. Drie, drieduizend. Ik dwing mezelf te blijven tellen tot ik iets van mijn zelfbeheersing herwonnen heb.

Dan open ik opnieuw mijn ogen om haar aan te kijken.

'Nee, Nora.' Mijn stem klinkt bijna normaal als ik

haar armen loslaat en in plaats daarvan mijn handen om haar gezicht leg. 'Zo gaan we het niet doen.'

Ze knippert verbluft. 'Wat...'

Ik buk en smoor haar vraag met mijn lippen. Langzaam dring ik diep in haar mond door, haar proevend en strelend met mijn tong. Dan grijp ik met een vuist haar haren en duw haar tussen mijn benen, genietend van de geschokte uitdrukking op haar gezichtje.

'Je gaat me pijpen,' zeg ik ruw. 'En als je braaf bent, beloon ik je ervoor. Begrepen?'

Nora spert haar ogen open, maar gehoorzaamt meteen. Ze haalt mijn penis uit mijn korte broek en sluit haar lippen eromheen, terwijl ze hem tegelijk met haar hand begint te strelen. Haar mond is heet, zacht en vochtig en bijna net zo heerlijk als haar kutje, terwijl de druk van haar hand gewoon perfect genoemd kan worden. Ik ben zo dicht bij een orgasme dat het maar een puur minuten duurt tot ik haar mond vol spuit, een vurige extase door mijn lichaam razend. Kreunend grijp ik haar haren om me nog dieper in haar keel te duwen, zodat ze elke druppel zaad wel moet doorslikken.

Dan trek ik me terug, ga op de grond naast haar zitten en leg haar in het gras neer. 'Benen wijd,' beveel ik, haar jurkje omhoog trekkend zodat ik haar onderlichaam kan zien.

Ze doet wat ik vraag. In haar blik is verwachting en een vleugje terughoudendheid te lezen. Mijn handen liggen op haar slanke dijen en ik begin ze te strelen, genietend van de delicate textuur van haar huid. Dan buk ik, haak mijn vingers om haar roze string en duw hem opzij, zodat haar vochtige schaamlippen vrij komen te liggen.

'Je hebt zo'n sexy kutje, schatje.' De woorden klinken laag en hees als mijn honger, die toch al nauwelijks gestild was, in alle hevigheid terugkeert. Ik buig me verder over haar heen en snuif haar zoete, muskusachtige geur op. 'Wat een mooi, nat kutje.'

Haar ademhaling stokt even en een kreun ontsnapt haar als ik mijn lippen tegen haar schaamlippen duw om ze kort te kussen. 'Alsjeblieft, Julian.' Het klinkt smekend. 'Alsjeblieft, ik heb je nodig.'

'Ja.' Ik laat mijn adem over haar gevoelige huid glijden. 'Dat weet ik.' Langzaam laat ik een lange, langzame lik over haar spleetje glijden. 'Je zult me altijd nodig hebben, toch?'

'Ja.' In een smekend gebaar heft ze haar heupen. 'Altijd.'

'Dan is dit je beloning, poesje.'

Ik duw mijn tong tegen haar klit en begin haar te beffen, haar kreetjes en kreuntjes gretig in me opnemend. Als ze het uiteindelijk uitschreeuwt terwijl ze schokkend klaarkomt, lik ik haar nog een paar keer om haar orgasme te verlengen. Dan ga ik naast haar op het gras liggen, mijn linkerarm onder mijn hoofd als kussen en haar hoofd op mijn rechterschouder.

Zo blijven we een tijdje liggen, starend naar het glinsterende water in het meer en luisterend naar het kalme getsjirp van insecten. Ik verlang nog steeds naar haar, maar de begeerte is nu milder. Beheerster. Ik heb haar ditmaal geen pijn gedaan, maar het zware gevoel in mijn borst is er nog steeds. Het zit me nog steeds dwars.

Uiteindelijk kan ik niet langer mijn mond houden.

'Nora, gisteravond... Dat was niet vanwege Peters lijst.' Ik weet niet waarom ik het gevoel heb dat ik haar dit moet vertellen, maar ik wil het kwijt. Ik wil dat ze begrijpt dat ik haar op dat moment niet wilde straffen, dat de pijn die ik haar toebracht geen deel uitmaakte van een of ander wreed plan. Geen idee of het uitmaakt, aangezien ik haar ontvoerder ben, en wat het verschil echt is, maar ik wil dat ze dit weet. 'Het was een vergissing. Het had niet mogen gebeuren.'

Ze geeft geen antwoord en reageert niet. Maar dan, na een paar momenten, draait ze zich om in mijn armen en legt haar rechterhand op mijn borst, op mijn hart.

Nora

In de twee weken daarop doe ik mijn best om te wennen aan mijn nieuwe situatie. Of beter gezegd, door te gaan met mijn leven en net te doen of er niets aan de hand is.

De misselijkheid komt en gaat. Ik heb ontdekt dat vaak kleine maaltijden eten helpt, net als eenvoudiger eten tot me nemen. Julian en Ana houden me als haviken in de gaten, dus neem ik getrouw mijn prenatale vitamines en vermijd de voedingsmiddelen op dokter Goldbergs lijst, maar ik probeer er niet bij stil te staan. Ik ben vast van plan om net te doen of er niets veranderd is tot ik een buikje krijg.

Gelukkig werkt mijn lijf daarin mee. Mijn borsten zijn iets groter geworden en ze zijn gevoeliger, maar meer veranderingen heb ik niet opgemerkt. Mijn buik is nog plat en ik ben niets aangekomen. Vanwege mijn onrustige maag ben ik eerder een paar pond kwijtgeraakt - iets wat Julian helemaal niet zint. Hij bemoedert me zo dat ik er gek van word.

'Ik hoef niet te rusten,' protesteer ik geërgerd als hij me wederom zover probeert te krijgen dat ik een middagdutje ga doen. 'Echt, het gaat prima. Ik heb tien uur geslapen vannacht. Hoeveel slaap kan iemand nodig hebben?'

En dat is gewoon waar. De laatste weken slaap ik veel beter. Gek genoeg heeft de wetenschap dat mijn angstklachten hormonaal zijn ze aanzienlijk verminderd, waardoor ook de nachtmerries en paniekaanvallen minder zijn geworden.

Mijn psycholoog zegt dat het komt omdat ik me minder zorgen maak over mijn mentale gesteldheid en hoe die eraan toe is na alles wat er gebeurd is. Blijkbaar is stress hebben over je stress nogal slecht voor de geest, terwijl minder ingewikkelde bronnen van stress - zoals een kind krijgen met een sadistische wapenhandelaar - minder angstklachten veroorzaken.

'Het menselijk brein is zeer onvoorspelbaar,' zegt dokter Wessex terwijl ze me over haar hippe Prada-bril aankijkt. 'Wat jij denkt dat je beangstigt, kan iets heel anders zijn dan wat je onderbewuste dwarszit. Jij maakt je misschien zorgen om deze baby, maar dat maakt je lang niet zo bang als het idee dat je je angsten niet meer onder controle zou kunnen krijgen. Als je paniekaanvallen door de zwangerschap worden veroorzaakt, is het iets tijdelijks - en daardoor maak je je er minder zorgen om.'

Ik knik en glimlach alsof dat allemaal heel logisch is. Dat doe ik vaak wanneer ik met haar praat. Als Julian er niet op stond dat ik twee keer per week therapie had, was ik er allang mee gestopt. Het is niet dat ik dokter Wessex niet aardig vind - ze is in de veertig en stijlvol, behoorlijk goed in wat ze doet en ze oordeelt niet - maar in mijn gesprekken met haar komt vooral de waanzin van mijn relatie met Julian naar voren.

Ja, dokter, mijn echtgenoot - u weet wel, de man die u heeft ingehuurd en erop stond dat u naar het midden van de jungle zou afreizen - heeft me vijftien maanden lang op zijn privé-eiland gevangen houden en nu ben ik zo gehersenspoeld dat ik niet zonder hem kan en naar BDSM-seks snak. O ja, en we krijgen een baby. Maar daar is niets verknipts aan, natuurlijk. We zijn een doorsnee, doodordinair misdadig gezin.

Ja, klinkt goed.

Maar goed, mij tot dutjes willen dwingen is nog maar het topje van de ijsberg van Julians overdreven betutteling. Hij let ook enorm op mijn dieet, zorgt dat de sporten die ik doe door de dokter goedgekeurd worden en - en dat vind ik nog het ergste van alles - pakt me in bed met fluwelen handschoenen aan. Hoezeer ik hem ook uitdaag, hij gaat niet verder dan me in bed stevig vasthouden. Het is alsof hij bang is de bruutheid in hem los te laten, bang opnieuw de controle te verliezen.

'Ik heb je toch gezegd dat de gynaecoloog zei dat ruwe seks geen probleem is zolang ik maar geen bloeding krijg en er geen vruchtwater lekt,' zeg ik hem nadat hij me opnieuw teder heeft bemind. 'Ik ben gezond, alles gaat goed, het kan echt geen kwaad.'

'Ik neem geen risico's,' zegt hij, het randje van mijn oor kussend, en ik besef dat hij echt niet naar me gaat luisteren.

Een deel van mij kan nog altijd niet geloven dat ik dit van hem wil, dat ik de duistere kant van onze vrijpartijen mis. Het is niet alsof ik niet bevredigd word - Julian bezorgt me elke avond meerdere orgasmes - maar iets in mij snakt naar de bedwelmende mengeling van genot en pijn, de vloedgolf aan endorfines die ik bij echt intense seks ervaar. Zelfs de angst die hij me bezorgt is in zekere zin verslavend, of ik dat nu wil toegeven of niet.

Het is gestoord, maar de avond dat we mijn zwangerschap ontdekten - de avond dat hij me dwong - is de laatste tijd meermaals in mijn fantasieën verschenen.

Ik weet niet wat dokter Wessex daarover te zeggen zou hebben, maar ik ben ook niet van plan daarachter te komen. Het is wel genoeg dat de herinnering aan dat trauma, evenals mijn herinneringen aan mijn tijd op het eiland, in mijn hoofd een erotische lading hebben gekregen.

Het is wel genoeg dat ik weet dat ik een totaal verwrongen geest heb.

Uiteraard is Julians onkarakteristieke tederheid in

bed niet mijn enige probleem. Een andere uiting van zijn smorende bezorgdheid komt naar voren rond mijn lessen zelfverdediging. Het is ontzettend frustrerend, want voor het eerst in weken heb ik weer energie. Nu ik beter slaap, ben ik niet meer zo moe en put ook mijn schoolwerk me niet langer zo uit. Ik ben zelfs weer begonnen met hardlopen - na goedkeuring te hebben gekregen van de gynaecoloog, uiteraard - maar Julian staat me niet toe iets te doen waar ik zelfs maar een blauwe plek van zou kunnen oplopen. Schieten mag ook niet; blijkbaar komen er bij het afvuren van een wapen deeltjes vrij die in een bepaalde, onbekende hoeveelheid schadelijk zouden kunnen zijn voor de baby.

Er zijn zoveel beperkingen dat ik zin krijg om te gillen.

'Je weet dat dit slechts tijdelijk is, Nora,' zegt Ana als ik de fout bega tijdens het ontbijt mijn frustraties te uiten. 'Over een paar maanden heb je je kindje in je armen en dan is het het allemaal waard geweest.'

Ik knik en plak een glimlach op mijn gezicht, maar de woorden van de huishoudster vrolijken me niet echt op.

In tegenstelling zelfs: ze beangstigen me.

Over iets meer dan zeven maanden ben ik verantwoordelijk voor een kind en dat idee jaagt me meer angst aan dan ooit.

~

'Heb je je ouders nog steeds niet over de baby verteld?' Rosa kijkt me verbijsterd aan terwijl we de trap voor het huis aflopen voor onze ochtendwandeling.

'Nee,' zeg ik, een slok nemend van een smoothie met toegevoegde vitamines. 'Ik ben er nog niet aan toe gekomen.'

'Maar je spreekt ze toch elke dag?'

'Jawel, maar het onderwerp is nog niet ter sprake gekomen.' Waarschijnlijk klinkt het nogal defensief, maar ik kan er niets aan doen. Wat betreft dingen waar ik bang voor ben: mijn ouders vertellen dat ik zwanger ben staat op gelijke hoogte met bevallen.

'Nora...' Rosa blijft onder een grote, met klimplanten begroeide boom staan. 'Ben je bang dat ze niet blij voor jullie zullen zijn?'

Ik stel me mijn vaders meest waarschijnlijke reactie voor op het nieuws dat zijn bijna twintigjarige dochter een baby krijgt van haar ontvoerder. 'Zoiets.'

'Maar waarom zouden ze niet blij zijn?' Mijn vriendin lijkt het oprecht niet te snappen. 'Je bent getrouwd met een rijke man die van je houdt en die goed voor jou en het kind zal zorgen. Wat willen ze nog meer?'

'Om te beginnen dat ik helemaal niet met die man getrouwd was,' zeg ik droog. 'Rosa, ik heb je ons verhaal verteld. Mijn ouders zijn niet bepaald Julians grootste fans.'

Dat wuift Rosa weg. 'Dat is gewoon - hoe zeg je dat?

- zand erover. Wat maakt het uit hoe het begon? Het gaat om het heden, niet het verleden.'

'Ja, vast. Pluk de dag en zo.'

'Sarcasme is nou ook weer niet nodig,' zegt Rosa als we verder lopen. 'Je moet met je ouders praten, Nora. Het is wel hun kleinkind. Ze hebben het recht het te weten.'

'Ja, ik vertel het ze binnenkort wel.' Ik neem nog een slokje van mijn smoothie. 'Ik zal wel moeten.'

Een paar minuten lang lopen we in stilte verder. Dan vraagt Rosa zacht: 'Je wilt dit kind eigenlijk niet, hè, Nora?'

Ik blijf staan om haar aan te kunnen kijken. 'Rosa...' Hoe kan ik al mijn zorgen uitleggen aan een meisje dat op dit landgoed is opgegroeid en denkt dat dit een normaal leven is? Zij vindt mijn relatie met Julian romantisch. 'Het is niet dat ik geen kind wil. Het is alleen dat Julians wereld - onze wereld - veel te verknipt is om een kind in groot te brengen. Hoe kan iemand als Julian een goede vader zijn? Hoe kan ik een goede moeder zijn?'

'Hoe bedoel je?' Rosa fronst. 'Waarom zou je geen goede moeder zijn?'

'Ik ben verliefd op een wapenhandelaar die me heeft ontvoerd en die mensen martelt en vermoordt op zijn gewone werkdagen,' zeg ik kalm. 'Dat maakt me niet echt een geschikte ouder. Een interessante studie voor dokter Wessex misschien, maar geen goede ouder.'

'Alsjeblieft, zeg.' Rosa rolt met haar ogen. 'Veel

mannen doen slechte dingen. Jullie Amerikanen zijn zo gevoelig. Señor Esguerra is echt niet de slechtste man ter wereld. Je moet jezelf je liefde voor hem niet kwalijk nemen. Die maakt je op geen enkele manier slecht.'

'Rosa, het is niet alleen dat.' Ik aarzel even, maar dan besluit ik mijn geheim te delen. 'Toen we in Tadzjikistan waren, heb ik een man gedood.' Ik adem langzaam uit als ik opnieuw die duistere opgetogenheid herleef van het overhalen van de trekker en Majids hersens tegen de muur zien spetteren. 'Ik heb hem in koelen bloede neergeschoten.'

'Dus?' Ze knippert niet eens. 'Ik heb ook gedood.'

Geschokt gaap ik haar aan. Ik weet niets meer uit te brengen, zo verbijsterd ben ik. Ze legt uit: 'Het was toen het landgoed werd aangevallen. Ik vond een wapen, verborg me in de bosjes en schoot op de mannen die ons aanvielen. Eentje heb ik verwond, een ander gedood. Later hoorde ik dat de gewonde ook is overleden.'

'Maar je was nog maar een kind.' Ik kan mijn verbijstering niet verbergen. 'Wil je zeggen dat je twee mensen hebt gedood toen je wat... tien of elf was?'

'Bijna elf,' zegt ze met een schouderophalen. 'En ja, dat klopt.'

'Maar je lijkt zo...'

'Normaal?' vult ze met een vreemde glimlach aan. 'Aardig? Waarom zou ik dat niet zijn? Ik heb degenen van wie ik houd beschermd. Ik heb mannen gedood die hier kwamen om dood en verderf te zaaien. Dat is niet anders dan de slang die je probeert te bijten de kop af te hakken. Als ik hen niet had gedood, waren meer van onze mensen gestorven. Misschien hadden ze behalve mijn vader en broer ook mijn moeder wel gedood.'

Ik weet niet wat ik moet zeggen. Ik had nooit kunnen bedenken dat Rosa - opgewekte, jolige Rosa - tot zoiets in staat was. Ik dacht altijd dat zulk kwaad sporen naliet. Dat zie ik in Julian, waar het zo diep in zijn ziel gebrand is dat het deel van hem is. Ik zie het ook in mezelf. Maar in Rosa zie ik het niet. Totaal niet.

'Hoe liet je het je niet beïnvloeden?' vraag ik. 'Hoe behield je je onschuld?'

Als ze me aankijkt, lijkt ze voor het eerst ouder dan haar eenentwintig jaren. 'Je kunt ervoor kiezen de duisternis je te laten bezoedelen, Nora, of het van je afschudden,' zegt ze zacht. 'Ik koos voor het laatste. Ik heb gedood, maar het is niet wie ik ben. Die daad bepaalt niet wie ik ben. Het is gebeurd en het is voorbij. Het is verleden tijd. Ik kan het verleden niet veranderen, dus blijf ik er ook niet in hangen. En dat zou jij ook niet moeten doen. Je heden, je toekomst... Die doen ertoe.'

Ik bijt op mijn lip als tranen in mijn ogen beginnen te branden. 'Maar wat voor toekomst wacht een kind met ouders als wij, Rosa? Kijk wat er de afgelopen twee jaar met Julian en mij gebeurd is. Hoe kan ik er zeker van zijn dat mijn baby niet ontvoerd of gemarteld wordt door Julians vijanden?'

'Dat kun je niet.' Rosa's blik is keihard. 'Niemand is ergens zeker van. Nare dingen gebeuren overal, bij iedereen. Er zijn soldaten die honderd worden en kantoormedewerkers die jong sterven. Er zijn geen zekerheden in het leven, Nora. Je kunt in angst leven of van je leven genieten. Geniet van wat jij en Julian hebben. Geniet van de baby die in je groeit. Het is een gave, geen vloek, om leven voort te brengen. Je mag er misschien niet voor gekozen hebben om een kind op deze wereld te zetten, maar het is er. Alles wat je nu kunt doen, is ervan houden. Het koesteren. Laat je angsten dat niet voor je verpesten.' Ze aarzelt even en voegt dan toe: 'Besmeur je ziel niet met wat je niet kunt veranderen.'

Julian

'WAT IS DE SCHADE?' VRAAG IK LUCAS ALS WE DE trainingsruimte uitlopen. Ik hijg, mijn spieren zijn verkrampt en mijn linkerschouder doet pijn, maar ik ben tevreden.

Bijna heb ik mijn oude vorm terug, iets wat mijn drie wegstrompelende sparringpartners - bewakers - kunnen beamen.

'Er was een liquidatie in Frankrijk en twee in Duitsland.' Lucas veegt met een verfrommelde handdoek het zweet van zijn gezicht. 'Hij verspilt geen tijd.'

'Dat had ik ook niet verwacht.' Gezien Peter Sokolovs obsessie met wraak is het slechts een kwestie van tijd voor hij ook de rest van de mannen op die lijst liquideert. 'Hoe heeft hij het ditmaal gedaan?'

'De Franse man werd in een rivier gevonden, sporen van marteling en wurging op zijn lichaam, dus Sokolov zal hem eerst wel ontvoerd hebben. Bij een van de Duitsers werd een autobom geplaatst. De ander is neergeschoten door een sluipschutter.' Lucas schenkt me een duistere grijns. 'Blijkbaar hebben zij hem minder kwaad gemaakt.'

'Of het was makkelijker.'

'Dat kan ook,' stemt Lucas in. 'Hij weet waarschijnlijk dat Interpol op hem jaagt.'

'Dat weet ik wel zeker.' Ik probeer me voor te stellen wat ik zou doen als iemand mijn gezin iets aan zou doen en word overvallen door een rilling van woede. Op geen enkele manier kan ik me voorstellen wat Peter doormaakt - al is dat geen excuus voor het feit dat hij Nora in gevaar bracht om zijn verdomde lijst te krijgen.

Daar wil ik hem nog steeds voor omleggen.

'Trouwens,' zegt Lucas nonchalant, 'ik laat Yulia Tzakova vanuit Moskou hierheen komen.'

Verbijsterd blijf ik staan. 'De tolk die ons aan de Oekraïners verraadde? Hoezo?'

'Ik wil haar persoonlijk ondervragen,' zegt Lucas terwijl hij de handdoek om zijn hals slaat. 'Ik ben er niet zeker van dat de Russen hun werk wel goed doen.' Zijn uitdrukking is even onbewogen als altijd, maar in zijn lichte ogen ligt een spoortje opwinding.

Hij kijkt ernaar uit.

Met toegeknepen ogen neem ik hem op. 'Omdat je die avond in Moskou met haar naar bed bent geweest?' Het Russische meisje probeerde eerst met mij te flirten, maar ik wimpelde haar af en toen toonde Lucas interesse in haar. 'Is dat waar dit om gaat?'

Zijn mond verstrakt. 'Ze heeft me genaaid. Letterlijk. Dus ja, ik wil die kleine trut in handen krijgen. Maar ik denk ook dat ze wellicht nuttige informatie voor ons heeft.'

Even denk ik daarover na; dan knik ik. 'In dat geval: ga ervoor.' Het zou hypocriet zijn om Lucas dat pleziertje met de knappe blondine te ontzeggen. Als hij haar persoonlijk wil laten boeten voor het vliegtuigongeluk, heb ik daar geen problemen mee.

In Moskou zouden ze haar toch binnenkort omgebracht hebben.

'Heb je het al besproken met de Russen?' Intussen lopen we verder.

Lucas knikt. 'Eerst wilden ze alleen met Sokolov onderhandelen, maar ik heb ze ervan kunnen overtuigen dat ze in een goed blaadje wilden blijven bij je. Buschekov zag het licht toen ik hem aan de recente problemen met Al-Quadar herinnerde.'

'Mooi.' Als zelfs de Russen genegen zijn het me naar de zin te maken, heeft mijn vendetta tegen de terroristengroepering zijn beoogde effect bereikt. Niet alleen is Al-Quadar gedecimeerd, mijn reputatie heeft een behoorlijke boost gekregen. Ik denk dat nog maar weinig van mijn klanten me erbij zouden durven te lappen en dat is goed voor de zaken.

'Ja, dat helpt zeker.' Lucas' woorden zijn een echo van mijn gedachten. 'Ze komt morgen aan.'

Ik trek mijn wenkbrauwen op, maar zeg niets over de snelheid waarmee hij dit heeft geregeld. Als hij zo graag met het Russische meisje wil spelen, is dat zijn zaak. 'Waar breng je haar onder?' vraag ik.

'In mijn eigen huis. Ik ondervraag haar daar.'

Ik grijns als ik me voor ogen haal hoe die ondervraging zal gaan. 'Goed. Geniet ervan.'

'Dat zal wel lukken,' zegt hij grimmig. 'Reken maar.'

NA EEN DOUCHE GA IK OP ZOEK NAAR NORA. OF BETER gezegd, kijk ik in mijn computer waar haar zenders zijn en ga dan meteen naar de bibliotheek, waar ze waarschijnlijk zit te leren voor haar tentamens.

Inderdaad zit ze aan een bureau, haar rug naar me toe, heftig typend op haar laptop. Haar haren heeft ze in een losse staart bijeengebonden en ze draagt een T-shirt dat tot haar knieën valt.

Zo te zien is het van mij.

Dat doet ze vaker als ze moet leren. Blijkbaar zitten mijn T-shirts lekkerder dan haar jurken. Ik vind het niet erg. Als ze mijn kleren draagt, benadrukt dat alleen maar dat ze van mij is.

Zij en de baby die ze draagt.

Ze reageert niet als ik de bibliotheek binnenloop en naar haar toeloop. Als ik bij haar ben, zie ik waarom.

Ze draagt een koptelefoon. Op haar gladde

voorhoofd zie ik een geconcentreerde frons terwijl ze driftig op het toetsenbord tikt. Haar vingers vliegen met verbluffende snelheid over de toetsen. Heel even overweeg ik haar met rust te laten, maar het is al te laat. Ze moet me vanuit haar ooghoek hebben gezien, want ze kijkt op en schenkt me een stralende glimlach, waarna ze haar koptelefoon afzet.

'Hoi.' Haar stem is zacht en een beetje hees. 'Is het al tijd voor het avondeten?'

'Nog niet.' Ik glimlach terug en leg mijn handen op haar schouders. Haar spieren voelen gespannen aan en ik begin ze met mijn duimen te masseren. 'Ik heb net een paar ronden gespard en kwam even douchen voor ik verder ga werken. Onderweg wilde ik even bij jou kijken.'

'O.' Ze kromt haar rug en sluit haar ogen. 'O, ja, daar... Dat is lekker...'

Het klinkt alsof ik haar neuk, wat meteen een reactie in mijn lichaam teweeg brengt.

Opnieuw krijg ik een erectie. En goed ook.

Verdomme.

Ik haal diep adem en probeer mijn opwinding in te dammen, zoals ik de afgelopen twee weken ook gedaan heb. Als ik haar vanavond neem, zal dat wederom voorzichtig en rustig zijn. Ondanks dat ze me uitdaagt, durf ik niet het risico te nemen dat ik de baby iets aandoe.

'Is dat je psychologie-essay?' Ik houd mijn toon zorgvuldig neutraal terwijl ik doorga haar nek te masseren. 'Je zit er echt in, lijkt het.'

'O, ja.' Ze opent haar ogen en kijkt me schuin aan. 'Het gaat over het Stockholmsyndroom.'

Mijn handen vallen stil. 'O?'

Ze knikt en een duister glimlachje verschijnt om haar lippen. 'Ja. Een interessant onderwerp, vind je niet?'

'Ja, heel fascinerend,' zeg ik droog. Mijn poesje begint brutaler te worden. Ze test me, waarschijnlijk in de hoop dat ik haar zal straffen.

En dat wil ik ook. Mijn handen jeuken om haar over mijn knie te leggen, dat enorme T-shirt omhoog te schuiven en haar perfect gevormde achterste te slaan tot het rood en roze is. Mijn penis bonst als ik het voor me zie, vooral als ik eraan denk dat ik daarna haar billen uiteen duw en me in haar strakke kontje duw...

Nee, niet aan denken. Nora's glimlach wordt breder als ze de zwelling in mijn broek ziet. Die kleine heks weet precies wat ze me aandoet, wat voor effect ze op mijn lichaam heeft.

'Ja, ik ben er dol op,' prevelt ze, opnieuw naar mijn gezicht kijkend. 'Ik leer zoveel over het onderwerp.'

Ik haal diep adem en blijf langzaam haar hals strelen. 'Dan moet je mij ook eens bijlichten, poesje van me,' zeg ik kalm, alsof het verlangen haar te neuken niet als een malle door mijn lichaam raast. 'Ik heb op Caltech geen psychologie gehad.'

Nu is haar glimlach spottend te noemen. 'Dan ben je gewoon een natuurtalent.'

Ik houd haar blik vast, maar geef geen antwoord. Woorden zijn niet nodig. Ik zag haar, wilde haar en nam haar. Zo simpel is het. Als zij een labeltje op onze relatie wil plakken, er een of andere psychologische definitie aan wil geven, dan mag dat.

Maar ze komt niet van me af.

Na een paar ogenblikken slaakt ze een diepe zucht en sluit haar ogen, opnieuw naar me toe leunend. Ik voel haar spieren zich ontspannen terwijl ik haar schouders en hals masseer. De uitdagende uitdrukking verdwijnt van haar gezicht, waardoor ze er jong en kwetsbaar uitziet. Haar wimpers vallen op haar gladde wangen en ze ziet er even onschuldig uit als een jong hertje, onaangetast door het slechte in het leven.

Onaangetast door mij.

Heel even denk ik na over hoe het zou zijn als alles anders was. Als ik gewoon iemand was die ze van school kende, net zoals die Jake van wie ik haar gestolen heb. Zou ze dan meer van me houden? Zou ze dan überhaupt van me houden? Als ik haar niet had gekaapt, was ze dan de mijne geweest?

Maar het is uiteraard zinloos om daarover na te denken. Ik kan evengoed nadenken over tijdreizen of wat ik zou doen als de wereld verging. Mijn realiteit staat zulk gemijmer niet toe. Wat als mijn ouders niet gedood waren en ik mijn studie afgemaakt had? Wat als ik, toen ik acht was, die man niet had gedood? Wat als ik Maria had kunnen beschermen? Als ik daarover nadenk, word ik gek. Dat weiger ik.

Ik ben wat ik ben en dat kan ik niet veranderen.

Zelfs niet voor haar.

'Ik heb vanmiddag met mijn ouders gesproken,' zegt Nora als we die avond aan de eettafel gaan zitten. 'Ze vroegen weer wanneer we op bezoek komen.'

'Is dat zo?' Ik kijk haar spottend aan. 'En is dat alles wat je met ze besproken hebt?'

Nora kijkt naar haar salade. 'Ik vertel het ze binnenkort.'

'Wanneer?' Het maakt me boos dat ze net doet alsof de baby niet bestaat. 'Als je bevalt?'

'Nee, natuurlijk niet.' Ze kijkt me aan en fronst. 'Hoe weet je dat ik het ze niet verteld heb? Luister je mijn gesprekken af?'

'Natuurlijk.' Ik luister niet altijd mee, maar soms speel ik kort voor luistervink. Ik heb in elk geval genoeg gehoord om te weten dat haar ouders nog in zalige onwetendheid verkeren omtrent deze laatste ontwikkeling in haar leven. Maar het kan geen kwaad als Nora denkt dat al haar gesprekken worden afgeluisterd. 'Verwachtte je dan dat ik dat niet zou doen?'

Ze perst haar lippen opeen. 'Ja, misschien wel. Iets met mensenrechten en zo.'

'Mensenrechten zijn een verzinsel, poesje van me.' Haar naïviteit amuseert me. 'Het is een geconstrueerd iets. Niemand is je iets verschuldigd. Als je iets wilt, moet je ervoor vechten. Je moet het mogelijk maken.'

'Net zoals jij mijn gevangenschap mogelijk maakte?'

Ik schenk haar een koele glimlach. 'Precies. Ik wilde je, dus nam ik je. Ik bleef niet nadenken en wensen.'

'Of de mensenrechten overwegen, blijkbaar.' In haar stem klinkt een flauw randje sarcasme door. 'Ga je ons kind ook zo opvoeden? Neem wat je wilt en maak je geen zorgen of je mensen daarmee kwetst?'

Ik haal diep adem en let op de spanning die ik in haar zie. 'Is dat wat je zorgen baart, poesje van me?'

'Veel dingen baren me zorgen,' zegt ze kalm. 'En ja, een kind grootbrengen met een man die geen geweten heeft, staat vrij hoog op die lijst.'

Op de een of andere manier doen haar woorden me pijn. Ik wil haar geruststellen, haar vertellen dat ze zich geen zorgen hoeft te maken, maar net zoals ik mezelf niet kan voorliegen, kan ik haar ook niet voorliegen.

Ik heb geen idee hoe ik een kind ga grootbrengen, welke lessen ik het wil meegeven. Mannen zoals ik - mannen zoals mijn vader - horen geen kinderen te krijgen. Ik weet dat en zij weet dat ook.

Alsof ze mijn gedachten kan lezen, zegt Nora zacht: 'Waarom wil je deze baby eigenlijk, Julian? Waarom is dit zo belangrijk voor je?'

Ik kijk haar zwijgend aan. Ik weet niet wat ik moet zeggen. Er is geen goede reden dat dit kind zo belangrijk voor me is, maar het is wel zo. Ik heb geen reden om te het zo graag te willen. Ik zou boos moeten zijn - of op zijn minst geërgerd - wegens Nora's zwangerschap, maar toen Goldberg het nieuws meedeelde, voelde ik een emotie die me zo onbekend is dat ik hem eerst niet herkende.

Het was vreugde.

Pure, ongeremde vreugde.

Heel even was ik daadwerkelijk gelukkig.

Als ik geen antwoord geef, zucht Nora en kijkt ze weer naar haar bord. Ik kijk hoe ze een tomaat snijdt en haar salade begint op te eten. Haar gezicht is bleek en gespannen, maar haar bewegingen zijn zo gracieus en vrouwelijk dat ik als gehypnotiseerd toekijk, betoverd door haar aanblik.

Ik kan uren naar haar kijken.

Toen ik haar naar het eiland bracht, waren de maaltijden mijn favoriete onderdeel van de dag. Ik vond het heerlijk met haar om te gaan, haar haar angsten zien bestrijden en zichzelf een houding zien te geven. Haar stoïsche, fragiele moed verrukte me bijna evenzeer als haar verrukkelijke lichaam. Ze was doodsbang en toch zag ik de berekening in haar glimlachjes en voorzichtige geflirt.

Op haar eigen, stille manier is mijn poesje altijd een vechter geweest.

'Nora...' Ik wil haar stress wegnemen, haar begrijpelijke zorgen, maar ik kan niet tegen haar liegen. Ik kan me niet anders voordoen dan ik ben. Dus als ze opkijkt, zeg ik alleen: 'Dit kind is deels jou, deels mij. Dat is genoeg reden voor mij om erom te geven.' Als ze me met een onveranderde uitdrukking blijft aankijken, voeg ik daar zacht aan toe: 'Ik zal mijn uiterste best doen voor ons kind, poesje van me. Dat kan ik je beloven.'

Een vluchtige glimlach trekt haar mondhoeken

omhoog. 'Natuurlijk, Julian. Ik ook. Maar is dat genoeg?'

'Dat zullen we moeten afwachten, nietwaar?' Ana brengt de volgende gang en we laten het onderwerp rusten, ons op het eten concentrerend.

12

Nora

'Heb je het meisje gezien dat vanochtend hier is gebracht?' vraagt Rosa tijdens onze ochtendwandeling. 'Ana zei dat ze geboeid was en zo.'

'Wat?' Ik kijk Rosa geschokt aan. 'Wat voor meisje? Ik ben voor het ontbijt gaan hardlopen, maar ik heb niets gezien.'

'Ik ook niet. Ana vertelde dat ze haar had gezien, een knappe, blonde jonge vrouw. Blijkbaar is ze in Lucas Kents huis ondergebracht.' Rosa geniet duidelijk van deze roddel. 'Ana denkt ze Señor Esguerra op de een of andere manier verraden heeft.'

'Echt?' Ik frons. 'Hier weet ik niets van. Julian heeft er niets over gezegd.' Maar sinds ik Julians computer gehackt heb, vertelt hij me steeds minder over zijn werk. Ik weet niet of dat is omdat hij me niet langer vertrouwt of omdat hij me rustig wil houden vanwege mijn zwangerschap. Waarschijnlijk het laatste, gezien zijn overbezorgdheid.

'Zullen we bij Kents huis gaan kijken?' Rosa's ogen glinsteren van opwinding. 'Misschien kunnen we door het raam gluren.'

Met open mond staar ik haar aan. 'Rosa!' Dit had ik echt nooit van haar verwacht. 'Dat kunnen we niet maken.'

'Kom op,' dringt mijn vriendin aan. 'Het wordt lachen. Wil je niet zien wie dat blonde meisje is en waarom Kent haar heeft?'

'Ik kan het ook gewoon aan Julian vragen. Hij vertelt het wel.'

Rosa kijkt me smekend aan. 'Ja, maar voor die tijd ben ik waarschijnlijk ontploft van nieuwsgierigheid. Ik wil gewoon zien wat Kent met haar doet.'

'Waarom?' Ik heb niet de behoefte Julians rechterhand een of andere ongelukkige vrouw te zien martelen en ik heb geen idee waarom Rosa zoiets naars zou willen zien. 'Als ze Julian verraden heeft, zal het geen fraaie aanblik zijn.' Mijn maag knijpt samen bij de gedachte. Qua misselijkheid is dit geen goede dag.

Rosa bloost. 'Gewoon. Kom mee, Nora.' Ze pakt mijn pols en begint me in de richting van de barakken van de bewakers te trekken. 'We gaan er gewoon heen. Je bent zwanger, dus niemand wordt boos als jij ergens rondsnuffelt.'

Ik laat mezelf meesleuren, verbijsterd door haar

plotse verlangen spionnetje te spelen. Normaal gesproken is Rosa niet bepaald geïnteresseerd in de criminele zaken van mijn echtgenoot. Ik heb geen idee waar dit vandaan komt, tenzij...

'Heb je interesse in Lucas?' Ik flap het eruit en ze blijft staan. 'Is dat waar dit om gaat?'

'Wat? Nee!' Rosa's stem schiet omhoog. 'Ik ben gewoon nieuwsgierig.'

Ik kijk haar eens goed aan en zie de kleur op haar wangen. 'O, God, je vindt hem wél leuk.'

Rosa snuift en laat mijn pols los om haar armen over elkaar te slaan. 'Nietes.'

In een verzoenend gebaar steek ik mijn handen omhoog. 'Oké, goed. Als jij het zegt.'

Even kijkt Rosa me boos aan, maar dan laat ze haar armen zakken. 'Oké, goed,' zegt ze somber. 'Misschien vind ik hem aantrekkelijk. Een beetje maar, hoor.'

'Natuurlijk,' zeg ik met een geruststellende glimlach. Met zijn blonde haar, stoere gezicht en vierkante kaak doet Lucas Kent me aan een Viking-krijger denken - of in elk geval de Hollywoodversie daarvan. 'Hij is knap.'

Rosa knikt. 'Klopt. Uiteraard weet hij niet eens dat ik besta, maar dat was te verwachten.'

'Hoe bedoel je?' Ik frons. 'Heb je wel eens met hem gepraat?'

'Waarover? Ik ben het dienstmeisje dat het grote huis schoonmaakt en soms de bewakers wat lekkers van Ana brengt.'

'Je kunt informeren naar zijn lievelingseten,' stel ik

voor. 'Of naar zijn dag. Het hoeft niet moeilijk te zijn. Gewoon een korte groet vestigt zijn aandacht al op je.' Maar terwijl ik het zeg, realiseer ik me dat het misschien niet zo goed is voor Rosa om op de radar van iemand als Lucas Kent te komen - of voor welke vrouw ook.

Voor ik echter mijn voorstel kan terugnemen, zegt Rosa: 'Ik heb hem wel eens eerder gedag gezegd. Maar hij ziet me gewoon niet, Nora. Niet op die manier. En waarom zou hij ook? Ik bedoel, neem mij nou.' Met haar hand wuift ze naar haar lichaam.

'Waar heb je het over?' Ik denk niet dat het goed zou zijn voor Rosa om aandacht te krijgen van Lucas, maar die opmerking kan ik niet aan me voorbij laten gaan. 'Je bent hartstikke leuk om te zien.'

'Alsjeblieft, zeg.' Rosa kijkt me ongelovig aan. 'Ik ben op zijn best gewoontjes. Iemand als Kent is gewend aan supermodellen, zoals die blonde meid die hij nu heeft. Ik ben zijn type niet.'

'Als je zijn type niet bent, dan is hij stom,' zeg ik. Ik meen het. Haar leuke, ronde gezicht, warme, bruine ogen en levendige glimlach maken Rosa behoorlijk knap. Ook heeft ze het figuur waar ik altijd jaloers op ben geweest: vol en goedgevormd, met een slanke taille en volle borsten. 'Je bent een mooie jonge vrouw en iedere vent die dat niet ziet, is blind.'

Ze snuift. 'Juist. Daarom heb ik zo'n geweldig liefdesleven.'

'Jouw liefdesleven wordt beperkt door de grenzen van dit landgoed,' breng ik haar in herinnering.

'Trouwens, heb jij niet met een paar van de bewakers gedatet?'

'Jawel.' Ze wuift die opmerking echter weg. 'Eduardo en Nick, maar dat stelde niets voor. Er zijn niet zoveel bewakers en zij zijn ook niet bepaald kieskeurig. Zij neuken alles dat ademhaalt.'

'Rosa!' Ik kijk haar berispend aan. 'Je overdrijft.'

Ze grijnst naar me. 'Oké, een beetje. Ik moet 'elke vrouw die ademhaalt' zeggen, hoewel ik gehoord heb dat ook dokter Goldberg aan zijn trekken komt. Het schijnt dat hij dol is op mannen met tatoeages.' Ze wiebelt suggestief met haar wenkbrauwen.

Ik schud mijn hoofd, maar dan schieten we allebei keihard in de lach bij het beeld van de saaie dokter die het met een van de grote, stoere, getatoeëerde bewakers aanlegt.

'Goed, nu we hebben vastgesteld dat je smoor bent op meneer Blond en Gevaarlijk,' zeg ik een paar minuten later als we uitgelachen zijn en richting de barakken van de bewakers lopen, 'kun je me dan vertellen waarom we hem en die meid gaan bespioneren?'

'Ik weet het niet,' geeft Rosa toe. 'Ik wil het gewoon zien. Het is verknipt, dat weet ik, maar ik wil zien hoe hij met een andere vrouw is.'

'Rosa...' Ik begrijp het nog steeds niet. 'Als ze hier geboeid is aangekomen, is dit niet bepaald een romantisch afspraakje. Dat weet jij ook.'

'Ja, natuurlijk.' Ze klinkt merkwaardig luchthartig. 'Waarschijnlijk doet hij haar iets vreselijks aan.'

'En waarom wil je dat zien?'

Ze haalt haar schouders op. 'Geen idee. Misschien helpt hem met zoiets bezig zien me over deze gekke kalverliefde heen. Of misschien ben ik gewoon afschuwelijk nieuwsgierig. Doet het ertoe?'

'Nee, waarschijnlijk niet.' Ik heb moeite haar pas bij te houden. 'Maar ik kan je wel vertellen dat dokter Wessex het erg leuk zou vinden je een keer te spreken.'

'Vast,' zegt ze met een grijns. 'Dan is het maar goed dat jij degene bent die therapie heeft, nietwaar?'

DE BARAKKEN VAN DE BEWAKERS LIGGEN AAN DE RAND VAN HET LANDGOED, vlak bij de jungle. Tussen de verspreide barakken staan enkele huizen van normaal formaat. Ik ben hier eerder geweest en weet dat die bewoond worden door enkele van Julians medewerkers die hoger in rang staan, evenals bewakers die een gezin hebben.

Als we in de buurt komen, stevent Rosa op een van de grotere huizen af en ik volg haar, half-rennend om haar bij te houden. Mijn maag is onrustig en ik heb nu al spijt van deze onzin.

'We zijn er,' zegt ze zacht als we om het huis heen lopen. 'Zijn slaapkamer is hier.'

'Hoe weet je dat?'

Ze grijnst naar me. 'Ik ben hier misschien een of twee keer eerder geweest.'

'Rosa...' Ik zie vandaag een heel nieuwe kant van mijn vriendin. 'Heb je die arme man al eerder bespied?'

'Een of twee keer maar,' fluistert ze, onder een raam hurkend terwijl ik op een paar meter afstand blijf staan. 'Stil nu.' Ze drukt haar vinger tegen haar lippen.

Ik leun tegen een boom, sla mijn armen over elkaar en kijk toe hoe ze langzaam omhoog veert en door het raam naar binnen gluurt. Ongelofelijk dat ze brutaal genoeg is dit midden op de dag te doen. Hoewel de zijkant van Lucas' huis tegenover het bos ligt, zijn er genoeg bewakers in de omgeving. Ze zouden ons theoretisch gezien zo kunnen betrappen.

Maar voor ik die zorg met Rosa kan delen, kijkt ze teleurgesteld mijn kant op. 'Daar zijn ze niet,' zegt ze zacht. 'Ik vraag me af waar ze dan wel zijn.'

'Misschien heeft hij haar elders ondergebracht,' stel ik voor, opgelucht door deze ontwikkeling. 'Laten we gaan.'

'Wacht, even iets nagaan.' Ze kruipt naar een raam links.

Aarzelend volg ik haar, steeds misselijker en me steeds ongemakkelijker voelend. Nog een minuutje en dan gaan we terug, houd ik mezelf voor.

Maar net als ik wil zeggen dat ik ga, snakt Rosa zacht naar adem en wenkt me. 'Daar,' fluistert ze opgewonden, naar het raam wijzend. 'Daar houdt hij haar gevangen.'

Nu word ik ook nieuwsgierig. Ik zak door mijn knieën en kruip naar Rosa toe. 'Wat doet hij?' Ik durf het bijna niet te vragen.

'Geen idee,' fluistert ze terug, me aankijkend. 'Hij is niet in de kamer. Ze is alleen.'

'Wat doet ze dan?'

'Kijk zelf maar. Ze kijkt een andere kant op.'

Heel even aarzel ik, maar de verleiding is te groot. Met ingehouden adem kom ik net ver genoeg omhoog om over de onderste sponning heen te kijken, me nauwelijks bewust van Rosa's gezicht naast me.

Ik was er al bang voor: de aanblik maakt me nog beroerder.

De kamer is groot en karig gemeubileerd. Afgaande op de zwarte leren bank bij de muur en de televisie ertegenover, moet dit Lucas' woonkamer zijn. De muren zijn wit en het tapijt is grijs. De kamer is overduidelijk mannelijk, functioneel en strak, maar het is niet de inrichting die mijn aandacht vasthoudt.

In het midden van de kamer zit een jonge vrouw.

Ze is naakt en zit vastgebonden aan een stevige houten stoel. Haar benen zijn gespreid en haar handen zitten achter haar rug gebonden. Haar hoofd hangt naar beneden, waardoor haar geklitte blonde haren haar gezicht en een groot deel van haar bovenlichaam aan het zicht onttrekken. Ik zie alleen slanke voeten en lange, blanke ledematen vol blauwe plekken.

Ze lijkt veel te dun voor zo'n lange vrouw.

Vol morbide fascinatie staar ik naar haar - tot ze in een plotse beweging haar hoofd opheft en me recht aankijkt. Haar blauwe ogen staan helder in haar fijne gezicht.

Meteen duik ik met bonzend hart naar beneden.

Maar Rosa kijkt nog steeds, haar blik vol nieuwsgierigheid.

'Rosa,' sis ik, terwijl ik aan haar arm trek. 'Ze heeft ons gezien. Laten we gaan.'

'Oké, oké,' stemt mijn vriendin toe, waarna ik haar meetrek. 'We gaan.'

We nemen dezelfde route terug, maar zeggen niets. Rosa lijkt in gedachten verzonken en mijn misselijkheid wordt bij elke stap erger. Als we een stel rozenstruiken passeren, kan ik het niet meer tegenhouden; ik buk en geef over terwijl Rosa mijn haar vasthoudt en herhaaldelijk haar excuses aanbiedt dat ze me in mijn conditie zo van streek heeft gemaakt.

Maar ik wuif haar excuses weg en sta trillerig op. Wat me dwarszat, was niet dat ik een vrouw zag die vastgebonden was en waarschijnlijk gemarteld zou worden.

Het probleem is dat die aanblik me niet zo schokte als zou moeten.

Julian komt die avond niet eten. Volgens Ana is er een noodsituatie met een van zijn partners in Hong Kong. Ik overweeg naar zijn kantoor te gaan en mee te luisteren, maar besluit in plaats daarvan mijn ouders te bellen.

'Nora, lieverd, wanneer zien we je weer?' vraagt mijn moeder voor de zoveelste keer nadat ik haar heb bijgepraat over mijn studie. Mijn vader is op zakenreis, dus we zijn met zijn tweeën op Skype vandaag. 'Ik mis je zo.'

'Dat weet ik, mam. Ik mis jou ook.' Ik bijt op mijn wang als ik tranen voel branden. Stomme zwangerschapshormonen. 'Maar ik zei al dat Julian heeft gezegd dat we binnenkort langs kunnen komen, toch?'

'Wanneer dan?' vraagt mijn moeder gefrustreerd. 'Waarom kunnen we niet gewoon een datum prikken?'

Omdat ik zwanger ben en mijn overbezorgde ontvoerder en echtgenoot weigert zelfs maar over reizen te praten. 'Mam...' Ik haal diep adem en raap mijn moed bijeen. 'Ik moet je iets vertellen.'

Ze leunt iets naar de camera toe, een bezorgde frons op haar voorhoofd. 'Wat is er, lieverd?'

'Ik ben acht weken zwanger. Julian en ik krijgen een baby.' Zodra de woorden mijn mond hebben verlaten, heb ik het gevoel dat een enorme last van mijn schouders is gevallen. Nu pas besef ik hoe zwaar dit geheim op me drukte.

Mijn moeder knippert. 'Wat? Nu al?'

'Eh, ja.' Die reactie zag ik niet aankomen. Ik leun iets naar de camera toe. 'Hoe bedoel je, nu al?'

'Je vader en ik dachten al, dat nu jullie getrouwd waren en zo...' Ze haalt haar schouders op. 'Ik bedoel, we hoopten dat jullie nog zouden wachten en je eerst je studie zou afmaken...'

'Jullie dachten dat Julian en ik kinderen zouden krijgen?' Ik heb het gevoel dat ik in een ander universum ben beland. 'En dat vinden jullie goed?'

Mijn moeder zucht en leunt naar achteren, me met een vermoeide uitdrukking opnemend. 'Natuurlijk niet. Maar we kunnen niet met oogkleppen op leven, hoe graag je vader dat ook wil. Dit is niet wat we voor je voor ogen hadden, maar...' Ze zwijgt even, zucht nog een keer en gaat dan verder: 'Kijk, lieverd, als dit is wat je wilt, als hij je echt zo gelukkig maakt als je zegt, dan is het niet aan ons om daar iets tegen te doen. We willen dat je gelukkig en gezond bent. Dat weet je toch?'

'Ja, mam.' Ik knipper als een malle om een nieuwe stroom hormonale tranen tegen te houden. 'Dat weet ik.'

'Mooi.' Ze glimlacht en volgens mij heeft zij ook tranen in haar ogen. 'Nu moet je me er alles over vertellen. Ben je misselijk? Ben je moe? Hoe ben je erachter gekomen? Was het een ongelukje?'

En een uur lang praten mijn moeder en ik over zwangerschappen en baby's. Ze vertelt me alles over haar eigen zwangerschap - ik was een ongelukje, verwekt tijdens hun huwelijksreis - en ik leg uit dat ik mijn arm had bezeerd toen ik ontvoerd was door de terroristen en het daarom even zonder implantaat moest stellen. Dichter bij de waarheid kan ik niet komen: Al-Quadar heeft het implantaat uit mijn arm gesneden omdat ze dachten dat het een zender was. Mijn ouders weten dat ik bij het winkelcentrum ontvoerd ben - ik moest mijn verdwijning toch verklaren - maar ik heb ze niet het hele verhaal verteld.

Ze hebben er geen idee van dat hun dochter als

lokaas fungeerde om het leven van haar ontvoerder te redden en vervolgens een man in koelen bloede vermoordde.

Tegen de tijd dat we uitgepraat zijn, is het donker buiten en begin ik moe te worden. We sluiten het gesprek af en ik ga naar boven, douche, poets mijn tanden en ga in bed op Julian liggen wachten.

Maar al snel worden mijn oogleden zwaar en voel ik mezelf in slaap wegzakken. Mijn geest dwaalt af en er verschijnt een afbeelding voor mijn ogen: een meisje, hulpeloos vastgebonden aan een stoel in een grote kamer met witte muren. Maar haar haren zijn niet blond.

Ze zijn donker - en in haar dikke buik groeit een baby.

13

Julian

TEGEN DE TIJD DAT IK KLAAR BEN EN DE SLAAPKAMER IN
LOOP, is het rond middernacht. Ik doe het licht aan en
zie dat Nora opgekruld onder de deken ligt te slapen.
Nadat ik gedoucht heb, stap ik in bed, haar naakte
lichaam tegen me aan trekkend zodra ik lig. Ze past
perfect tegen me aan, met haar ronde achterste tegen
mijn kruis en haar nek op mijn uitgestoken arm. Mijn
andere arm is gebogen en ligt op haar zij, met een palm
om haar kleine, stevige borst geslagen.

Hij is iets voller dan voorheen, wat me eraan
herinnert dat haar lichaam verandert.

Het is bizar dat ik die gedachte erotisch vind, dat de
gedachte van Nora, hoogzwanger van ons kind, me

opwindt. Ik heb zwangere vrouwen nooit als sexy beschouwd, maar nu mijn eigen vrouw zwanger is, bespeur ik in mezelf een obsessie met haar nu nog slanke lichaam en een fascinatie voor haar vermogen. Mijn seksdrive, altijd al sterk, is deze dagen torenhoog en het kost me enorme moeite om haar niet constant te bespringen.

Als ik mezelf niet twee keer per dag zou aftrekken, zou ik mezelf niet in kunnen houden.

Zelfs nu, nadat ik mezelf net bevredigd heb in de douche, is zo om haar heen gekruld liggen een marteling. Maar ik laat haar niet los. Ik wil haar tegen me aan houden, zelfs als ik haar alleen maar ga knuffelen. Ze heeft haar rust nodig en ik ben vast van plan haar te laten slapen. Maar net als ik het mezelf wat gemakkelijker maak, beweegt ze en vraagt slaperig: 'Julian?'

'Uiteraard, schatje.' Ik geef toe aan de verleiding en wrijf met mijn neus over de zachte huid achter haar oor, intussen mijn hand van haar borst naar de zachte plooien tussen haar benen verplaatsend. 'Wie zou het anders zijn?'

'Geen idee...' Haar adem stokt als ik zacht op haar klit duw. 'Hoe laat is het?'

'Laat.' Ik duw één vinger in haar om te voelen of ze klaar voor me is. Mijn penis begint te bonzen als ik de gladde vochtigheid in haar strakke, hete kutje voel. 'Ik zou je moeten laten slapen.'

'Nee.' Ze snakt naar adem als ik mijn vinger krom en haar G-spot raak. 'Echt, het gaat prima met me.'

'Is dat zo?' Ik moet haar een beetje plagen. Mijn sadistische neigingen moet ik deze dagen wegstoppen, maar haar horen smeken kan ik niet weerstaan. Daarom prevel ik: 'Daar ben ik niet zo zeker van. Ik denk dat ik moet ophouden.'

'Nee, alsjeblieft niet.' Ze kreunt als ik met mijn duim over haar klit wrijf en tegelijkertijd met mijn erectie tegen haar kont duw. 'Stop alsjeblieft niet.'

'Vertel me dan maar wat je wilt dat ik met je doe.' Ik blijf haar klitje strelen. Ze voelt als levend vuur in mijn armen, warm en slank. Haar haren ruiken naar haar bloemachtige shampoo. Haar vagina trekt samen, als om mijn vinger dieper naar binnen te zuigen. 'Vertel me precies wat je wilt, poesje van me.'

'Je weet wat ik wil.' Ze hijgt en haar heupen schokken als ze mijn vingers in een ritme probeert te dwingen. 'Ik wil dat je me neukt. Hard.'

'Hoe hard?' Mijn stem wordt hees als duistere, verdorven gedachten in me opkomen. Er zijn zoveel foute dingen die ik met haar wil doen, zoveel manieren waarop ik haar wil nemen. Zelfs na al deze tijd bezit ze nog een onschuld die ik wil corrumperen. Waardoor ik tot het uiterste wil gaan. 'Vertel het me, Nora. Ik wil alle details horen.'

'Waarom?' vraagt ze ademloos, haar onderlichaam tegen mijn hand schurend. Haar kutje is doornat en mijn vingers zijn besmeurd met haar vocht. 'Je doet toch niet wat ik wil.'

'Je mag niet vragen waarom.' Ik houd mijn hand stil

en laat iets van mijn duistere verlangens in mijn stem doorklinken. 'Vertel het me.'

'Ik...' Ze hijgt als ik weer met haar klit begin te spelen. 'Ik wil dat je me zo hard neukt dat het pijn doet.' Haar stem trilt als ik een tweede vinger in haar duw, zodat haar kutje iets opgerekt wordt. 'Ik wil dat je me vastbindt en me laat doen wat jij wil.'

'Wil je dat ik je in je kontje neuk?'

Haar vagina knijpt samen en er gaat een rilling door haar heen. 'Ik...' Haar stem breekt. 'Ik... ik weet het niet.'

Als ik niet het idee had dat mijn ballen op springen stonden, had ik haar onduidelijke antwoord amusant gevonden. Op een dag zal ik haar dwingen toe te geven dat ze tegenwoordig van anale seks houdt, dat ze ervan geniet zo genomen te worden. Om precies te zijn, ga ik haar laten smeken om mijn penis in haar kontje. Maar nu gaat het slechts om woorden. Hoe graag ik haar ook in elk van haar strakke openingen zou willen nemen, het kan niet. Ik zet het leven van de baby niet op het spel voor vluchtig genot.

Deze verbale uitwisseling zal genoeg moeten zijn tot Nora bevallen is.

Ik trek mijn vingers terug, grijp mijn penis en breng hem naar haar warme, natte kutje. Ze kreunt als ik langzaam in haar kom. Nu we allebei op ons zij liggen, benen bij elkaar, voelt ze nog krapper dan normaal. Ik doe rustig aan, de wilde lust die door mijn aderen raast negerend.

Doe haar geen pijn. Doe haar geen pijn. De woorden zijn als een mantra. Ze kromt haar rug om me beter tegemoet te komen en ik laat mijn hand weer naar haar voorkant glijden, naar de plek waar dat kleine knopje zich tussen haar schaamlippen verbergt. Als mijn vingers haar raken, kreunt ze mijn naam en voel ik haar om me heen samentrekken. Haar spieren knijpen in mijn penis terwijl ze haar ontlading vindt.

Mijn hart bonst en ik probeer stil te blijven liggen, mijn eigen orgasme uit te stellen. Wanneer ik niet meer helemaal op het punt sta klaar te komen, begin ik in haar te stoten, intussen nog steeds haar gezwollen klit strelend. Ze maakt een onsamenhangend geluidje dat het midden houdt tussen een kreun en een ademteug. Dan spant haar hele lichaam. Ik blijf haar met korte, oppervlakkige stoten neuken en ze verkrampt nog verder - tot ze het uitschreeuwt en ik haar om me heen voel samentrekken in een tweede orgasme.

Het gevoel dat haar kutje mijn penis uitmelkt is onbeschrijfelijk, scherp en haast elektrisch in zijn genot. Het raast door me heen en ik kan mijn eigen orgasme niet meer tegenhouden. Hees kreunend schuur ik tegen haar aan, me diep in haar begravend als mijn zaad met hevige stoten uit me spuit.

Naderhand moeten we allebei op adem komen. Onze lichamen zijn aan elkaar geplakt van het zweet. Als mijn hartslag kalmeert, verspreidt een gevoel van verzadiging, van ontspannen tevredenheid, zich door me heen. Ik weet dat ik moet opstaan en Nora naar de douche moet dragen om haar te wassen. Maar het voelt zo goed om hier gewoon te liggen, haar vast te houden terwijl mijn penis langzaam slap wordt in haar. Ik sluit mijn ogen en geniet van het moment. Mijn gedachten dwalen af terwijl ik langzaam in slaap val.

'Julian?' Nora's zachte stem haalt me uit mijn sluimer en jaagt mijn hartslag omhoog.

'Wat is er, schatje?' Mijn stem klinkt bezorgd. 'Gaat het wel?'

Ze slaakt een diepe zucht en draait zich om in mijn armen zodat ze me aan kan kijken. 'Het gaat prima. Waarom niet?'

Ik zucht ook, te opgelucht en verzadigd om boos te worden om haar geërgerde toon. 'Wat is er dan?' Ik trek de dekens over ons heen. De airconditioning houdt de kamer koel en ik weet dat Nora het snel koud heeft als ze moe is.

Ze zucht opnieuw als ik haar instop. 'Je weet dat ik niet van glas ben, hè?'

Ik neem niet eens de moeite daar antwoord op te geven. In plaats daarvan staar ik haar met toegeknepen ogen aan, tot ze uitademt en dan zegt: 'Ik wilde je vertellen dat ik met mijn ouders heb gepraat, dat is alles.'

'Over de baby?'

'Ja.' Een opgetogen glimlach krult om haar lippen. 'Mama reageerde er verrassend goed op.'

'Je moeder is een slimme vrouw. En je vader?'

'Hij was er niet, maar mama gaat het hem vertellen.'

'Mooi.' Vreemd genoeg ben ik erg blij dat Nora deze stap gezet heeft. Daaruit blijkt dat ze dichter bij de acceptatie is van het feit dat deze baby deel van ons leven uitmaakt. 'Nu hoef je je daar geen zorgen meer om te maken.'

'Juist.' Haar ogen glinsteren in het zachte licht van de lamp op het nachtkastje. 'Het moeilijkste is voorbij. Nu hoef ik alleen nog maar te bevallen en een kind op te voeden.'

Haar toon is luchtig, maar ik hoor de angst onder het sarcasme. Ze is doodsbenauwd voor de toekomst en hoe graag ik haar ook wil geruststellen, ik kan haar niet zeggen dat alles goed zal komen.

Diep vanbinnen ben ik namelijk even bang als zij.

NA GISTEREN DE HELE AVOND TE HEBBEN GEWERKT, slaap ik langer dan normaal. Als ik wakker word, is Nora ook al bijna wakker.

Ze hoort me bewegen, rolt zich om en schenkt me een slaperige glimlach. 'Je bent er nog.'

'Dat klopt.' Impulsief trek ik haar naar me toe en sla mijn armen stevig om haar heen. Soms voelt het alsof alle tijd die we samen hebben toch niet genoeg is. Ik zie haar elke dag, maar ik wil meer.

Ik wil altijd meer als het om haar gaat.

Ze slaat een been over mijn dij heen en kruipt tegen me aan, met haar gezicht over mijn brost wrijvend. Mijn lichaam reageert voorspelbaar door meteen pijnlijk hard te worden. Maar voor ik iets kan doen, leidt ze me af met haar woorden. 'Julian...' Haar stem klinkt gesmoord. 'Wie is die vrouw in Lucas' huis?'

Verrast kijk ik haar aan. 'Hoe weet je daarvan?'

'Rosa en ik hebben haar gisteren gezien.' Nora lijkt moeite te hebben me aan te kijken. 'We, eh... kwamen er toevallig langs.' Ze gluurt door haar wimpers naar me.

'Is dat zo?' Ik kom op één elleboog omhoog en neem haar blozende gezicht goed in me op. 'En waarom kwamen jullie daarlangs? Normaal gesproken wandelen jullie daar niet.'

'Gisteren wel.' Ze trekt het laken om zich heen, gaat overeind zitten en kijkt me vastberaden aan. 'Dus, wie is zij? Wat heeft ze gedaan?'

Ik zucht. Ik wilde niet dat Nora bij dit drama betrokken zou raken, maar blijkbaar is het onvermijdelijk. 'Dat meisje is de Russische tolk die ons aan de Oekraïners verraadde,' leg ik uit, zorgvuldig haar uitdrukking in de gaten houdend. Mijn poesje is net van haar nachtmerries af en het laatste wat ik wil, is een terugval veroorzaken.

Nora spert haar ogen open. 'Is zij verantwoordelijk voor het neerstorten van het vliegtuig?'

'Niet direct, maar de informatie die zij aan de Oekraïners doorgaf, leidde daar wel toe, ja.' Als Lucas niet besloten had de situatie naar zijn hand te zetten, had ik zelf iemand naar Moskou gestuurd om die verraadster een kopje kleiner te maken - tenzij de Russen me voor zouden zijn geweest.

Ik zie Nora de informatie verwerken - haar uitdrukking wordt duisterder. Het is fascinerend om te zien. Haar zachte lippen perst ze opeen en in haar blik verschijnt pure haat. 'Ze had je bijna vermoord,' zegt ze gesmoord. 'Julian, die trut had jullie bijna gedood.'

'Ja, en bij bijna vijftig van mijn mannen is dat haar ook gelukt.' Dat verlies knaagt aan me, meer dan de rest - en aan Lucas ook, dat weet ik zeker. Welke straf hij onze gevangene ook toebedeelt, het is niets minder dan ze verdient. Ook Nora komt tot die conclusie.

Ze springt van het bed, het laken achterlatend, grijpt haar ochtendjas, trekt hem aan en begint, zichtbaar overstuur, rondjes te ijsberen door de slaapkamer. Die korte glimp van haar naakte lichaam windt me opnieuw op, maar ik houd mijn blik op haar gezicht gericht als ik opsta.

'Zit het je dwars, poesje van me?' vraag ik. Nora blijft staan en haar blik glijdt van mijn onderlichaam naar boven. 'Wilde je daarom weten wie ze was?'

'Natuurlijk zit het me dwars.' In Nora's stem klinkt een spanning door die ik niet kan plaatsen. 'Op ons landgoed wordt een jonge vrouw vastgehouden.'

'Een verraadster,' corrigeer ik haar. 'Ze is niet bepaald een onschuldig slachtoffer.'

'Waarom kon je de Russen niet gewoon met haar laten afrekenen'?' Nora loopt op me af. 'Waarom heb je haar hierheen laten komen?'

'Dit heeft Lucas geregeld. Hij had een soort van... persoonlijke... relatie met haar.'

Nora spert haar ogen wederom open. 'Hadden ze een affaire?'

'Meer een onenightstand, maar ja.' Ik loop naar de badkamer en Nora volgt me. Als ik de douche aan heb gezet en mijn tanden begin te poetsen, pakt zij haar eigen tandenborstel om hetzelfde te doen. Ik kan zien dat ze nog steeds overstuur is, dus nadat ik mijn mond heb gespoeld, zeg ik: 'Als het je echt dwarszit, kan ik hem vragen haar ergens anders onder te brengen.'

Nora legt haar tandenborstel neer en kijkt me sarcastisch aan. 'Zodat hij haar ergens kan martelen waar niemand ervan weet? Hoe zou dat beter zijn?'

Ik haal mijn schouders en loop naar de douche. 'Jij zou het niet zien.' Ik laat de douchedeur open zodat we kunnen doorpraten. De douche is ruim genoeg, dus de badkamervloer blijft wel droog.

'Ja, natuurlijk.' Ze staart me aan als ik me inzeep. 'Als ik het niet zie, gebeurt het niet.'

Ik slaak nog een zucht. 'Kom hier, schatje.' Ik negeer mijn ingezeepte handen en trek haar de douche in. Dan trek ik haar badjas uit en gooi die op de vloer buiten de douche.

Ze protesteert niet als ik haar bij me onder de warme stralen trek. In plaats daarvan sluit ze haar ogen en blijft stilstaan als ik shampoo op mijn hand giet en die in haar haren begin te masseren. Zelfs nat voelen haar haren fijn aan, dik en zijdezacht rond mijn vingers.

Het is gek dat ik er zo van geniet om zo voor haar te zorgen. Gewoon haar haren wassen is tegelijkertijd opwindend en geruststellend. Op dit soort moment is het gemakkelijker om het geweld in mij te vergeten, de hunkeringen waar ik de komende maanden niet aan toe mag geven te stillen.

'Wat maakt het voor verschil of Lucas haar straft of de Russen?' vraag ik als ik klaar ben met haar haren inzepen. Nora zegt niets, maar ik weet dat ze nog aan de tolk denkt en zich druk maakt om haar lot. 'Het loopt hoe dan ook hetzelfde af. Dat weet je toch, poesje van me?'

Ze knikt zwijgend en kantelt haar hoofd zodat ik de shampoo uit haar haren kan spoelen.

'Waarom maak je je er dan druk om?' Ik pak de conditioner. Zij veegt het water uit haar gezicht en opent dan haar ogen om me aan te kijken. 'Wil je dat ze vrijgelaten wordt?'

'Dat zou ik moeten willen.' Ze staart me aan als ik haar haren inzeep met conditioner. 'Ik zou niet moeten willen dat ze zo lijdt.'

Mijn lippen krullen wreed. 'Maar dat wil je wel, hè? Je wilt net zo graag wraak op haar nemen als ik.' Nu begrijp ik haar onrust. Net zoals toen ze die man doodde, botsen Nora's middenklassegevoeligheden met haar instinct. Ze weet wat de samenleving voorschrijft dat ze moet voelen en het zit haar dwars dat haar emoties eigenlijk heel anders zijn.

Het zit niet in de menselijke natuur de andere wang toe te keren - en dat begint mijn poesje ook te beseffen.

Opnieuw sluit Nora haar ogen, en ze gaat onder de straal staan. Het water stroomt over haar gezicht en maakt lange, donkere pieken van haar wimpers. 'Ik wilde sterven toen ik dacht dat je dood was,' zegt ze. Haar stem komt nauwelijks boven het stromende water uit. 'Het was nog erger dan toen ik je die eerste keer kwijtraakte. Toen ik het meisje zag, nam ik aan dat ze je iets misdaan had, maar ik besefte niet dat zij de vliegtuigcrash had veroorzaakt.'

Ik stel me voor hoe Nora zich die dag gevoeld moet hebben. Meteen voel ik een scherpe pijn in mijn borst. Als ik haar ooit zou verliezen, zou ik gek worden. 'Schatje...' Ik stap op haar af en laat de straal op mijn rug klateren. Dan neem ik haar gezicht in mijn handen, zodat ik haar goed aan kan kijken. 'Het is voorbij. Die periode in ons leven is voorbij, goed? Het is verleden tijd.'

Ze zegt niets, dus buig ik voorover om een diepe, langzame kus op haar lippen te drukken. Dit is de enige troost die ik haar weet te bieden.

14

IK VERLIES MEZELF. LANGZAAM MAAR ZEKER WORD IK Julians duistere wereld ingetrokken, meegesleurd door dit verwrongen moeras, dit landgoed.

Daar ben ik me al een tijdje bewust van. Ik heb mijn eigen transformatie gadegeslagen met een combinatie van afstandelijke afschuw en nieuwsgierigheid. De dingen die ik vroeger afstotelijk vond, zijn nu deel van mijn dagelijks leven. Moord, marteling, illegale handel in wapens - intellectueel veroordeel ik het, maar het zit me niet langer zo dwars als vroeger. Mijn morele kompas is langzaam ontregeld geraakt. En ik heb dat toegestaan.

Ik laat Julians wereld me veranderen zonder daar zelfs maar tegen te vechten.

Zelfs voor ik wist wat de blonde vrouw had gedaan, zat haar ellende me niet bijzonder dwars. Net als Rosa was ik eerder nieuwsgierig dan vervuld met afschuw. Nu ik weet dat zij de tolk is die bijna ook Julians dood op haar geweten had, laat de haat die door me heen raast weinig ruimte voor medelijden. Ik begrijp dat het verkeerd is om Lucas haar op deze manier te laten straffen, maar ik voel niet dat het fout is.

Ik wil dat ze lijdt, dat ze boet voor de ellende die ze ons bezorgd heeft.

Het feit dat ik nu überhaupt kan denken, laat staan mijn verschillende emoties analyseren, is bizar. Ik sta in de douche en Julian kust me, mijn zintuigen met zijn aanrakingen bedwelmend. Zijn handen liggen om mijn gezicht en mijn lichaam reageert op hem zoals altijd. Het warme water dat over mijn huid loopt, verhoogt de brandende hitte in mijn binnenste nog. Maar mijn gedachten zijn koel en helder. Ik zie maar één oplossing, één manier om wat nog over is van mijn ziel te redden.

Ik moet hier weg.

Niet permanent. Niet voor altijd. Maar ik moet hier weg, al is het maar voor een paar weken. Ik moet mijn perspectief terugwinnen, mezelf opnieuw in de wereld buiten het landgoed mengen.

Zo niet voor mezelf, dan toch voor het leven dat ik in me draag.

'Julian...' Mijn stem trilt als hij mijn lippen loslaat en een hand over mijn rug laat glijden, zodat het tussen mijn benen begint te bonzen. 'Julian, ik wil naar huis.'

Abrupt stopt hij. Hij heft zijn hoofd, al heeft hij me nog wel vast. Zijn blik gaat van opgewonden naar kil en gevaarlijk. 'Je bent thuis.'

'Ik wil mijn ouders zien,' zeg ik met nadruk, hoewel mijn hart bonst. Julians krachtige lichaam en de stoom van de douche omringen me. Ik heb het gevoel dat ik gevangen zit in een bubbel van naakte huid en lust. Mijn lichaam snakt naar zijn aanrakingen, maar mijn geest houdt me voor dat ik niet mag toegeven. Niet nu er zoveel op het spel staat.

In zijn kaak trekt een spiertje. 'Ik zei al dat ik je een keer mee zou nemen. Maar niet nu. Niet in jouw conditie.'

'Wanneer dan?' Ik dwing mezelf zijn blik te blijven beantwoorden. 'Als ik een baby heb om voor te zorgen? Of een peuter? Wanneer het kind al groot is, misschien? Is het dan veilig voor me om te gaan?'

Julians lippen vormen een dunne lijn. Hij duwt me tegen de douchewand en pint mijn polsen boven mijn hoofd. 'Ga niet te ver, poesje van me,' prevelt hij. Zijn erectie duwt tegen mijn buik. 'De consequenties zullen je niet bevallen.'

Ondanks mijn vastberadenheid voel ik toch een vleugje angst. Ik weet dat Julian me nu geen pijn zal doen, maar mijn echtgenoot heeft meer tot zijn beschikking dan fysieke afstraffing. Beelden van Jakes brute mishandeling schieten door mijn hoofd, waardoor een ziekelijke kou door me heen sijpelt.

'Niet doen,' fluister ik als hij naar voren leunt en met zijn lippen over mijn oor strijkt. Het tedere gebaar vormt een sterk contrast met de dreiging van zijn lichaam, dat boven me uit torent. 'Doe dit niet, Julian.'

Hij gaat rechtop staan. Zijn ogen glinsteren als saffieren. 'Wat niet doen?' Hij verplaatst mijn polsen naar een van zijn grote handen en laat zijn andere hand over mijn borsten en buik glijden. Zijn vingers laten een vurig pad achter op mijn huid.

'Niet...' Mijn stem breekt als zijn aanraking me laat bonzen van verlangen, ondanks de kou in mijn binnenste. 'Laat het niet zo zijn.'

Zijn hand schiet naar mijn kaak in een onbreekbare greep. 'Hoe?' vraagt hij, bedrieglijk kalm. 'Alsof je de mijne bent?'

Mijn adem stokt. 'Ik ben je vrouw, niet je slavin...'

'Je bent wat ik wil dat je bent, poesje van me. Ik bezit je.' De nonchalante wreedheid van zijn woorden komt aan als een klap in mijn gezicht. Ik kan even geen adem meer halen. Iets van mijn reactie moet te zien zijn geweest, want hij verzacht zijn greep en zegt iets vriendelijker: 'Dit is je thuis, Nora. Hier. Bij mij. Niet daar.'

'Het zijn mijn ouders, Julian. Mijn familie. Net zoals jij nu mijn familie bent. Ik kan niet mijn hele leven in een kooi doorbrengen, alleen voor mijn veiligheid. Dan word ik gek.' Ik voel tranen branden en knipper hevig om ze terug te dringen. Het laatste wat ik wil, is hem laten zien wat een emotioneel wrak ik tegenwoordig ben.

Stomme zwangerschapshormonen.

Julian kijkt me gefrustreerd aan, maar dan laat hij

me abrupt los en stapt naar achteren. Hij zet het water uit, loopt de douche uit en grijpt met nauwelijks verhulde woede een handdoek. Hij heeft nog steeds een erectie en het feit dat hij me nog niet besprongen heeft, is een verrassing - zelfs nu hij me tegenwoordig als glas behandelt.

Voorzichtig volg ik hem. Mijn voeten zakken weg in het zachte badmatje. 'Wil je alsjeblieft...' begin ik, maar Julian stapt al op me af met de handdoek. Hij slaat hem om me heen en wrijft me droog, voor hij een andere handdoek voor zichzelf pakt.

'Wat heeft dit allemaal te maken met Yulia Tzakova?' Ik ben op weg naar de slaapkamer, maar bij zijn woorden blijf ik staan. Verward kijk ik hem aan en hij gaat verder: 'De Russische tolk die je gisteren zag. Heeft zij iets te maken met je plotse verlangen je ouders te bezoeken?'

Ik overweeg het te ontkennen, maar Julian weet het altijd als ik lieg. 'In zekere zin,' zeg ik voorzichtig. 'Ik heb wat tijd nodig weg van hier, een andere omgeving. Ik heb een adempauze nodig, Julian.' Ik slik en houd zijn blik vast. 'Heel erg nodig.'

Hij kijkt me aan en loopt dan zonder een woord te zeggen naar de slaapkamer om zich aan te kleden.

Tijdens het ontbijt is Julian stil en lijkt hij in beslag genomen te worden door de e-mails op zijn iPad. Ik voel me genegeerd en dat ben ik niet gewend.

Meestal, als we samen eten, heb ik Julians onverdeelde aandacht. Het feit dat hij zich ergens anders mee bezighoudt, zit me meer dwars dan logisch is.

Ik overweeg de stilte te doorbreken, maar ik wil de zaken niet erger maken. Waarschijnlijk heb ik vanochtend al mijn kansen om van het landgoed af te komen om zeep geholpen. Ik had moeten wachten op een beter moment om over een bezoek aan mijn ouders te beginnen. Het tijdens een vrijpartij eruit flappen was geen slimme zet.

Uiteraard is er geen enkele garantie dat een andere aanpak tot een ander resultaat zou hebben geleid. Als Julian een besluit heeft genomen, kan ik weinig doen om hem van gedachten te laten veranderen, vooral als het om mijn veiligheid gaat. Ik heb me verzet tegen de zenders en die zitten nog steeds in mijn lichaam. Julian zal me nooit toestaan ze te laten verwijderen, net zoals hij me waarschijnlijk nooit van het landgoed af laat. In principe bezit hij me inderdaad en daar kan ik niets tegen doen.

Ik probeer niet toe te geven aan de doffe wanhoop die op me drukt en eet mijn eieren op. Dan sta ik op. Ik wil niet langer in deze gespannen sfeer blijven zitten dan nodig. Maar voor ik weg kan lopen, kijkt Julian op van zijn iPad. 'Waar ga je heen?'

'Leren voor mijn tentamens,' zeg ik voorzichtig.

'Ga zitten.' Hij gebaart ongeduldig naar mijn stoel. 'We zijn nog niet klaar.'

Ik onderdruk een vlaag van woede en ga met mijn

armen over elkaar geslagen zitten. 'Ik moet echt gaan leren, Julian.'

'Wanneer is je laatste tentamen?'

Mijn polsslag versnelt als een klein sprankje hoop in mijn borst opvlamt. 'Dat is bij het online programma flexibel. Als ik de lessen vroegtijdig afrond, kan ik meteen de tentamens maken.'

'Begin juni dus?' dringt hij aan.

'Nee, eerder.' Ik leg mijn zweterige handen op de tafel. 'Ik kan redelijkerwijs over anderhalve week klaar zijn.'

'Oké.' Hij kijkt weer naar de iPad en begint iets te tikken terwijl ik naar hem blijf kijken. Ik durf nauwelijks adem te halen. Na een minuutje kijkt hij op, me op mijn stoel pinnend met die harde, blauwe blik. 'Ik zeg je dit maar één keer, Nora, ' zegt hij kalm. 'Als je me niet gehoorzaamt of ook maar iets doet waarmee je jezelf in gevaar brengt als we in Chicago zijn, zal ik je straffen. Begrepen?'

Voor hij zelfs maar uitgesproken is, ben ik al halverwege de tafel. Ik gooi bijna de stoel achterover als ik hem bespring. 'Ja!' Ik weet niet eens hoe ik het doe, maar ik zit op zijn schoot, mijn armen om zijn nek, en ik druk overal kussen op zijn gezicht. 'Dank je wel! Dank je wel! Dank je wel!'

Hij laat me doorgaan met zoenen tot ik buiten adem ben. Dan neemt hij mijn gezicht in zijn handen en kijkt me aandachtig aan. Ik zie het verlangen in zijn ogen en voel zijn erectie tegen mijn benen duwen. Meteen weet ik dat we nu af gaan maken wat we vanochtend begonnen. Mijn lichaam begint verwachtingsvol te bonzen en mijn tepels worden harder onder de stof van mijn jurk.

Alsof hij mijn groeiende opwinding voelt, schenkt Julian me een duistere glimlach. Dan staat hij op, met mij in zijn armen. 'Zorg dat ik hier geen spijt van krijg, poesje van me,' prevelt hij als hij me naar de trap draagt. 'Mij wil je niet teleurstellen, geloof me.'

'Dat zal ik niet doen,' beloof ik plechtig, om vervolgens mijn armen om zijn nek te slaan. 'Ik beloof je dat ik je niet teleurstel, Julian.'

III

DE REIS

IK GA NAAR HUIS. O, GOD, IK GA NAAR HUIS.

Zelfs nu ik uit het vliegtuigraampje kijk naar de wolken onder me, heb ik nog moeite het te geloven. Er zijn slechts twee weken verstreken sinds ons gesprek aan de ontbijttafel en hier zijn we dan, onderweg naar Oak Lawn.

'Dit vliegtuig is zo anders als op televisie,' zegt Rosa terwijl ze haar blik door het luxueuze interieur van de cabine laat gaan. 'Ik wist dat we niet met een gewone vlucht zouden gaan, maar dit is echt heel tof, Nora.'

Ik grijns naar haar. 'Dat weet ik. Ik reageerde ook zo toen ik dit vliegtuig voor het eerst zag.' Ik gluur even naar Julian, die met zijn laptop op de bank zit en ons gesprek ogenschijnlijk negeert. Hij vertelde dat hij een afspraak heeft met zijn portfoliomanager als we in Chicago zijn, waarschijnlijk om potentiële investeringen te bespreken. Het kan ook zijn dat hij nu bezig is met aanpassingen aan de laatste droneversie; dat project vraagt ook veel tijd van hem deze week.

'De eerste keer dat ik vlieg en dan is het met een privévliegtuig. Is het niet ongelofelijk? Het kan niet beter, behalve als we naar New York zouden gaan,' zegt Rosa, waardoor ik mijn aandacht weer op haar richt. Haar bruine ogen stralen en ze zit zowat te stuiteren in haar luxe leren stoel. Zo is ze al een paar dagen, al sinds ik Julian zover heb gekregen om haar mee te nemen naar Amerika, een land waar ze al jaren van droomt.

'Chicago is ook leuk, hoor,' zeg ik, geamuseerd door haar onbedoelde snobisme. 'Het is een gave stad, wacht maar af.'

'Natuurlijk.' Rosa bloost als ze beseft dat zojuist mijn thuisstad heeft beledigd. 'Het is er vast geweldig. Ik wil niet dat je denkt dat ik ondankbaar ben,' zegt ze beschaamd. 'Ik weet dat ik alleen mee mag omdat jij zo aardig bent en ik vind het geweldig om...'

'Rosa, je bent mee omdat ik je nodig heb,' onderbreek ik haar. Ik wil dit niet bespreken waar Julian bij is. 'Ana vertrouwt alleen jou met mijn smoothies en je weet dat ik die vitamines nodig heb.'

Tenminste, dat is wat ik mijn obsessief bezorgde echtgenoot heb verteld toen ik hem vroeg of Rosa mee mocht. Ik vermoed dat ik die smoothies zelf wel had kunnen maken - of gewoon de vitamines in pilvorm slikken - maar ik wilde ervoor zorgen dat mijn vriendin ook mee mocht. Ik weet alleen niet of hij toestemde omdat hij me geloofde of omdat hij er toch geen problemen mee had gehad. Maar ik wil niet dat Rosa onbewust iets zegt wat het schip slagzij doet maken... Of beter gezegd, het vliegtuig.

Het idee dat we echt op weg zijn naar mijn ouders voelt nog steeds onrealistisch aan. De afgelopen twee weken zijn voorbijgevlogen. Door alle tentamens en essays heb ik nauwelijks de tijd gehad om over deze reis na te denken. Pas drie dagen geleden realiseerde ik me dat het echt doorging en dat Julian alle voorbereidingen al had getroffen, waaronder het verhogen van de beveiliging rondom mijn ouders tot een niveau waar het Witte Huis jaloers op kon zijn.

'O ja, de smoothies,' zegt Rosa na een voorzichtige blik in Julians richting. Ze heeft het door. 'Natuurlijk, dat was ik vergeten. En ik help je al je kunstspullen uit te pakken, zodat je je niet te moe maakt.'

'Ja, precies.' Ik grijns haar samenzweerderig toe. 'Ik kan toch niet al die zware doeken tillen.'

Op dat moment schudt het vliegtuig even en Rosa trekt wit weg. Al haar opwinding is ze vergeten. 'Wat is dat?'

'Gewoon turbulentie,' zeg ik, diep ademhalend om een plotselinge golf van misselijkheid te bedwingen. Ik heb nog steeds last van ochtendmisselijkheid en het schudden van het vliegtuig maakt het er niet beter op.

'We gaan toch niet neerstorten, hè?' vraag Rosa angstig. Ik schud mijn hoofd. Maar als ik naar Julian kijk, zie ik dat hij naar mij kijkt, zijn uitdrukking gespannen. De knokkels van de handen die de laptop vasthouden, zijn wit.

Zonder erbij na te denken maak ik mijn gordel los en sta op om naar hem toe te lopen. Als Rosa al bang is om neer te storten, kan ik me alleen maar voorstellen hoe Julian zich moet voelen, na minder dan drie maanden geleden een vliegtuigongeluk te hebben meegemaakt.

'Wat doe je?' Julians stem is messcherp als hij opstaat en de computer op de bank laat vallen. 'Ga zitten, Nora. Het is niet veilig.'

'Ik wilde...'

Maar voor ik uitgesproken ben, staat hij naast me, me in mijn stoel duwend. Daarna maakt hij mijn veiligheidsriem weer vast. 'Zitten,' blaft hij met een boze blik. 'Je had toch beloofd je te gedragen?'

'Ja, maar ik wilde gewoon...' Bij het zien van de uitdrukking op Julians gezicht zwijg ik echter, voor ik eraan toevoeg: 'Laat maar.'

Nog steeds boos gaat hij tegenover Rosa en mij zitten. Ze lijkt zich ongemakkelijk te voelen. Haar handen wringen ineen terwijl ze uit het raampje kijkt. Ik baal ervan; het is vast onprettig te moeten zien dat haar vriendin als een stout kind wordt behandeld.

'Ik wil niet dat je valt als het vliegtuig in een luchtzak terechtkomt,' zegt Julian op kalmere toon als ik geen pogingen meer doe om op te staan. 'Bij turbulentie is het niet veilig om door de cabine te lopen.'

Ik knik en concentreer me op mijn ademhaling. Dat

helpt zowel tegen de misselijkheid als de woede. Soms vergeet ik hoe het zit en denk ik dat we een normaal huwelijk hebben, een partnerschap tussen gelijken, in plaats van... wat we ook hebben. Op papier ben ik Julians vrouw, maar in werkelijkheid ben ik eerder zijn seksslavin.

Een seksslavin die hopeloos verliefd is op haar eigenaar.

Ik sluit mijn ogen, maak het me gemakkelijk in de ruime leren stoel en probeer me te ontspannen.

Het wordt waarschijnlijk een lange vlucht.

'Wakker worden, schatje.' Warme lippen strijken over mijn voorhoofd terwijl mijn riem wordt losgemaakt. 'We zijn er.'

Ik open mijn ogen en knipper een paar keer. 'Wat?'

Julian glimlacht geamuseerd naar me. 'Je hebt de hele weg geslapen. Je was vast heel erg moe.'

Dat klopt - het gevolg van al dat leren en inpakken - maar een dutje van acht uur is een nieuw record voor mij. Waarschijnlijk zijn dat wederom die zwangerschapshormonen.

Ik verberg een geeuw achter mijn hand, sta op en zie Rosa al met haar rugzak bij de deur staan. 'We zijn geland,' zegt ze opgewekt. 'Ik heb het vliegtuig nauwelijks voelen landen. Lucas is een geweldige piloot.'

'Hij is goed,' beaamt Julian terwijl hij een

kasjmieren sjaal om mijn schouders slaat. Als ik hem vragend aankijk, legt hij uit: 'Het is maar twintig graden buiten. Ik wil niet dat je het koud krijgt.'

Ik onderdruk de neiging om te gaan giechelen. Alleen iemand die uit de tropen komt, zou twintig graden 'koud' vinden - al is het waarschijnlijk wel een beetje fris voor de jurk met korte mouwen die ik draag. Het weer in Chicago is onvoorspelbaar in mei: koude lentedagen worden afgewisseld met zomerse warmte. Julian zelf draagt een spijkerbroek en een overhemd met lange mouwen.

'Bedankt,' zeg ik tegen hem. In zekere zin vind ik zijn bezorgdheid lief, zelfs al gaat het een beetje te ver tegenwoordig. En het gevoel van zijn grote handen op mijn schouders zorgt ervoor dat ik in hem wil kruipen, ook met Rosa een meter verderop.

'Graag gedaan, schatje,' zegt hij hees. Hij houdt mijn blik vast en ik zie dat hij hetzelfde voelt: een diepe, onverklaarbare aantrekkingskracht tussen ons. Ik weet niet of het hormonaal is of niet, maar het bindt ons steviger aan elkaar dan welk touw ook.

Het geluid van de opengaande deur van het vliegtuig haalt me uit mijn betovering. Geschrokken stap ik naar achteren, de sjaal pakkend zodat hij niet valt. Julian werpt me een blik die belooft dat we hier nog niet klaar mee zijn en er gaat een rilling van verwachting door me heen.

'Mag ik uitstappen?' Rosa staat ongeduldig bij de deur te wachten.

'Zeker,' zegt Julian. 'Ga je gang, Rosa. We komen er zo aan.'

Ze verdwijnt door de deur en Julian stapt op me af, waardoor mijn adem even stokt. 'Ben je er klaar voor?' vraagt hij zacht. Ik knik, betoverd door de warme blik in zijn ogen.

'Laten we gaan dan,' prevelt hij. Hij pakt mijn hand. Zijn grote, mannelijke handpalm omsluit de mijne volledig. 'Je ouders wachten op ons.'

DE AUTO DIE ONS VAN HET VLIEGVELD NAAR MIJN OUDERS VERVOERT, is een lange, modern uitziende limousine met ongewoon dik glas.

'Kogelvrij?' vraag ik als we instappen en Julian knikt. Hij komt achterin zitten bij Rosa en mij. Lucas rijdt, zoals gewoonlijk.

Ik vraag me af of de blonde man baalt van het reisje dat hem bij zijn Russische speeltje weghaalt. Zover ik weet, leeft de tolk nog - en zit ze nog altijd gevangen in Lucas' huis. Julian zei dat Lucas haar twee bewakers heeft toegewezen tijdens zijn afwezigheid om ervoor te zorgen dat haar niets overkomt. Blijkbaar gunt hij niemand anders het privilege het meisje te martelen.

Ik walg van de hele situatie, dus probeer ik er niet aan te denken. De enige reden dat ik weet wat ik weet, komt doordat Rosa ermee bezig blijft. Ze vraagt me steeds of ik Julian om updates wil vragen. Haar bizarre obsessie met Julians rechterhand zit me dwars, ondanks dat ik nu ook zie dat Rosa gelijk had: Lucas heeft totaal geen interesse in haar. Hoezeer ik ook niet wil dat ze iets met hem krijgt, ik wil ook niet dat haar hart gebroken wordt - en die kant gaat het wel op.

'Weet je zeker dat je ouders het niet erg vinden dat we zo laat aankomen?' onderbreekt Rosa mijn gedachten. 'Het is bijna negen uur 's avonds.'

'Nee hoor, ze willen me heel graag zien.' Ik kijk op mijn telefoon, waar ik nog een berichtje van mijn moeder zie. Ik lees het door en vertel Rosa dan: 'Mijn moeder heeft de tafel al gedekt.'

'En vinden ze het echt niet erg dat ik er ook bij ben?' Ze kauwt op haar onderlip. 'Ik bedoel, jij bent hun dochter, dus natuurlijk willen ze je zien, maar ik ben maar het dienstmeisje...'

'Je bent mijn vriendin.' Impulsief knijp ik in haar hand. 'Maak je daar alsjeblieft geen zorgen om. Je bent ze echt niet tot last.'

Rosa glimlacht opgelucht en ik kijk naar Julian om te zien wat hij vindt. Zijn gezicht is onbewogen, maar in zijn blik bespeur ik een vleugje geamuseerdheid. Blijkbaar maakt mijn echtgenoot zich geen enkele zorgen dat we mijn ouders zo laat op de avond tot last zijn. En eigenlijk is dat heel logisch. Waarom zou zoiets hem dwarszitten als hij hun dochter zonder enige wroeging ontvoerd heeft?

Dit wordt een interessant etentje.

~

'Nora, lieverd!' Zodra de deur van mijn ouderlijk huis open zwaait, word ik in een zachte, geurige omhelzing genomen. Lachend omhels ik mijn moeder en daarna ook mijn vader, die achter haar staat. Hij houdt me even stevig vast. Ik voel zijn hart bonzen.

Als hij me aankijkt, staat er een zweem vocht in zijn ogen. 'We zijn zo blij je te zien,' zegt hij hees. Ik glimlach door mijn eigen waas van tranen terug.

'Ik ook, pap. Ik ook. Ik heb mam en jou echt gemist.'

Zodra ik dat heb gezegd, dringt het weer tot me door dat ik niet alleen ben. Ik draai me om en zie dat mijn moeder Julian en Rosa met een onnatuurlijke, stijve glimlach opneemt.

Ik haal diep adem om mezelf voor te bereiden. 'Pap, mam, Julian kennen jullie al. Dit is Rosa Martinez. Zij is mijn beste vriendin op het landgoed.' Ik heb Lucas ook uitgenodigd voor het etentje, maar hij weigerde. Hij legde uit dat hij vanavond tot de beveiliging behoort en buiten moet blijven.

Mijn moeder knikt voorzichtig naar Julian. Maar haar glimlach wordt warmer als ze naar mijn vriendin kijkt. 'Aangenaam, Rosa. Nora heeft ons veel over je verteld. Kom alsjeblieft binnen.'

Ze stapt opzij om hen binnen te laten en Rosa loopt met een onzekere glimlach door. Ze wordt gevolgd door Julian, die er even kalm en zelfverzekerd uitziet als altijd.

'Gabriela. Leuk je te zien.' Hij schenkt mijn moeder een oogverblindende glimlach en dan buigt mijn voormalige ontvoerder zich voorover om haar op

Europese wijze op haar wang te kussen. Als hij zich weer opricht, bloost mijn moeder als een schoolmeisje. Julian laat haar tot zichzelf komen en wendt zich tot mijn vader. 'Goed je persoonlijk te ontmoeten, Tony,' zegt hij met uitgestoken hand.

'Insgelijks,' zegt mijn vader. Hij schudt Julians hand met witte knokkels, zijn kaak gespannen. 'Goed dat jullie eindelijk hierheen konden komen.'

'Dat vind ik ook,' zegt Julian gladjes, waarna hij mijn vaders hand loslaat. Ik zie rode afdrukken op zijn hand waar mijn vader opzettelijk heeft geknepen. Mijn hart slaat over. Maar als ik stiekem naar mijn vaders hand kijk, zie ik daar geen soortgelijke tekenen.

Julian moet mijn vader dit kleine blijk van agressie vergeven hebben - tenminste, dat hoop ik.

Terwijl we naar de eetkamer lopen, gluur ik stiekem naar het knappe profiel van mijn echtgenoot. Het is echt volkomen bizar om mijn voormalige cipier in mijn ouderlijk huis te zien. Ik ben aan hem gewend in exotische omgevingen, niet Oak Lawn, Illinois. Julian in mijn ouderlijk huis is hetzelfde als een tijger tegenkomen in een winkelcentrum: op een enge manier bizar.

'Lieverd, wat ben je mager,' zegt mijn moeder, die me kritisch opneemt als we de eetkamer binnenlopen. 'Ik weet dat je nog geen buikje hebt, maar je ziet eruit alsof je bent afgevallen.'

'Dat weet ik,' zegt Julian met een hand tegen mijn onderrug. Zijn aanraking verwarmt me, maar leidt me ook af, aangezien mijn ouders erbij zijn. 'Ze is vaak misselijk en eet daardoor niet goed. In elk geval valt ze nu niet meer af. Je had haar vier weken geleden moeten zien.'

'Was het zo erg, lieverd?' vraagt mijn moeder meelevend als we bij de tafel blijven staan. Ze houdt haar ogen op mijn gezicht gericht en is duidelijk van plan Julians bezitterige gebaar te negeren. Maar mijn vader staat zo hard te tandenknarsen dat ik het bijna kan horen.

'Het werd beter toen we erachter kwamen dat ik zwanger ben. Toen ben ik simpelere maaltijden vaker op de dag gaan eten en dat hielp wel,' leg ik blozend uit. Het is gek om over mijn zwangerschap te praten waar mijn vader bij is. In onze videogesprekken hebben we het onderwerp vermeden. Mijn vader vroeg bruusk naar mijn gezondheid en ik wimpelde zijn vragen zo goed ik kon af. Ik weet dat hij het vreselijk vindt dat ik op mijn leeftijd al zwanger ben en van de hele situatie met Julian walgt. Mijn moeder denkt er waarschijnlijk hetzelfde over, maar zij is veel diplomatieker.

'Ik hoop dat je vanavond trek hebt,' zegt mijn moeder bezorgd. 'Je vader en ik hebben flink gekookt.'

'Ik denk dat dat wel goedkomt, mam.' Glimlachend ga ik op de stoel zitten die Julian voor me uittrekt. 'Het ziet er allemaal heerlijk uit.'

En dat is waar. Mijn ouders hebben zichzelf overtroffen. Er staat van alles op tafel, van mijn vaders kip met rozemarijn - een recept dat hij alleen voor heel speciale gelegenheden bewaart - tot mijn oma's tamales en mijn favoriete gerecht: geroosterde lamsbout. Het is een feestmaal. Mijn maag knort als ik de heerlijke geuren ruik die uit de met glazen deksels afgedekte schalen opstijgen.

Julian gaat links naast me zitten en pap en mam tegenover ons.

'Kom aan deze kant naast me zitten,' zeg ik tegen Rosa, op de stoel rechts naast me tikkend. Ik zie dat mijn vriendin zich ongemakkelijk voelt, ervan overtuigd dat ze ons tot last is. Haar gewoonlijke stralende glimlach is onzeker en een beetje verlegen. Als ze naast me gaat zitten, strijkt ze nerveus haar blauwe jurk glad.

'De tafel ziet er schitterend uit, mevrouw Leston,' zegt ze in haar lichte accent.

'O, dank je wel, liefje.' Mijn moeder straalt. 'Je Engels is ontzettend goed. Waar heb je dat geleerd? Nora vertelde dat je nog nooit in de VS bent geweest.'

'Nee, dat klopt.' Rosa lijkt verheugd door het compliment en legt uit dat Julians moeder haar Amerikaans Engels heeft geleerd toen ze nog jong was. Mijn ouders luisteren geïnteresseerd naar haar verhaal en stellen haar wat vragen. Ik maak van de gelegenheid gebruik om even naar het toilet te gaan.

Als ik een paar minuten later terugkom, is de sfeer heel gespannen. De enige die zich op zijn gemak lijkt te voelen is Julian, die achteroverleunt in zijn stoel en mijn ouders met een ondoorgrondelijke blik opneemt. Mijn vader is duidelijk woedend en mijn moeder heeft in een klassiek kalmerend gebaar haar hand op zijn elleboog gelegd. Die arme Rosa ziet eruit alsof ze het liefst ergens anders zou zijn.

Ik ga zitten en overweeg te vragen wat er gebeurd is, maar volgens mij maakt dat het alleen maar erger. 'Hoe is het in je nieuwe baan, pap?' vraag ik daarom opgewekt.

Mijn vader haalt diep adem, dan nog een keer, en probeert een soort van glimlach tevoorschijn te toveren. Hij is net een boer met kiespijn, maar ik vind het goed van hem dat hij het probeert.

Maar voor hij antwoord kan geven, leunt Julian naar voren, legt zijn armen op tafel en zegt: 'Tony, misschien weet je het niet, maar je dochter is nu een van de rijkste vrouwen ter wereld. Ze komt niets tekort, wat voor beroep ze ook uitoefent - of niet. Ik weet dat een kind krijgen in je studietijd niet optimaal is, maar ik zou het niet 'haar leven vernielen' willen noemen, zeker niet in deze situatie.'

Mijn vader zwelt op van woede. 'Denk jij dat het kind het enige probleem is? Jij stal...'

'Tony.' Mijn moeders stem is zacht, maar de toon zorgt ervoor dat pap midden in zijn zin stilvalt. Ze wendt zich tot Julian. 'Mijne excuses voor de slechte manieren van mijn echtgenoot,' zegt ze kalm. 'Uiteraard zijn we ons ervan bewust dat je financieel heel goed in staat bent voor Nora te zorgen.'

'Mooi.' Julian glimlacht koeltjes naar haar. 'Jullie weten ook dat Nora een gewilde kunstenares aan het worden is?'

Mijn vork blijft in de lucht hangen en ik staar Julian aan. Een gewilde kunstenares? Ik?

'Ik weet dat een galerie in Parijs interesse had in haar schilderijen,' zegt mijn moeder voorzichtig. 'Is dat wat je bedoelt?'

'Ja.' Julians glimlach is scherp. 'Wat jullie misschien niet weten, is dat de eigenaar van die galerie een van Europa's grootste kunstverzamelaars is. Hij is zeer geïntrigeerd door Nora's werk. Zozeer zelfs dat hij me zojuist een aanbod stuurde om vijf van haar schilderijen voor zijn persoonlijke collectie aan te kopen.'

'Echt?' Ik kan de opwinding niet uit mijn stem weren. 'Wil hij ze kopen? Voor hoeveel?'

'Vijftigduizend euro, tienduizend per schilderij. Maar er is wel ruimte om te onderhandelen en meer te vragen.'

Heel even stokt mijn adem. 'Vijftigduizend?' Ik was al dolblij geweest met vijfhonderd dollar. Zelfs met vijftig. Het feit dat iemand mijn gekrabbel wil kopen, is onvoorstelbaar. 'Zei je nou vijftigduizend euro?'

'Ja, schatje.' Julian werpt me een warme blik toe. 'Gefeliciteerd. Je staat op het punt je eerste doeken te verkopen.'

'O, mijn God,' zeg ik. 'O. Mijn. God.'

Mijn ouders kijken al even geschokt. Ook zij zijn verbluft door deze gang van zaken. Alleen Rosa lijkt het nieuws meteen te accepteren. 'Gefeliciteerd, Nora,' roept ze grijnzend. 'Ik zei al dat je schilderijen geweldig waren.'

'Wanneer heb je dat aanbod ontvangen?' vraag ik Julian wanneer ik weer kan spreken.

'Net voor we aankwamen.' Hij leunt naar me toe en knijpt zacht in mijn hand. 'Ik wilde je het later vanavond vertellen, maar ik dacht dat je ouders het ook graag wilden weten.'

'Ja, zeker,' zegt mijn moeder nu ze is bijgekomen van de schok. 'Ongelofelijk, lieverd. We zijn heel trots op je.'

Mijn vader is nog steeds met stomheid geslagen, maar als hij knikt, zie ik dat hij net zo onder de indruk is. Hij lijkt te overwegen van gedachten te veranderen wat betreft de mogelijkheden van mijn hobby.

'Pap,' zeg ik zacht, 'ik ga niet stoppen met mijn studie. Zelfs nu er een baby komt, ja? Maak je alsjeblieft geen zorgen. Het gaat echt goed met me.'

Mijn vader kijkt eerst naar mij en dan naar Julian, waarna hij weer naar mij kijkt. Ik wacht tot hij iets zegt, maar het blijft stil. In plaats daarvan pakt hij de schaal met lamsbout en duwt die in mijn richting. 'Ga je gang, lieverd,' zegt hij zacht. 'Je hebt vast trek na die lange reis.'

Ik neem het aanbod graag aan en dan begin iedereen op te scheppen.

De rest van het diner verloopt zo goed als verwacht mag worden. Er vallen een paar gespannen stiltes, maar het grootste deel van de tijd wordt er een beleefd gesprek gevoerd. Mijn moeder vraagt naar het leven op het landgoed en ik laat haar op Rosa's telefoon wat foto's zien. Intussen discussiëren mijn vader en Julian over politiek. Tot ieders verrassing blijken ze dezelfde cynische opvatting te hebben met betrekking tot de situatie in het Midden-Oosten, hoewel Julians kennis veel verder reikt dan die van mijn vader. Mijn ouders halen het nieuws uit de media; Julian draagt bij aan het nieuws.

Hij vormt het, in wezen, al weten slechts weinigen buiten de wereld van geheime diensten en overheden dat.

Maar ik moet het mijn ouders nageven: voor mensen die vinden dat Julian achter tralies zou moeten zitten, zijn ze verrassend gastvrij. Waarschijnlijk komt dat omdat ze bang zijn dat ze mij kwijtraken als ze Julian van zich vervreemden. Mijn moeder zou nog met de duivel zelf dineren als dat haar blijvend contact met haar enige dochter zou opleveren en mijn vader volgt in moeilijke situaties meestal haar voorbeeld.

Toch houden ze Julian tijdens het diner met argusogen in de gaten, alsof hij een wild dier is. Hij glimlacht en zet al zijn charme in. Toch voel ik zijn altijd aanwezige aura van gevaar, die gewelddadige schaduw die als een mantel om hem heen gedrapeerd lijkt.

Als we bij het toetje en koffie zijn, krijgt Julian een dringend sms'je van Lucas. Hij biedt zijn excuses aan en geeft aan dat hij even weg moet. 'Niets ernstigs,' zegt hij als ik hem bezorgd aankijk. 'Gewoon een klein zakelijk probleem waar ik iets mee moet.'

Hij loopt naar buiten en Rosa gaat op dat moment

naar het toilet, waardoor ik voor het eerst sinds onze aankomst alleen ben met mijn ouders.

'Een zakelijk probleem?' vraagt mijn vader ongelovig zodra Rosa de kamer uit is. 'Om half elf 's avonds?'

Ik haal mijn schouders op. 'Julian werkt samen met mensen in allerlei tijdzones. Het is ook ergens tien uur 's ochtends.'

Ik zie dat mijn vader wil doorvragen, maar gelukkig onderbreekt mijn moeder ons. 'Je vriendin is heel aardig,' zegt ze met een knikje richting de gang. 'Het is moeilijk te geloven dat ze zo'n opvoeding heeft gehad.' Ze begint zachter te spreken. 'Bij criminelen, bedoel ik.'

'Dat weet ik.' Ik vraag me af wat mijn ouders zouden denken als ze wisten dat Rosa twee mannen heeft vermoord. 'Ze is geweldig.'

'Nora, lieverd...' Mijn moeder kijkt even om zich heen en zegt dan nog zachter, naar voren leunend: 'Ik weet dat we weinig tijd hebben, maar vertel ons één ding. Ben je echt gelukkig met hem? Want nu jullie op Amerikaanse grond zijn, kan de FBI misschien...'

'Mam, ik kan niet zonder hem. Als hem iets zou overkomen, zou ik ook dood willen zijn.' Die harde waarheid rolt over mijn lippen voor ik het subtieler kan inkleden. Ik probeer hem echter iets te verzachten. 'Ik verwacht niet dat jullie het begrijpen, maar hij is mijn alles. Ik houd echt van hem.'

'En houdt hij ook van jou?' vraagt mijn vader zacht. Het droevige medeleven in zijn blik laat hem er jaren ouder uitzien dan hij is. 'Is zo iemand wel in staat om van je te houden, lieverd?'

Ik open mijn mond om hem gerust te stellen, maar op de een of andere manier krijg ik de woorden niet over mijn lippen. Ik wil geloven dat Julian op zijn eigen manier van me houdt, maar diep in mij blijft een aanhoudende twijfel knagen.

Mijn vader heeft de spijker op zijn kop geslagen.

Is Julian in staat lief te hebben?

Eerlijk gezegd weet ik dat nog steeds niet.

*J*ulian

DE ZWARTE LINCOLN STAAT AL TE WACHTEN ALS IK DE DEUR UITLOOP.

'Ik zei dat je bezig was, maar ze wilden je per se spreken,' zegt Lucas, die uit de schaduwen om het huis opduikt. 'Ik besloot dat ik het je dan maar beter kon laten weten.'

Ik knik en loop naar de auto.

Het achterste raam rolt naar beneden. 'Laten we een ritje maken,' zegt Frank. Hij haalt het portier van het slot. 'We moeten praten.'

Ik kijk hem koel aan. 'Dat dacht ik niet. Als je wilt praten, doen we dat hier.'

Frank neemt me aandachtig op, zich waarschijnlijk afvragend hoe ver hij kan gaan. Ik zie het moment waarop hij besluit me niet verder te irriteren.

'Goed.' Hij stapt uit de auto. Zijn grijze pak spant om zijn dikke buik. 'Als jij geen problemen hebt met nieuwsgierige buren.'

Ik neem onze omgeving snel in me op. Helaas heeft hij gelijk. Aan de overkant zie ik een gordijn bewegen.

Blijkbaar trekken we de aandacht.

'Om de hoek is een klein park,' besluit ik. 'Laten we die kant op lopen. Je krijgt vijftien minuten.'

Frank knikt en de zwarte Lincoln rijdt weg. Waarschijnlijk maakt hij een rondje om het blok. Ik ben er ook zeker van dat er nog meer beveiliging in de buurt is, uit het zicht, net als mijn mannen. De CIA laat echt niet iemand van hun mensen in mijn buurt zonder bescherming.

'Oké, praat maar,' zeg ik als we beginnen te lopen. Ik gebaar naar Lucas dat hij ons op korte afstand moet volgen. 'Waarom ben je hier?'

'De vraag is: waarom ben jij hier?' Frank klinkt gefrustreerd. 'Weet je wel hoeveel problemen jouw aanwezigheid ons oplevert? De FBI weet dat je binnen bereik bent en ze worden gek...'

'Ik dacht dat je dat probleem had opgelost?'

'Klopt, maar Wilson laat het niet los. Bosovsky en hij snuffelen rond en proberen doofpotten open te breken. Het is een bende en jouw bezoekje helpt niet.'

'In welke zin is dit mijn probleem?'

'We willen je niet in dit land, Esguerra,' zegt Frank terwijl we de hoek om lopen. 'Je hebt geen enkele reden hier te zijn.'

'O nee?' Ik trek één wenkbrauw op. 'De ouders van mijn vrouw wonen hier.'

'Je vrouw?' Frank snuift. 'Je bedoelt die achttienjarige die je ontvoerd hebt?'

Nora wordt over een paar dagen twintig, maar ik neem niet de moeite dat te corrigeren. Haar leeftijd is het probleem niet. 'Ja, zij,' zeg ik koeltjes. 'Zoals je heel goed weet, aangezien je me wegriep bij een diner met haar ouders... mijn schoonfamilie.'

Frank kijkt me ongelovig aan. 'Meen je dat nou? Waar haal je het lef vandaan deze mensen recht aan te kijken? Je hebt hun dochter ontvoerd...'

'Die nu mijn echtgenote is.' Mijn toon wordt scherper. 'Mijn relatie met haar ouders gaat je geen reet aan, dus houd je erbuiten.'

'Zeker, zolang jij uit dit land wegblijft.' Frank blijft staan, hijgend van de inspanning die het hem kost mijn langere passen bij te houden. 'Ik meen het, Esguerra. We kunnen bestanden en folders laten verdwijnen, maar mensen niet. Niet in deze zaak.'

'Bedoel je nou dat de CIA twee nieuwsgierige FBI-agenten niet het zwijgen op kan leggen?' Ik kijk hem koel aan. 'Want als zij het enige probleem zijn...'

'Dat zijn ze niet,' onderbreekt Frank me als hij begrijpt waar ik op doel. 'Het is niet alleen de FBI, Esguerra.' Hij veegt het zweet van zijn voorhoofd. 'Er zijn een paar hoge omes behoorlijk nerveus door jouw aanwezigheid hier. Ze weten niet wat ze kunnen verwachten.'

'Zeg ze dat ze kunnen verwachten dat ik een bezoek aan mijn schoonouders breng en dan weer ga.' Ik ben zowaar een keer volkomen eerlijk tegen Frank. 'Ik ben hier niet om zaken te doen, dus je hoge omes hoeven zich geen zorgen te maken.'

Frank lijkt me niet te geloven, maar dat boeit me niet. Als de CIA weet wat goed voor ze is, houden ze de FBI op afstand.

Ik ben hier voor Nora en iedereen die dat niet bevalt, kan naar de hel lopen.

~

ALS IK TERUGKOM, VIND IK ROSA EN NORA IN EEN discussie over de afwas.

'Rosa, je bent te gast,' zegt Nora terwijl ze naar de schaal met restjes lam reikt. 'Ga zitten, dan help ik mijn moeder...'

'Nee, nee,' protesteert Rosa. Ze loopt om de tafel heen en stapelt de vuile borden op. 'Jij bent zwanger. Alsjeblieft, dit is mijn werk. Laat me helpen.'

'Ik ben pas tien weken zwanger, geen negen maanden...'

'Ze heeft gelijk, schatje,' zeg ik als ik de schaal uit Nora's handen pak. 'Het is een lange dag geweest en ik wil niet dat je jezelf uitput.'

Nora gaat ertegenin, maar ik draag intussen de

schaal naar de keuken, waar Nora's ouders bezig zijn de restjes op te bergen. Gabriela spert haar ogen open als ze me ziet, maar ze pakt de schaal aan en zegt zachtjes: 'Bedankt.'

Ik glimlach naar haar en ga terug naar de eetkamer om meer vaat op te halen.

Rosa en ik lopen een paar keer heen en weer voor de tafel helemaal afgeruimd is. Nora is op de bank in de woonkamer gaan zitten en bekijkt ons met een mengeling van ergernis en nieuwsgierigheid.

Als alles afgeruimd en opgeborgen is, komen de Lestons weer bij ons. Ik ga naast Nora op de bank zitten en pak haar hand zodat ik met haar vingers kan spelen.

'Gabriela, Tony, bedankt voor het heerlijke diner,' zeg ik als Nora's ouders naast Rosa op de andere bank zijn gaan zitten. 'Mijn excuses dat ik weg moest tijdens het dessert.'

'Ik heb een stukje taart voor je bewaard,' zegt Nora. Intussen masseer ik haar handpalm. 'Mama heeft het ingepakt, zodat we het kunnen meenemen.'

Ik schenk haar moeder een warme glimlach. 'Bedankt, Gabriela. Dat waardeer ik.'

Gabriela knikt even. 'Natuurlijk. Wat onhandig dat je zaken je nog zo laat op de avond stoorden.'

'Dat was het inderdaad,' zeg ik. Ik doe net alsof ik de impliciete vraag in haar zin niet hoor. 'En het begint inderdaad laat te worden.' Ik kijk naar Nora, die achter haar hand gaapt.

'Nora zegt dat jullie in een huis in Palos Park

verblijven,' zegt Tony, die ons met een ondoorgrondelijke uitdrukking opneemt. 'Slapen jullie daar vanavond ook?'

'Ja, dat klopt.' Het huis staat net iets buiten de wijk, met genoeg land eromheen dat Lucas de benodigde veiligheidsmaatregelen kon treffen. 'Daar verblijven we tijdens ons bezoek.'

'Jullie mogen ook in Nora's kamer overnachten, als jullie dat willen,' zegt Gabriela. Het klinkt onzeker.

'Bedankt, maar we willen jullie niet tot last zijn. Het is handiger als we onze eigen ruimte hebben.' Met Nora's hand in de mijne sta ik op en schenk de Lestons een beleefde grimlach. 'Het is tijd om te gaan. Nora heeft rust nodig.'

'Nora voelt zich prima,' mompelt het onderwerp van mijn bezorgdheid als ik haar de kamer uit werk. 'Ik kan wel later opblijven dan tien uur, weet je.'

Ik probeer niet te grijnzen als ik haar geërgerde toon hoor. Mijn poesje geeft niet graag toe dat ze tegenwoordig snel moe is. 'Dat weet ik. Maar je ouders hebben hun rust ook nodig. Het is morgen donderdag, toch?'

'Ja, natuurlijk.' Nora wendt zich tot haar ouders voor we deur uitlopen. 'Ik was vergeten dat jullie morgen moeten werken,' zegt ze schuldbewust. 'Het spijt me. We hadden eerder moeten vertrekken...'

'Nee hoor, lieverd,' protesteert haar moeder. 'We zijn heel blij dat jullie er zijn en we hebben jullie zelf vanavond uitgenodigd. Wanneer zien we je weer?'

Nora kijkt naar me en ik zeg: 'Morgenavond, als dat schikt. Dan eten we bij ons thuis.'

'We zullen er zijn,' zegt Tony. Ik kijk toe hoe haar ouders afscheid nemen van Nora met knuffels en kussen.

Nora

Als we in de limo stappen, besef ik dat ik inderdaad moe ben. De spanning en opwinding van de avond hebben me leeggezogen. Rosa gaat opnieuw tegenover ons zitten en Julian trekt me tegen zich aan, zijn arm om mijn schouders. Zijn warme mannelijke geur omringt me en ik ontspan me, waardoor mijn gedachten afdwalen.

Mijn ontvoerder en ik hebben zojuist een diner gehad met mijn ouders. Net als een familie. Het is zo absurd dat ik het nog steeds niet kan geloven. Ik weet niet wat ik me erbij voorstelde toen Julian akkoord ging met een bezoek, maar dit in elk geval niet.

In zekere zin weigerde ik gewoon om na te denken

over hoe het zou gaan - mijn ontvoerder die beleefd dineert met mijn familie. Ik had een soort muur opgetrokken zodat ik me er niet druk om hoefde te maken. Toen ik dacht aan naar huis gaan, zag ik mezelf met mijn ouders voor me. Gewoon met zijn drieën, alsof Julian op de achtergrond zou blijven, in mijn andere, duisterdere leven.

Maar dat was uiteraard belachelijk. Julian blijft nooit op de achtergrond. Hij domineert elke situatie en zet alles naar zijn hand. En zelfs hierin - in mijn omgang met mijn ouders - nam hij de leiding. Hij wrong zich mijn familie binnen op zijn eigen voorwaarden, perfect op zijn gemak waar anderen ineen zouden krimpen van schaamte.

Blijkbaar is het best handig om geen geweten te hebben.

'Hoe voel je je, poesje van me?'

Ik kijk op als ik Julians geprevelde vraag hoor. Blijkbaar ben ik al een paar minuten stil. 'Prima,' zeg ik, me bewust van Rosa, die vlak bij ons zit. 'Ik ben alles even aan het verwerken.'

'O?' Julian kijkt me geamuseerd aan en geeft me de ruimte om iets gemakkelijker te gaan zitten. 'Qua eten of qua gedachten?'

'Beide, denk ik.' Ik glimlach als ik mijn onbedoelde grapje vat. 'Het was een prima maaltijd.'

'Dat klopt.' Zelfs in het schemerige licht van de wagen kan ik de sensuele vorm van zijn mond zien. 'Je ouders hebben het goed gedaan.'

Ik knik. 'Zeker.' Ik vraag me af hoe het voor hen was, dineren met de man die hun dochter heeft ontvoerd.

De crimineel die nu hun schoonzoon is - en de vader van hun kleinkind.

Met een zucht kruip ik opnieuw tegen Julian aan en sluit mijn ogen.

Mijn leven is echt totaal bizar.

In minder dan twintig minuten zijn we in de rijke buurt van Palos Park. Ik wist al waar het lag, want we kwamen er altijd langs wanneer we naar het Tampier Lake-natuurreservaat reden. In Palos Park wonen artsen en advocaten, maar ik heb nog nooit gehoord dat je daar voor een paar weken een huis kan huren.

Maar goed, Julian is niet zomaar iemand.

Het huis ligt aan de rand van de buurt, van de andere huizen afgescheiden door een hoog smeedijzeren hek. Zodra we het elektronische hek door zijn, komen we op een slingerende oprijlaan van een paar honderd meter terecht. Dan pas zijn we bij het huis zelf.

Vanbinnen is het luxueus ingericht, bijna even chique als het huis op het landgoed. Van de glanzende parketvloeren tot de moderne kunst aan de muren, alles aan ons vakantiehuis schreeuwt 'heel erg rijk'.

'Hoeveel heb je hiervoor betaald?' vraag ik als we door de enorme eetkamer lopen. 'Ik wist niet dat huizen als deze te huur waren.'

'Dat is het ook niet,' zegt Julian nonchalant. 'Ik heb het gekocht.'

Mijn mond valt open. 'Wat? Wanneer? Je zei dat je het gehuurd had.'

'Ik zei dat ik een huis had waar we konden verblijven,' corrigeert hij me. 'Ik heb niet gezegd hoe ik eraan gekomen ben.'

'O.' Blijkbaar was mijn aanname nogal dom. 'Wanneer heb je het dan gekocht?'

'Ik begon met de voorbereidingen nadat we hadden afgesproken dat we zouden gaan. Het duurde een week voor de vorige eigenaar verhuisd was, maar nu is het huis van ons.'

Van ons. Hij zegt het zo gemakkelijk dat het even niet aankomt. Dan dringt het tot me door. 'Wij bezitten dit huis?' vraag ik voorzichtig. 'Als in, wij samen?'

'Technisch gezien is het van een van onze lege dochterondernemingen, maar ik heb jou voor 50 procent aandeelhouder gemaakt binnen die onderneming, dus ja, het is van ons,' zegt Julian als we een ruime slaapkamer met een hemelbed binnen stappen.

'Julian...' Ik blijf voor hem staan en kijk hem aan. 'Waarom heb je dat gedaan? Ik bedoel, het fonds was meer dan genoeg...'

'Omdat jij aan mij toebehoort.' Hij komt dichterbij.

In zijn blik ligt een bekende hitte als hij naar de knoopjes op mijn jurk reikt. Zijn vingers glijden over mijn naakte huid, waardoor mijn tepels hard worden. 'Omdat ik voor je wil zorgen, je wil verwennen, wil zorgen dat het je nooit ergens aan ontbreekt...' Ondanks zijn tedere woorden zie ik een duistere glans in zijn ogen als hij de jurk op de grond laat vallen. 'Nog meer vragen, poesje van me?'

Ik schud mijn hoofd en blijf hem aankijken. Ik draag nu alleen nog een blauwe string met een bijpassende beha. De manier waarop hij naar me kijkt doet me denken aan een hongerige leeuw die op het punt staat een gazelle te bespringen. Misschien wil hij voor me zorgen, maar op dit moment wil hij me verscheuren.

'Mooi.' Zijn stem is nu een laag, gevaarlijk gespin. 'Draai je om.'

Ik draai me om en doe wat hij zegt, met een hart dat bonst van gespannen verwachting. Hoewel ik tegenwoordig naar de duisternis snak, voel ik nog altijd een kleine, instinctieve vlaag van angst. Julian is altijd al onvoorspelbaar geweest. Misschien heeft de huiselijkheid van de avond zijn sadistische neigingen gewekt, de demon losgelaten die hij de afgelopen tijd zo zorgvuldig bedwongen heeft.

Bij die gedachte voel ik het warm worden tussen mijn benen.

Dan hoor ik een zacht geritsel en bedekt een zachte doek mijn ogen.

Een blinddoek, besef ik met ingehouden adem. Nu

ik niets kan zien, voel ik me veel kwetsbaarder. Mijn rechterhand maakt een schokkende beweging als ik mijn arm wil opheffen om het stukje stof van mijn gezicht te rukken.

'Dat dacht ik niet.' Julian pakt mijn arm in een stalen greep. Dan fluistert hij in mijn oor: 'Wie zei dat je dat mocht doen, poesje van me?'

De warmte van zijn adem stuurt een rilling door me heen. 'Ik wilde...'

'Stil.' Het bevel raast door me heen en maakt me alleen maar opgewondener. 'Ik vertel je wanneer je mag praten.' Hij laat mijn pols los en duwt me naar voren, waardoor ik struikel en op het bed beland. 'Niet bewegen,' beveelt hij terwijl hij dichterbij komt.

Ik doe wat hij zegt en durf nauwelijks adem te halen als hij met zijn handen over me heen gaat, van mijn schouders tot mijn dijen. Zijn aanraking is zacht en toch voelt het als een invasie, alsof een vreemde me aanraakt. Waarschijnlijk komt dat door de blinddoek. Ik voel hem achter me, maar ik kan niets zien en hij raakt me aan zoals hij een object zou aanraken. Hij kan met me doen wat hij wil. Het eelt op zijn grote, warme handen raspt over mijn huid en ik herinner me ineens onze eerste keer, waardoor mijn lichaam zich spant in een combinatie van angst en een duistere behoefte.

Als hij klaar is met strelen, rolt hij me op mijn rug en schikt me op het bed, met een kussen onder mijn hoofd. Dan pakt hij mijn arm. Ik voel dat er een ruw touw om mijn pols wordt gewikkeld. De andere kant van dat touw wordt ook vastgemaakt, naar ik aanneem aan een poot van het bed.

Hetzelfde doet hij met mijn andere arm.

Ik lig daar als een seksueel offer, met mijn armen diagonaal gestrekt en de blinddoek over mijn ogen. Zo ben ik nog hulpelozer dan normaal, iets wat me zowel beangstigt als opwindt - wat voor de meeste van mijn interacties met Julian geldt. Voor andere paren is dit een spelletje. Voor ons is dit heel erg echt. Ik kan geen nee zeggen. Julian zal me nemen, of ik wil of niet - en pervers genoeg voel ik dat ik bij die gedachte nog natter word.

'Je bent zo mooi.' Zijn hese fluistering gaat vergezelt van een vederlichte streling over de gevoelige huid op mijn buik. 'En helemaal van mij. Ja toch, poesje van me?'

'Ja.' Mijn ademhaling wordt onregelmatig als hij de bovenrand van mijn string nadert. 'Helemaal de jouwe.'

De matras zakt in als hij op me gaat zitten. Zijn spijkerbroek voelt ruw aan tegen mijn naakte huid en herinnert me eraan dat hij nog steeds volledig gekleed is. 'Ja, dat klopt.' Hij leunt naar voren. De knoopjes van zijn overhemd duwen in mijn buik als hij met zijn grote, harde borst op me komt liggen. Zijn tanden schrapen over mijn oorlelletje en ik krijg kippenvel als hij prevelt: 'Niemand zal je ooit hebben, alleen ik.'

Mijn kern wordt week; ik huiver. In het geval van een andere man zou dit bezitterig minnespel zijn, maar bij Julian is het zowel een dreigement als de uiting van een feit. Als ik ooit zo dom zou zijn een andere man me te laten aanraken, zou Julian hem zonder nadenken vermoorden.

'Ik wil niemand anders, alleen jou.' Het is waar. Toch trilt mijn stem als Julian mijn hals kust en dan aan de gevoelige huid onder mijn oor zuigt. 'Dat weet je.'

Hij grinnikt, een diep, mannelijk geluid dat ik in mijn binnenste voel. 'Ja, poesje van me. Dat weet ik.'

Hij gaat van me af en ik voel dat hij zich naar het voeteneind beweegt. Als hij mijn rechterenkel pakt, weet ik ook waarom.

Hij gaat ook mijn benen vastbinden.

Het touw wordt om mijn enkel gewikkeld en ik lig daar met bonzend hart te wachten. Zelden beperkt Julian me zo in mijn bewegingen. Dat hoeft ook niet. Zelfs als ik wilde tegenstribbelen, is hij sterk genoeg om me zonder touwen of kettingen onder de duim te houden.

Maar ik ga natuurlijk niet tegenstribbelen. Niet nu ik weet waar hij toe in staat is, wat hij bereid is te doen om mij te bezitten.

Als mijn rechterbeen vast zit, verplaatst hij zich naar mijn linker. Zijn handen zijn sterk en zeker als ze het touw om mijn enkel wikkelen en aan de overgebleven beddenpoot vastbinden, zodat ik daar met mijn benen gespreid lig. Het is een verontrustende positie en zodra Julian me loslaat, probeer ik mijn benen bij elkaar te doen. Maar ik kom niet zo ver, natuurlijk. Net als de touwen om mijn polsen houden ook die om mijn enkels me precies op mijn plek, zonder mijn bloedsomloop af te knijpen.

Mijn ontvoerder mag dan verder gaan dan traditionele BDSM, hij weet precies hoe je iemand vastbindt.

'Julian?' Ik draag nog steeds mijn beha en string. 'Wat ga je met me doen?'

Hij geeft geen antwoord. Maar ik voel de matras opnieuw inzakken als hij opstaat. Dan hoor ik voetstappen en het geluid van een dichtvallende deur.

Hij is de kamer uitgelopen terwijl ik vastgebonden aan het bed lig.

Mijn hart begint te bonzen.

Ik span mijn armen en ruk aan de touwen, ook al weet ik dat het zinloos is. Zoals verwacht is er nauwelijks ruimte om te bewegen; het touw schaaft mijn huid als ik eraan trek. Ik ben alleen en bijna naakt, geblinddoekt en vastgebonden in dit onbekende huis. Hoewel ik weet dat Julian ervoor zal zorgen dat me niets ergs overkomt, voel ik toch de spanning toenemen als de seconden voorbijgaan en hij niet terugkomt.

Na een paar minuten trek ik opnieuw aan de touwen. Geen beweging... en geen Julian.

Ik dwing mezelf diep in- en uit te ademen. Er is niets aan de hand; niemand doet me kwaad. Ik weet niet wat voor spelletje dit is dat Julian speelt, maar erg bruut is het niet.

Maar dat wil je wel, brengt een klein, geniepig stemmetje in mijn hoofd me in herinnering. Je wilt pijn en geweld.

Ik leg het stemmetje het zwijgen op en concentreer

me op me ontspannen. Julians bijzondere benadering van seks windt me op, maar maakt me ook bang. Nou ja, in elk geval wordt het gezonde deel van mijn brein er bang van. Ik wil pijn, maar vrees die tegelijkertijd evenzeer. Zo is het tegenwoordig nu eenmaal. Het voelt alsof ik in tweeën ben gespleten en de restjes van wie ik was, vechten met wie ik nu ben.

Opnieuw gaan een paar minuten voorbij.

'Julian?' Uiteindelijk kan ik niet langer mijn mond houden. 'Julian, waar ben je?'

Niets. Geen antwoord.

Ik wrijf mijn hoofd over de lakens om de blinddoek af te schudden, maar hij schuift nauwelijks. Gefrustreerd trek ik zo hard ik kan aan de touwen, maar daarmee doe ik alleen mezelf pijn. Uiteindelijk geef ik het op en probeer ik me te ontspannen, de angst die door me heen raast negerend.

Nog een paar minuten. Net als ik denk dat ik gek word, piept de deur en hoor ik voetstappen.

'Julian, ben jij dat?' Ik kan de opluchting niet uit mijn stem weren. 'Wat is er gebeurd? Waar was je?'

'Stil nu.' Het geluid wordt gevolgd door een kietelend gevoel op mijn lippen. 'Wie zei dat je mocht praten, poesje van me?'

Mijn polsslag schiet omhoog bij het horen van zijn kille stem. Straft hij me ergens voor? 'Wat...'

'Stil.' Hij legt me met zijn vingers op mijn lippen het zwijgen op. 'Geen woord meer.'

Ik slik om mijn plotseling droge keel te bevochtigen. Hij raakt alleen mijn lippen aan en toch keert mijn eerdere opwinding terug, ondanks mijn groeiende onrust.

Of misschien juist daardoor. Dat kan ik niet zeggen.

'Zuig op mijn vingers.' Zijn gefluisterde bevel wordt vergezeld door toenemende druk op mijn lippen. 'Nu.'

Gehoorzaam open ik mijn mond om twee van zijn grote vingers naar binnen te zuigen. Ze smaken schoon en een beetje ziltig. De randjes van zijn korte nagels voelen scherp aan tegen mijn zachte verhemelte. Ik draai mijn tong eromheen zoals ik ook bij zijn penis zou doen. Zijn hand schokt, alsof hij diezelfde sensatie ervaart.

Net als ik er echt lol in begin te krijgen, trekt Julian zijn hand terug. Hij laat hem over mijn lichaam glijden, een koud, vochtig spoor achterlatend. Ik ril en mijn spieren trekken samen als zijn vingers mijn navel omcirkelen en zacht over mijn buik schrapen. Lager, smeek ik hem in stilte, nog een beetje lager - maar hij trekt zijn hand weg en ontneemt me zijn aanraking.

Ik open mijn mond om te smeken, maar dan herinner ik me dat ik niet mocht spreken. Laat ik hem niet provoceren nu hij in zo'n onvoorspelbare stemming is. Daarom slik ik mijn woorden in.

Als Julian me inderdaad ergens voor straft, wil ik het niet erger maken.

Ik blijf stil liggen en wacht, mijn ademhaling snel en oppervlakkig terwijl ik probeer te luisteren wat hij doet. Ik hoor niets. Staat hij daar gewoon naar me te kijken? Naar mijn halfnaakte lichaam, uitgestrekt op het bed?

Eindelijk hoor ik iets. Een schrapend geluid, alsof hij iets oppakt.

Ik luister ingespannen en dan voel ik het.

Er glijdt iets hards en kouds onder het randje van mijn beha door, tussen mijn borsten.

Geschokt wil ik ineenkrimpen, maar ik slaag erin stil te blijven liggen. Mijn hartslag schiet echter omhoog.

Knip. Het geluid is onmiskenbaar.

Metaal dat door dikke stof heen knipt. Julian heeft de voorkant van mijn beha met een schaar opengeknipt.

Ik slaak een kleine zucht van opluchting, maar als ik de koude schaar over mijn lichaam voel glijden, word ik weer bang.

Knip. Knip. Beide kanten van mijn string zijn doorgeknipt. De botte kant van de schaar duwt tegen mijn heupbotjes. Ik voel de warmte van Julians hand als hij de stukjes stof van me afhaalt. Dan hoor ik hem scherp inademen. Hij kijkt naar me. Ik weet het. Ik haal me voor de geest wat hij moet zien: mij, naakt op het bed, mijn benen gespreid. Een blos trekt over mijn gezicht als ik het pornografische beeld voor me zie.

'Je bent nu al nat.' Zijn stem, laag en hees van opwinding, maakt me nog geiler. 'Je kutje druipt voor me.' De woorden gaan vergezeld van een fluweelzachte aanraking van mijn klit. Zijn vingertoppen voelen ruw aan op mijn gevoelige huid. Toch schiet een vloeibaar vuur door mijn aderen, me vullend met een wanhopig verlangen. Ongewild kreun ik. Ik hef mijn heupen in een stil pleidooi voor meer.

Ditmaal komt hij me tegemoet.

Ik voel de matras opnieuw inzakken als hij op het bed gaat zitten en tussen mijn benen gaat zitten. Zijn grote, sterke handen grijpen mijn bovenbenen; dan laat hij zijn mond naar mijn vagina zakken. Zijn warme adem strijkt over mijn blootliggende schaamlippen. Bijna kreun ik van verwachting, maar ik slik het in; ik wil niets doen wat hem van gedachten kan veranderen. Ik wil dat hij me aanraakt. Ik heb dat nodig. Ik kan niet zonder.

Dan voel ik het: de zachte, natte druk van zijn tong tussen mijn schaamlippen, een druk die mijn verlangen zowel stilt als aanwakkert. Hij likt me niet, hij duwt alleen zijn tong tegen mijn klit, maar dat is genoeg. Meer dan genoeg. Ik hef mijn heupen in kleine, schokkende bewegingen om het ritme te creëren dat ik nodig heb. De spanning in me stijgt; het genot vormt een hete bal in mijn kern. Dan beweegt hij zijn tong. Zijn lippen sluiten zich om mijn klit en zuigen - en de bal ontploft, scherven genot door mijn zenuwen blazend als ik het uitschreeuw.

Voor mijn orgasme voorbij is, begint hij te likken. Zachte, rustige likjes die de verrukkelijke naweeën die door mijn lichaam gaan verlengen. Zelf nu mijn klit gezwollen en gevoelig is, voelt het goed, dus blijf ik ervan liggen genieten, slap en verzadigd na mijn orgasme. Het duurt even voor het genot scherper wordt, sterker, zich opnieuw tot spanning opbouwt.

Ik snak naar adem en krom mijn rug om dichter bij zijn mond te komen, op zoek naar meer druk om me over de rand te werpen, maar hij blijft me die lichte likjes geven, waarbij zijn tong mijn klit net raakt.

'Alsjeblieft, Julian...' De woorden ontsnappen me voor ik me realiseer dat ik niet mocht praten, maar tot mijn genoegen stopt hij niet. Hij blijft me in een martelend traag ritme likken, wat me steeds verder opwindt, me dichterbij brengt, maar niet geeft wat ik nodig heb. Ik probeer mijn heupen te heffen, maar uitgespreid als ik ben, lukt dat niet.

Ik kan het alleen maar ondergaan, volledig overgeleverd aan welk martelend genot Julian me maar wil bieden.

Net als ik denk dat ik het niet meer aankan, schuift hij opzij en schuift zijn rechterhand van mijn dijbeen naar mijn bonzende vagina. Zijn grote, stompe vingers duwen tegen mijn opening. Ik kreun als hij er twee in een verrassend snelle beweging naar binnen schuift. Ik ben er bijna, dit is bijna wat ik nodig heb... En dan duwt zijn duim hard op mijn klit.

Ik kom meteen schokkend klaar, genot door mijn lichaam razend terwijl ik het uitschreeuw.

'Ja, zo, schatje,' mompelt hij. Hij trekt zijn hand terug en ik hoor het geluid van een rits die naar beneden wordt getrokken. Maar het dringt maar half tot me door. Ik voel me dronken van mijn orgasmes, uitgeput door hun intensiteit. Mijn hart bonst alsof ik een wedstrijd heb hardgelopen en mijn botten voelen alsof ze van pudding zijn.

Ik zou niet meer moeten kunnen willen, maar als hij op me komt liggen, komt een deel van me toch weer tot leven. Hij is naakt en ik voel zijn harde warmte. Zijn rauwe mannelijke kracht. Zelfs als ik niet vastgebonden was, zou ik me klein en hulpeloos voelen, omringd als ik ben door hem. Nu ik touwen om mijn enkels en polsen heb, wordt dat gevoel versterkt. Hij is zo zwaar dat ik nauwelijks adem kan halen, maar dat geeft niet. Ook zuurstof lijkt me optioneel op dit moment.

Alleen Julian heb ik nodig.

Hij komt op zijn ellebogen overeind. De harde, gladde top van zijn erectie duwt tegen mijn dijbeen als hij zijn hoofd buigt om me te kussen. Ik span vol verwachting mijn spieren als ik hem voel binnendringen.

Ik ben nat van mijn orgasmes - mijn lichaam is klaar voor zijn verovering - maar toch voel ik me haast pijnlijk opgerekt worden als zijn penis mijn binnenkant uiteen duwt. Tegelijkertijd dringt zijn tong mijn mond binnen en ik kan niet eens kreunen als hij begint te bewegen, diep en ritmisch. Het overweldigt me: het gevoel van hem op me, zijn smaak, de manier waarop zijn lichaam het mijne volledig domineert en bezit. Ik kan niets zien en me niet bewegen. Ik verdrink en alleen hij is mijn redding.

Ik weet niet hoelang het duurt voor ik weer die pulserende spanning in mijn kern begin te voelen. Ik weet alleen dat als Julian klaarkomt, ik ook kom, schokkend en schreeuwend.

Naderhand verwijdert hij de blinddoek en touwen en draagt me naar de douche. Ik ben zo uitgeput dat ik nauwelijks nog kan staan. Julian wast me, voor me zorgend alsof ik een kind ben. Dan draagt hij me naar het bed en neemt me in zijn armen. Voor ik in slaap val, hoor ik hem zacht zeggen: 'Ik geef je de wereld, poesje van me. De hele verdomde wereld - als je maar de mijne bent.'

18

Julian

DE VOLGENDE OCHTEND WORD IK WAKKER MET HET BEKENDE GEVOEL VAN NORA BOVEN OP ME. Zoals gewoonlijk ligt ze met haar hoofd op mijn borst en een van haar slanke benen over mijn dijbenen te slapen. Ik voel het zachte gewicht van haar borsten tegen mijn zij, hoor haar gelijkmatige ademhaling en mijn penis wordt hard als ik me de details van gisteravond herinner.

Ik weet niet waarom ik soms die neiging voel haar te martelen, haar te horen smeken. Waarom het beeld van haar aan het bed vastgebonden te zien me zoveel voldoening schenkt. Toen we gisteravond bij haar ouders wegreden, was ik van plan haar teder te beminnen en haar dan te laten slapen. Maar dat goede voornemen ging in rook op toen ik haar naast dat hemelbed zag staan. Iets in de manier waarop ze naar me keek, wakkerde de gevaarlijke honger in mijn binnenste aan en bracht die naar de oppervlakte. Wat ik met haar wilde doen, begon slechts met de touwen. Als ik mezelf niet had gedwongen de kamer uit te lopen na haar vastgebonden te hebben, had ik de belofte gebroken die ik die avond dat ik haar echt pijn deed, heb gedaan.

De belofte om het geweld de komende maanden buiten de slaapkamer te houden.

Gelukkig hielpen een koude douche in een van andere slaapkamers en een beetje afstand. Toen ik terugkwam, had ik mijn zelfbeheersing terug en kon ik haar genot geven in plaats van pijn.

Nora's ademhaling verandert en ik kijk naar haar. Ze beweegt, maakt een zacht geluidje en wrijft haar wang langs mijn borst. 'Je bent nog niet opgestaan,' mompelt ze slaperig. Ik glimlach, als bij het horen van de opgetogen toon in haar stem een bijzonder gevoel van welbevinden door me heen gaat.

'Nog niet, nee,' bevestig ik, haar gladde, naakte rug strelend. 'Maar zo wel.'

'Moet dat?' De woorden klinken gesmoord. 'Je bent zo'n lekker hoofdkussen.'

'Ik ben blij dat ik mezelf nuttig maak.'

Ze tilt haar hoofd op bij het horen van mijn droge toon en kijkt me door haar lange wimpers aan. 'Vind je het erg? Dat ik zo bovenop je slaap?'

'Nee.' Ik moet om haar vraag lachen. 'Denk je dat ik het toestond als ik het wel erg vond?'

Ze knippert met haar ogen. 'Nee, natuurlijk niet.' Ze gaat rechtop zitten en trekt het laken om zich heen. 'We moeten opstaan, denk ik. Ik wilde voor het ontbijt gaan hardlopen.'

Ik ga ook zitten. 'Hardlopen?'

'Ja. Het is hier toch veilig?'

'Niet zo veilig als op het landgoed.' Het idee dat ze gaat hardlopen maakt me onrustig, zelfs met alle voorzorgsmaatregelen en ondanks dat ik weet er momenteel geen echte dreiging is. Als haar iets zou overkomen...

'Alsjeblieft, Julian.' Nora lijkt overstuur. 'Ik ga hier gewoon in Palos Park hardlopen. Ik ga niet ver, maar ik kan hier niet twee weken in dit huis blijven zitten.'

'Ik ga met je mee.' Ik sta op en loop naar de kast om een hardloopshort te zoeken. 'Kleed je aan. We moeten opschieten. Ik denk dat Rosa al bezig is aan het ontbijt.'

We beginnen met een gemakkelijk tempo om op te warmen. Met vijftien graden is het koel, maar zelfs zonder shirt heb ik het zolang ik in beweging blijf niet koud. Ik overweeg Nora meer laagjes te laten aantrekken, maar ze ziet eruit alsof ze het warm genoeg heeft in haar knielange legging en T-shirt.

Als we oprijlaan aflopen en de straat opgaan, houd ik de wegrijdende auto's van onze buren goed in de gaten, evenals andere hardlopers. Ik voel me ongemakkelijk in de buurt van zoveel vreemden. Mijn mannen zijn op strategische plaatsen in de hele buurt geplaatst, dus ik weet dat we veilig zijn. Toch blijf ik alert.

'Je weet dat er niemand uit de bosjes gaat springen, hè?' Nora heeft mijn focus op de omgeving duidelijk opgemerkt. 'Zo'n buurt is het niet.'

Ik werp een blik op haar. 'Dat weet ik. Ik hem hem helemaal nagetrokken.'

Ze glimlacht en verhoogt haar snelheid. 'Natuurlijk.'

Ik verhoog mijn eigen tempo ook en we houden de volgende paar blokken een hoog tempo aan. Nora begint licht te zweten, waardoor haar gouden huid lijkt te gloeien. Ik merk dat ze me steeds meer afleidt. Ze ziet er altijd sexy uit als ze hardloopt. Haar kleine lichaam is zowel vrouwelijk als atletisch. De strakke, ronde spieren in haar achterste trekken samen en rekken uit bij elke stap. Ik kan het niet helpen: ik zie mijn handen voor me op die prachtige rondingen, terwijl mijn penis hard in haar beukt.

Verdomme. Zometeen heb ik nog een koude douche nodig.

'Wat doe je na het ontbijt?' vraagt Nora hijgend als we langs een ander joggend stel komen. 'Moet je nog werken?'

'Ik heb een bespreking met mijn portfoliomanager in de stad,' antwoord ik, de neiging om de mannelijke jogger woedend aan te staren beheersend. Die klootzak keek iets te waarderend naar Nora toen we langs hem renden. 'Ik ben voor het avondeten terug.'

'Mooi zo.' Ze hijgt. 'Ik wil naar de kapper en misschien met Leah en Jennie afspreken.'

'Wat?' Ik draai mijn hoofd om haar aan te staren als we een hoek om gaan. 'Waar ga je al die dingen doen?'

'In de Chicago Ridge Mall. Ik heb vorige week een berichtje gestuurd naar Leah en Jennie om ze te laten weten dat ik hier zou zijn en ze schreven terug dat zij ook thuis waren omdat ze vrij hebben voor het weekend van Memorial Day.' Dat zegt ze allemaal in één lange ademteug, waarna ze diep inademt en me smekend aankijkt. 'Je vindt het toch niet erg als ik met hen afspreek? Ik heb Jennie al twee jaar niet gezien en Leah...' Ze zwijgt abrupt. Ik weet dat het komt omdat ze wil zeggen dat ze Leah voor het laatst in dat vervloekte winkelcentrum heeft gezien, toen Peter haar als lokaas voor Al-Quadar liet fungeren. Mijn poesje weet niet dat ik al van die ontmoeting afwist - en ook dat Jake erbij was.

'Je gaat niet naar dat winkelcentrum.' Waarschijnlijk klinkt het nogal hard, maar ik kan er niets aan doen. Van alleen al de gedachte dat ze daar alleen rondloopt, krijg ik een waas voor mijn ogen. 'Het is er te druk om veilig te zijn.'

'Maar...'

'Als je met je vriendinnen af wilt spreken, kun je dat bij ons in het huis doen of in een restaurant in Oak Lawn - nadat ik heb gezorgd dat het daar veilig is.'

Nora perst haar lippen opeen, maar ze is slim

genoeg om niet te protesteren. Verder dan dit mag ze me niet pushen, dat weet ze. 'Dan vraag ik wel of we bij Fish-of-the-Sea kunnen afspreken,' zegt ze na een minuutje. 'En mijn kappersbezoek?'

Ik kijk naar de lange staart die op haar rug hangt. Ik vind hem prachtig, vooral de onderkant, die over haar goedgevormde achterste bengelt. 'Waarom heb je dat nodig?'

'Omdat...' Ze hijgt nog harder als we sneller beginnen te lopen. '...ik het al twee jaar niet eens meer heb laten bijpunten.'

'Dus?' Ik zie het probleem niet. 'Ik vind het mooi als je haar lang is.'

'Typisch een man.' Ze kan nauwelijks nog praten, maar toch slaagt ze erin met haar ogen te rollen. 'Ik wil die bende weer in vorm hebben. Ik word er gek van.'

'Ik wil niet dat je het kort laat knippen.' Ik weet niet waarom het me uitmaakt, maar het is zo. 'Als je het laat knippen, niet meer dan een paar centimeter eraf.'

Nora kijkt me ongelovig aan als we even stilstaan om een wegrijdende auto voor te laten gaan. 'Echt? Hoezo?'

'Ik zei het toch. Ik vind mooi als het lang is.'

Als we verder rennen, rolt ze opnieuw met haar ogen. 'Oké, goed. Ik laat me heus niet kaalscheren of zo. Ik wil er alleen wat laagjes in.'

'Niet meer dan een paar centimeter,' herhaal ik met een strenge blik.

'Hm-hm, oké.' Ik krijg het idee dat ze intern

opnieuw met haar ogen rolt. 'Dus ik mag naar de kapper?'

'Niet in de Chicago Ridge Mall. Zoek een rustige plek in de buurt, dan zorg ik dat er beveiliging is.'

'Oké,' hijgt ze. Meer kan ze niet uitbrengen; we trekken een sprintje. 'Afgesproken.'

VOOR IK NAAR DE STAD GA, ZORG IK DAT NORA'S plannen voor die dag vaststaan. Ik wijs haar een tiental van mijn beste mannen toe ter beveiliging en vraag ze zich zo onopvallend mogelijk te gedragen. Waarschijnlijk merkt ze hen niet eens op, maar ze zullen ervoor zorgen dat geen enkel verdacht individu haar tot op 100 meter kan naderen.

'Het komt wel goed,' zegt ze als ik in de hal sta te treuzelen. 'Echt, Julian. Het is maar een kappersbezoek en lunch met de meiden. Het komt allemaal goed, dat beloof ik je.'

Ik haal diep adem. Ze heeft gelijk. Ik ben hartstikke paranoïde. Met deze voorbereidingen wordt ze zo goed mogelijk beschermd zolang we buiten het landgoed zijn. Uiteraard zou ik haar de rest van haar leven op het landgoed kunnen houden - wat voor mijn gemoedsrust optimaal zou zijn - maar daar zou Nora niet gelukkig van worden en haar geluk is belangrijk voor me.

Veel belangrijker dan ik ooit had gedacht.

'Hoe voel je je?' Om de een of andere aarzel ik nog

steeds. 'Ben je nog misselijk? Moe?' Ik kijk naar haar buik, die nu nog plat is. Haar strakke spijkerbroek zit hetzelfde als altijd.

'Nee, niets.' Ze schenkt me een geruststellende glimlach als ik haar weer aankijk. 'Geen vleugje misselijkheid. Ik ben zo gezond als vis.'

'Goed dan.' Ik stap op haar af en strijk met mijn hand langs haar wang. 'Voorzichtig, schatje, goed?'

'Oké,' fluistert ze terwijl ze omhoog kijkt. 'Jij ook, Julian. Doe voorzichtig, ik zie je snel weer.'

Dan gaat ze op haar tenen staan en plant een korte, hete kus op mijn lippen.

19

Nora

'ROSA, WEET JE ZEKER DAT JE NIET MEE WILT?'

'Nee, ik zei al, ik moet veel voorbereiden voor het diner. Señor Esguerra vertrouwt op mij om je familie met deze maaltijd te imponeren en ik wil hem niet teleurstellen. Ga lekker op stap en praat gezellig bij met je vriendinnen.' Rosa duwt me zowat de enorme keuken uit. 'Schiet op, anders kom je te laat bij de kapper.'

'Goed, als je het zeker weet.' Hoofdschuddend om Rosa's koppige plichtsgevoel loop ik naar de deur. Buiten staat er al een auto op me te wachten. Gelukkig is het niet de limo, maar een gewone zwarte Mercedes. Ik zal niet te veel opvallen, al heeft ook deze auto kogelvrij glas.

De chauffeur is een lange, dunne man die ik vaker op het landgoed heb gezien, al heb ik hem nooit gesproken. Ik hoorde vanochtend van Julian dat hij Thomas heet. Thomas stelt zichzelf niet voor en zegt ook weinig. Hij concentreert zich voornamelijk op de weg. Als we de oprijlaan verlaten, zie ik achter ons twee SUV's vertrekken, die ons op een afstandje volgen. Ik voel me net de First Lady - of eigenlijk meer een maffiaprinses.

In minder dan een half uur zijn we bij de kapsalon. Het is niet chique, maar de zaak staat goed bekend en, belangrijker nog, Julian vond dat de locatie makkelijk te beveiligen was. Ik had niet verwacht zo makkelijk een afspraak te maken, maar er had iemand afgezegd en dus konden ze mij inpassen.

'Alleen bijpunten, graag,' vraag ik als een paarsharige vrouw vol tatoeages mijn haar heeft gewassen en me op een stoel zet. 'Niet meer dan een paar centimeter.'

'Weet je het zeker?' vraagt ze. 'Kijk hoe dik je haar is. Je wilt er vast ook wat laagjes in.'

Ik frons en bekijk mezelf in de spiegel. 'Blijft het wel lang?'

'Natuurlijk. Er gaat geen lengte af, alleen valt het mooier. De kortste lagen, die rond je gezicht, vallen nog ruim onder je schouders.'

'In dat geval: ga ervoor.' Ik probeer vastberaden te klinken, hoewel ik me niet zo voel. Het is moeilijk ongehoorzaam te zijn aan Julian, zelfs voor zoiets kleins, maar juist daarom wil ik het. 'Laten we wat laagjes in deze bende aanbrengen.'

Terwijl de kapster met me bezig is, trekkend aan mijn haar en hier en daar knippend, kijk ik naar de andere mensen in de kapsalon. Na weken isolement op het landgoed voelt het gek om tussen zoveel vreemden te zijn. Niemand let echt op me, maar toch voel ik me tentoongesteld, alsof iedereen naar me kijkt. Daarnaast ben ik toch wat nerveus. Ik weet dat niemand hier slechte bedoelingen met me heeft. Het gevoel slaat dan ook nergens op, maar iets van Julians paranoia slaat op mij over.

Toch is het heel fijn om hier in mijn eentje te zijn. Ik weet dat Julians mannen buiten staan en dat ik dus niet echt vrij ben, maar zo voelt het wel.

Het voelt alsof ik een gewoon meisje ben, op stap om een dagje te tutten en lekker te lunchen met haar vriendinnen.

'Klaar,' zegt de kapster al snel. 'Nu nog even föhnen en dan ben je helemaal top.'

Ik knik en probeer niet naar de lange plukken op de vloer te kijken. Het lijkt veel haar, al zijn de natte lokken die ik in de spiegel zie niet bepaald kort te noemen.

'Wat vind je ervan?' vraagt de kapster als mijn haar gedroogd is. Ze geeft me een spiegel. 'Is het wat?'

Ik draai om in de stoel en bekijk mijn nieuwe kapsel van alle kanten. Mijn haar ziet eruit alsof het uit een shampooreclame komt: lang, donker en glad. De kortere lagen rond mijn gezicht geven het wat charmant volume.

'Perfect.' Ik geef de spiegel glimlachend terug. 'Hartelijk dank.'

Blijkbaar staat ongehoorzaam zijn me goed. In elk geval van buiten.

IK HEB NOG WAT TIJD VOOR IK MET LEAH EN JENNIE HEB AFGESPROKEN, dus besluit ik mezelf te verwennen en laat ik bij diezelfde salon een manicure en pedicure doen. Tijdens de pedicure krijg ik een berichtje van Julian.

Ben je daar nog steeds? Thomas zegt dat je al twee uur binnen bent.

Ik laat mijn nagels lakken, schrijf ik terug. *Hoe is het bij jou?*

Vast niet zo kleurrijk als bij jou.

Met een glimlach berg ik mijn telefoon weer op. Het voelt zo geweldig normaal, zelfs met Thomas die op me let. Het is net of we een gewoon stel zijn, zonder duisternis en ellende in hun leven.

Impulsief pak ik mijn telefoon weer.

Ik houd van je, schrijf ik, met een smiley erbij voor extra nadruk.

Ik krijg geen antwoord, maar dat verwachtte ik ook niet. Julian zou nooit zijn gevoelens voor mij - wat die ook mogen zijn - in een berichtje uiten. Toch voel ik me wat somber als ik mijn telefoon wegleg en een roddelblaadje pak.

Een half uur later ben ik even opgepoetst en glanzend als de modellen in het tijdschrift. Mijn haar valt in een glad, glanzend gordijn op mijn rug en mijn nagels zijn mooier dan ze in maanden zijn geweest. Ik betaal, geef een genereuze fooi en verlaat de salon, klaar voor de rest van de dag.

Zoals ik al verwachtte, staat Thomas buiten op me te wachten. Ik zie geen andere leden van de beveiliging, maar ik weet dat ze er zijn. Toch draagt hun onzichtbaarheid bij aan de illusie van normaliteit, wat me opvrolijkt. Vervolgens rijden we naar het visrestaurant waar ik met Leah en Jennie voor de lunch heb afgesproken.

Ze zitten al aan een tafeltje als ik binnenstap. De eerste minuten zijn gevuld met knuffels en uitroepen hoelang het geleden is dat we elkaar gezien hebben. Ik was bang dat het tussen Leah en mij ongemakkelijk zou zijn na onze laatste ontmoeting in het winkelcentrum, maar al mijn zorgen lijken ongegrond. Nu we met zijn drieën zijn, is het net of we nog op school zitten.

'Jemig, Nora, ik was vergeten hoe knap je bent,' roept Jennie uit als we allemaal zitten. 'Dat of het leven in de jungle doet je goed.'

'Bedankt,' zeg ik lachend tegen haar. 'Je ziet er zelf ook goed uit. Wanneer heb je je haar rood geverfd? Die kleur staat je geweldig.'

Jennie grijnst. Haar groene ogen stralen. 'Toen ik

ging studeren. Ik vond het tijd om het roer om te gooien en het werd rood of blauw.'

'Ik overtuigde haar van rood,' zegt Leah met een ondeugende glimlach. 'Blauw had niet zo bij haar Ierse huidje gepast.'

'Weet ik niet,' zeg ik zo serieus mogelijk. 'Volgens mij zijn smurfen hartstikke in.'

Leah schiet in de lach en Jennie en ik lachen mee. Het is zo fijn om weer bij mijn vriendinnen te zijn. Ik heb Leah een paar keer gezien sinds mijn ontvoering, maar Jennie heb ik al twee jaar niet gezien. Ze studeerde in het buitenland toen ik die vier maanden thuis was na de explosie in het pakhuis, dus we hebben op een aantal Facebook-berichten na elkaar niet echt meer kunnen spreken.

'Oké, Nora, vertel,' zegt Jennie nadat de serveerster onze bestelling heeft opgenomen. 'Hoe is het om met een moderne Pablo Escobar getrouwd te zijn? Ik hoor echt zulke bizarre roddels.'

Leah verslikt zich in haar water en ik schiet opnieuw in de lach. Ik was vergeten hoe graag Jennie mensen shockeert.

'Nou,' zeg ik als ik weer kan praten, 'Julian handelt in wapens, niet in drugs, maar verder is het best fijn om met hem getrouwd te zijn.'

'O, kom op. Best fijn?' Jennie fronst overdreven. 'Ik wil alle ranzige details. Slaapt hij met een machinegeweer onder zijn kussen? Eet hij puppy's als ontbijt? Ik bedoel, die gast heeft je ontvoerd. We willen alle smakelijke...'

'Jennie,' onderbreekt Leah haar fel. Ze lijkt het totaal niet leuk te vinden. 'Ik vind dit niet iets om grappen over te maken.'

'Het geeft niet,' stel ik haar gerust. 'Echt, Leah, het is prima. Ik ben nu met Julian getrouwd en we zijn gelukkig samen. Dat zijn we echt.'

'Gelukkig?' Leah kijkt me aan of ik twee hoofden heb. 'Nora, je weet waar hij toe in staat is, wat hij gedaan heeft. Hoe kun je gelukkig zijn met zo'n man?'

Ik kijk terug en weet niet wat te zeggen. Ik wil zeggen dat Julian zo erg niet is, maar ik krijg de woorden niet over mijn lippen. Zo erg is mijn echtgenoot wel. Hij is waarschijnlijk zelfs erger dan Leah denkt. Zij weet niet van de vernietiging van Al-Quadar de afgelopen maanden of dat Julian al sinds zijn kindertijd een moordenaar is.

Maar goed, ze weet ook niet dat ík een moordenaar ben. Als ze dat wist, zou ze waarschijnlijk denken dat Julian en ik elkaar verdienen.

Tot mijn grote opluchting schiet Jennie me te hulp. 'Doe niet zo flauw,' zegt ze, en geeft Leah een por. 'Ze is gelukkig met hem. Dat is beter dan ongelukkig, toch?'

Leah bloost. 'Natuurlijk. Het spijt me, Nora.' Ze probeert te glimlachen. 'Ik vind het gewoon moeilijk te begrijpen. Ik bedoel, je bent eindelijk terug in de VS en je gaat toch weer terug naar Colombia met hem.'

'Dat krijg je met getrouwde mensen,' zegt Jennie voor ik iets kan zeggen. 'Die wonen bij elkaar. Net zoals Jake en jij. Het is niet meer dan logisch dat Nora teruggaat met haar man...'

'Wonen Jake en jij samen?' Ik onderbreek Jennie en kijk Leah geschokt aan. 'Sinds wanneer?'

'Sinds twee weken,' zegt Jennie opgetogen. 'Heeft Leah dat niet verteld?'

'Ik wilde het vertellen,' zegt Leah. Ze kijkt me ongemakkelijk aan. 'Ik wilde het persoonlijk vertellen.'

'Waarom? Ze zijn één keer samen uitgeweest,' zegt Jennie in alle redelijkheid. 'Ze hadden niet bepaald een relatie.'

'Jennie heeft gelijk,' zeg ik. 'Echt, Leah, ik ben blij voor jullie. Je hoeft niet bang te zijn me zulke dingen te vertellen. Ik word niet boos, dat beloof ik je.' Ik lach breed voor ik vraag: 'Huren jullie een appartement buiten de campus?'

'Klopt,' zegt Leah, zichtbaar opgelucht door mijn vraag. 'We hadden allebei problemen met onze huisgenoten, dus besloten we dat samenwonen de beste optie was.'

'Logisch,' zegt Jennie. De volgende minuten besteden we aan het bespreken van de voor- en nadelen van het samenwonen met vriendjes of huisgenoten.

'En jij, Jennie?' vraag ik nadat de serveerster onze voorgerechten heeft neergezet. 'Nog vriendjes in het verschiet?'

'Getsie, nee.' Jennie kijkt vies. 'Op Grinnell vind je nauwelijks leuke jongens en degenen die er zijn, zijn bezet. Jullie hadden me moeten tegenhouden toen ik een studie in Nergenshuizen wilde gaan doen. Echt, het is erger dan op school.'

'Nee.' Ik sper mijn ogen in zogenaamde afschuw open. 'Erger dan op school?'

'Niets is erger dan de middelbare school,' zegt Leah en de meiden beginnen de relatieve beschikbaarheid van jongens op een voorstedelijke school versus een kleine kunstacademie te vergelijken.

Tijdens de rest van de maaltijd bespreken we werkelijk van alles, behalve mijn relatie met Julian. Leah vertelt ons over haar stage bij een rechtenfirma in Chicago en Jennie deelt grappige anekdotes over haar laatste vakantie op Curaçao. 'Direct naast ons hotel stond een olieraffinaderij. Dat is toch niet te geloven?' klaagt ze. Leah en ik zijn het ermee eens dat zelfs een infinity pool met zout water - een gave faciliteit in Jennies hotel - niet opweegt tegen zoiets smerigs als een olieraffinaderij op een vakantiebestemming.

Uiteindelijk komt het gesprek op mijn leven op het landgoed terecht. Ik vertel ze over mijn online studie aan Stanford, de kunstlessen van Monsieur Bernard en mijn vriendschap met Rosa. 'Ik heb haar meegevraagd voor de lunch vandaag, maar ze kon niet,' leg ik uit. Ik voel me een beetje schuldig. 'Mijn ouders komen eten en Julian heeft Rosa gevraagd te koken.' Terwijl de woorden mijn mond verlaten, besef ik hoe verwend het klinkt - en aan de jaloerse blikken van Jennie en Leah te zien, hebben zij dat ook door.

'Wauw,' zegt Jennie hoofdschuddend. 'Geen wonder dat je gelukkig bent met hem. Hij behandelt je als een prinses. Als iemand mij Stanford, bedienden en een groot landgoed bood, zou hij me ook wel mogen ontvoeren.'

'Jennie!' Leah kijkt haar geschokt aan. 'Dat meen je niet echt.'

'Nee, waarschijnlijk niet,' zegt Jennie grijnzend. 'Maar geef toe, Nora, het is best gaaf.'

Ik haal glimlachend mijn schouders op. Je kunt mijn leven 'best gaaf' noemen. Verknipt en ingewikkeld ook - maar laten we het voorlopig op Jennies definitie houden.

'Zei je nou dat je ouders komen eten?' Het klinkt alsof Leah nu pas dat deel van mijn mededeling verwerkt heeft. 'Zoals in een diner met jou en hem?'

'Ja,' zeg ik, genietend van de uitdrukking op de gezichten van mijn vriendinnen. 'We hebben gisteravond bij mijn ouders gegeten, dus vandaag komen ze bij ons langs.' Leah en Jennie blijven me geschokt aanstaren terwijl ik uitleg dat Julian een huis in Palos Park heeft gekocht, waardoor we een veilige plek hebben waar we tijdens onze bezoekjes kunnen verblijven.

'Meid, ik moet zeggen, je leeft echt in een andere wereld nu,' zegt Jennie, opnieuw haar hoofd schuddend. 'Privé-eiland, een landgoed in Colombia, nu dit...'

'Niets daarvan is compensatie voor het feit dat hij een psychopaat is,' zegt Leah met een scherpe blik op Jennie voor ze zich weer tot mij wendt. 'Nora, hoe gaan je ouders met hem om?'

'Ze... gaan met hem om.' Ik weet niet hoe ik de

achterdochtige acceptatie van mijn ouders anders moet omschrijven. 'Het is duidelijk moeilijk voor ze.'

'Ja, dat kan ik me voorstellen,' zegt Jennie. 'Ze zijn wel stoer, hoor, je ouders. De mijne zouden uit hun dak gaan.'

'Ik denk niet dat uit hun dak gaan geholpen zou hebben,' merkt Leah wijs op. 'Ik denk dat Nora's ouders heel blij zijn haar überhaupt terug te zien.'

Ik wil antwoord geven, maar op dat moment zie ik Leah en Jennie allebei naar iets achter me staren. Instinctief draai ik me met bonzend hart om - en kijk recht in de blauwe ogen van mijn voormalig ontvoerder.

Hij torent boven me uit, met een hand ontspannen op de leuning van mijn stoel en een gevaarlijk sexy glimlach om zijn lippen. 'Vinden jullie het erg als ik me bij jullie voeg, dames?' vraagt hij met een geamuseerde blik.

'Julian.' Ik schrik op. 'Wat doe jij hier?'

'Mijn vergadering was vroeg afgelopen, dus besloot ik langs te komen om te zien of je al klaar bent om naar huis te gaan,' zegt hij. 'Maar ik zie dat jullie nog niet klaar zijn.'

'Nee, we wilden net een toetje bestellen.' Ik kijk onzeker naar Leah en Jennie en zie dat ze Julian allebei zitten aan te staren. Leah ziet eruit alsof ze elk moment op de vlucht kan slaan, terwijl Jennies uitdrukking het midden houdt tussen fascinatie en ontzag.

O, shit. Daar gaat mijn normale lunch met mijn

vriendinnen. Ik wend me weer tot Julian en zeg voorzichtig: 'Maar ik kan gaan, als je...'

'Nee, kom erbij als je tijd hebt,' onderbreekt Jennie me. Blijkbaar is ze van de schok bekomen. 'Ze hebben hier geweldige cheesecake.'

'Dan moet ik zeker blijven,' zegt Julian gladjes en hij gaat op de stoel naast me zitten. 'Ik zou Nora zo'n delicatesse niet willen ontzeggen.' Hij glimlacht naar me. 'Je haar zit trouwens geweldig, schatje. Je had gelijk over die laagjes.'

'O.' Ik herinner me mijn kleine daad van rebellie en raak mijn kortere lokken aan. Zijn goedkeuring is zowel een teleurstelling als een opluchting. 'Bedankt.'

'Het staat haar goed,' zegt Leah hees. Ze kijkt minder paniekerig. Ze schraapt haar keel en zegt dan: 'Het nieuwe kapsel, bedoel ik.'

Julians glimlach wordt breder. 'Ja. Ze ziet er prachtig uit, hè?'

'Ja, prachtig,' herhaalt Jennie - maar zij kijkt naar Julian en niet naar mij. Ze lijkt totaal betoverd door hem en dat neem ik haar niet kwalijk. Nu de littekens in zijn gezicht zo goed als verdwenen zijn en zijn glazen oog nauwelijks van echt te onderscheiden is, is Julian even indrukwekkend als altijd. Zijn mannelijke schoonheid is donker en opvallend.

Ik weet mezelf eindelijk bijeen te rapen en zeg: 'Sorry, ik vergeet jullie voor te stellen. Julian, dit zijn mijn vriendinnen Leah en Jennie. Leah, Jennie, dit is Julian, mijn echtgenoot.'

'Leuk jullie te ontmoeten,' zegt Julian met

ontspannen charme. 'Nora heeft me veel over jullie verteld.'

'O?' Leah fronst. In tegenstelling tot Jennie lijkt zij niet onder de indruk van zijn uiterlijk. 'Wat dan?'

'Bijvoorbeeld dat jullie al sinds de basisschool vriendinnen zijn,' zegt Julian. 'Of dat jij, Jennie, Nora's date was naar het derdejaarsbal.'

Verrast knipper ik met mijn ogen. Ik heb dit wel een keer tegen Julian verteld, maar ik had niet verwacht dat hij dit soort dingen zou onthouden.

'O, wauw,' fluistert Jennie, haar ogen nog steeds op Julians gezicht gericht. 'Ongelofelijk dat ze je dat allemaal verteld heeft.'

Leahs mond verstrakt en ze gebaart naar de ober. 'Een stuk cheesecake graag en dan de rekening,' zegt ze. 'De porties zijn enorm,' legt ze uit, al protesteert niemand. 'We kunnen hem met gemak delen.'

'Prima,' zeg ik. Ik ben verbaasd dat Leah lang genoeg wil blijven om de cheesecake op te eten. Ik had het haar ook niet kwalijk genomen als ze hier en nu de deur uitgelopen was. Ze weet wat Jake overkomen is. Het feit dat ze nog enigszins vriendelijk doet tegen Julian, vertelt me hoe hoog ze onze vriendschap acht.

'Vertel,' zegt Julian als de ober wegloopt, 'hoe was de lunch tot dusver? Heeft Nora het grote nieuws al verteld?'

Ik verstrak, vol afschuw dat hij het zo op tafel gooit. Ik wilde mijn vriendinnen pas over de baby vertellen als het onvermijdelijk was. Niet vandaag, niet nu ik nog kon doen of ik een zorgeloze studente ben.

'Wat voor groot nieuws?' Jennie leunt nieuwsgierig naar voren. Haar ogen zijn wijd opengesperd. 'Nora heeft niets verteld.'

'Ze heeft jullie niets verteld over de galeriehouder in Parijs?' Julian kijkt me zijdelings aan. 'Degene die haar schilderijen wil kopen?'

'Wat?' roept Leah uit. 'Wanneer hoorde je dat, Nora?'

'Gisteren pas,' mompel ik, terwijl opluchting het onpasselijke gevoel in mijn binnenste wegvaagt. 'Julian heeft het verteld, maar ik heb het aanbod nog niet gezien.'

'Wauw, gefeliciteerd.' Jennie straalt. 'Dus je wordt een beroemde kunstenares, hè?'

'Beroemd weet ik niet...' begin ik, maar Julian onderbreekt me.

'Dat is ze al,' zegt hij stellig. 'De galeriehouder biedt tienduizend euro per stuk op vijf schilderijen.' Mijn vrienden laten hun verbazing duidelijk blijken als hij uitlegt dat de galeriehouder een bekende kunstverzamelaar is en dat mijn schilderijen in Parijs bekend worden dankzij Monsieur Bernards connecties.

Te midden van dat alles arriveert de cheesecake. Leah had gelijk dat ze er maar één bestelde: het stuk is bijna even groot als mijn hoofd. De ober geeft ons elk een gebaksbordje en we delen de taart in vieren terwijl Julian Jennies vragen over de Parijse kunstscène en Frankrijk in het algemeen beantwoordt.

'Wauw, Nora, wat een spannend leven ga je leiden,'

zegt Jennie. Intussen reikt ze naar de rekening. 'Je laat het ons weten wanneer je eerste tentoonstelling is, hè?'

'Ik betaal wel,' zegt Julian. Hij pakt de rekening voor Jennie hem heeft. Voor mijn vriendinnen kunnen protesteren, geeft hij de ober twee briefjes van honderd dollar en zegt: 'Houd het wisselgeld maar.'

'O, bedankt,' zegt Jennie terwijl de dolblije ober wegsnelt. 'Dat had niet gehoeven. Je hebt alleen een paar happen cheesecake gehad.'

'Laat ons je betalen voor ons deel,' zegt Leah stijfjes, maar Julian wuift het weg.

'Maak je alsjeblieft geen zorgen. Dat is wel het minste wat ik voor Nora's vriendinnen kan doen.' Hij staat op en steekt zijn hand uit. 'Klaar, schatje?'

'Ja,' zeg ik, mijn hand in de zijne leggend. Mijn kortdurende vrijheid is voorbij, maar op de een of andere manier vind ik dat niet erg. Hoe opwindend de dag ook is geweest, het voelt heel geruststellend om weer door Julian geclaimd te worden.

Om terug te zijn waar ik thuishoor.

20

 ulian

'Waarom kwam je ons opzoeken?' vraagt Nora als we in de auto stappen na afscheid te hebben genomen van haar vriendinnen. 'Was je bang dat ik er vandoor zou gaan?'

'Je zou niet ver gekomen zijn.' Ik wend me naar haar toe en laat mijn vingers door haar haren glijden. Het is aan de voorkant korter, maar nog altijd lang en zachter dan normaal.

'Ik was niet van plan er vandoor te gaan.' Nora fronst. 'Ik wil niet bij je weg. Niet meer.'

'Dat weet ik, poesje van me.' Ik dwing mezelf haar haren los te laten voor ik een fetisj ontwikkel. 'Anders had ik je niet meegenomen naar Amerika.'

'Waarom kwam je dan naar ons toe? Ik was sowieso over een uur thuis.'

Ik haal mijn schouders op, niet bereid toe te geven hoezeer ik haar miste. Mijn verslaving is compleet losgeslagen. Wat ik ook doe, ik denk constant aan haar. Zelfs een paar uur zonder haar is deze dagen ondraaglijk, absurd als dat is.

'Ik ben blij dat Leah niet flipte,' zegt Nora als ik blijf zwijgen. 'Ik dacht dat ze op de vlucht zou slaan of de politie zou bellen toen ze je zag.' Ze kijkt even naar beneden en dan naar mij. 'Als jij niet over het grote nieuws was begonnen, was het erg ongemakkelijk geweest.'

'Echt?' vraag ik gladjes. 'Misschien had ik ze het echte grote nieuws moeten vertellen.' Dat was ik wel van plan geweest - ik wilde vragen of Nora ze al over de baby had verteld - maar de geschokte uitdrukking op haar gezicht had me nog voor haar vriendinnen iets konden zeggen al de waarheid verteld.

Nora weeft haar slanke vingers om mijn handpalm. 'Ik ben blij dat je dat niet deed.' Ze knijpt zacht in mijn hand. 'Bedankt daarvoor.'

'Waarom heb je het ze niet verteld?' Ik leg mijn andere hand over de hare heen. 'Ze zijn je vriendinnen, ik neem aan dat je zulke dingen met ze deelt.'

'Ik vertel het ze binnenkort.' Ze kijkt me ongemakkelijk aan. 'Maar nu nog niet.'

'Bang dat ze je veroordelen?' Ik frons als ik het probeer te begrijpen. 'We zijn getrouwd. Het is heel logisch. Dat weet je toch?'

'Maar ze zullen het wel veroordelen, Julian.' Haar zachte mond vertrekt. 'Ik word op mijn twintigste moeder. Meiden van mijn leeftijd doen niet aan trouwen en kinderen krijgen. De meeste niet, tenminste.'

'Ik begrijp het.' Ik neem haar bedachtzaam in me op. 'Wat doen zij dan? Feesten? Stappen? Vriendjes aan de haak slaan?'

Ze kijkt weg. 'Je vindt het vast stom.'

Ergens wel, maar ergens ook niet. Soms overvalt het me ineens hoe jong ze eigenlijk nog is. Hoe weinig ervaring ze heeft opgedaan in het leven. Ik kan me niet herinneren ooit zo jong te zijn geweest. Tegen de tijd dat ik twintig was, stond ik al aan het roer van mijn vaders organisatie, had ik een groot deel van de wereld gezien en dingen gedaan waar de meest geharde gangsters voor zouden terugdeinzen. Mijn jeugd had ik al vroeg achter me gelaten en ik vergeet steeds dat Nora nog wel iets van de hare in zich heeft.

'Is dat wat je wilt?' Ze kijkt me aan. 'Uitgaan? Lol maken?'

'Nee... Het zou leuk zijn, maar ik weet dat het niet realistisch is om dat te willen.' Ze haalt diep adem en haar hand trilt even in de mijne. 'Het geeft niet, Julian. Echt. Ik vertel het ze binnenkort. Ik wilde alleen niet dat onze lunch vandaag alleen daarover zou gaan.'

'Oké.' Ik laat haar hand los en sla mijn arm om haar schouders om haar tegen me aan te trekken. 'Wat jij het beste vindt, poesje van me.'

~

Tot mijn genoegen verloopt het tweede diner met Nora's ouders soepel. Nora laat ze het huis zien terwijl ik wat werk inhaal. Tegen de tijd dat ik me weer bij ze voeg voor het avondeten, lijken de Lestons veel ontspannener dan eerst.

'Wauw, zie die tafel eens,' zegt Gabriela als we gaan zitten. 'Rosa, heb jij dit allemaal bereid?'

Rosa knikt met een trotse glimlach. 'Dat klopt. Ik hoop dat jullie ervan genieten.'

'Dat gaat zeker lukken,' zeg ik. De tafel is bedenkt met allerlei gerechten, van een witte aspergesalade tot traditioneel Colombiaanse arroz con pollo. 'Dank je, Rosa.'

'Ik zit nog vol van die cheesecake,' zegt Nora grinnikend, 'maar ik ga mijn best doen je eten eer aan te doen. Het ziet er allemaal heerlijk uit.'

Terwijl we opscheppen, gaat het gesprek over Nora's lunch met haar vriendinnen en de laatste plaatselijke roddels. Blijkbaar is een van de gescheiden buren van de Lestons iets begonnen met een vrouw die tien jaar ouder is, terwijl zijn chihuahua in gevecht is geraakt met de Perzische kat van een andere buur. 'Is het niet ongelofelijk?' Tony Leston grinnikt. 'Die kat is zeker vijf kilo zwaarder dan die hond.'

Nora en Rosa lachen. Ik neem de Lestons verbaasd in me op. Voor het eerst begrijp ik waarom Nora zo graag langs wilde gaan, wat ze bedoelde toen ze zei dat weg moest van het landgoed. Het leven dat Nora's ouders leiden - het leven dat zij leidde voor ze mij kende - is zo anders dat ik net zo goed op een andere planeet beland zou kunnen zijn.

Een planeet die bewoond wordt door mensen die helemaal niets weten van hoe de wereld echt in elkaar steekt.

'Wat doe je zaterdag, lieverd?' Gabriela schenkt haar dochter een warme glimlach. 'Heb je al plannen?'

Nora kijkt verward. 'Zaterdag? Nog niet.' Dan worden haar ogen groot. 'O, zaterdag. Je bedoelt mijn verjaardag?'

Ik onderdruk een vlaag van irritatie. Ik had Nora nog een keer willen verrassen, hopelijk ditmaal met een betere afloop. Ach ja. Niets aan te doen. Ik leun achterover en zeg: 'We hebben 's avonds iets gepland, maar overdag niet.'

'Geweldig.' Nora's moeder straalt. 'Waarom kom je niet lunchen? Dan zorg ik dat al je lievelingskostjes op tafel komen.'

Nora kijkt naar me en ik knik even. 'We komen graag lunchen, mam,' zegt ze.

Gabriela's glimlach wordt iets minder stralend als ze 'we' hoort, dus leun ik iets naar voren en zeg tegen Nora: 'Ik ben bang dat ik moet werken, schatje. Waarom ga je niet in je eentje met je ouders lunchen?'

'O, graag.' Nora knippert even. 'Oké.'

Tony en Gabriela zien er dolgelukkig uit en ik eet verder, de rest van hun gesprek negerend. Hoe erg ik het ook vind om van Nora gescheiden te zijn, ik wil dat ze ook gewoon ontspannen bij haar ouders kan zijn, iets wat alleen mogelijk is als ik afwezig ben.

Ik wil dat mijn poesje op haar verjaardag gelukkig is, wat er ook voor nodig is.

~

ALS DE LESTONS WEG ZIJN, GAAT NORA DOUCHEN. Ik pak mijn telefoon om mijn berichten te bekijken. Tot mijn verrassing is er een e-mail van Lucas. Hij bevat maar één zin:

Yulia Tzakova is ontsnapt.

Met een zucht leg ik de telefoon weg. Ik zou woedend moeten zijn, maar op de een of andere manier ben ik slechts licht geïrriteerd. Die Russische meid komt niet ver; zodra we terug zijn, gaat Lucas achter haar aan en haalt hij haar terug. Ik denk eraan hoe woedend hij nu moet zijn - dat las ik in de botte woorden van zijn e-mail - en grinnik even.

Als ik niet zoveel mannen was verloren bij het vliegtuigongeluk, zou ik bijna medelijden krijgen met het meisje.

21

Nora

'Oog om oog.' Majids ogen staan vol haat als hij over Beths gemolesteerde lichaam heen stapt en op me afkomt. Het bloed klost om zijn enkels en maakt een kwaadaardig, zuigend geluid. 'Een leven voor een leven.'

'Nee.' Ik sta te beven, misselijk van angst. 'Niet dit. Alsjeblieft, dit niet.'

Maar het is te laat. Hij is vlakbij en duwt zijn mes tegen mijn buik. Met een wrede glimlach kijkt hij langs me heen en zegt: 'Het hoofdje wordt een mooie trofee, nadat ik er wat in gesneden heb, natuurlijk...'

'Julian!'

De schreeuw lijkt door de kamer te weergalmen als ik bevend van angst van het bed spring.

'Gaat het wel, schatje?' In de duisternis voel ik sterke armen om me heen en dan een harde, warme omhelzing die me omsluit. 'Sst...' sust Julian als ik me snikkend met al mijn kracht aan hem vastklamp. 'Had je weer een nachtmerrie?'

Ik knik kort.

'Wat voor nachtmerrie, poesje van me?' Julian gaat op het bed zitten, trekt me op zijn schoot en strijkt door mijn haar. 'De oude over Beth en mij?'

Ik verberg mijn gezicht tegen zijn hals. 'Zoiets,' fluister ik als ik weer kan spreken. 'Maar dit keer bedreigde Majid mij.' Ik slik de gal in mijn keel weg. 'Bedreigde de baby in mijn buik.'

Ik voel dat Julian zijn spieren spant. 'Hij is dood, Nora. Hij kan je niets meer doen.'

'Dat weet ik.' Toch kan ik niet ophouden met huilen. 'Geloof me, dat weet ik.'

Julian verplaatst een van zijn handen naar mijn buik en verwarmt zo mijn kille huid. 'Het komt goed,' prevelt hij, zachtjes wiegend. 'Het komt allemaal goed.'

Ik houd hem stevig vast en probeer te stoppen met huilen. Ik wil hem zo graag geloven. Waren de laatste paar weken maar de norm in ons leven in plaats van de uitzondering.

Als ik beweeg, voel ik zijn erectie tegen mijn heup duwen en op de een of andere manier verzacht dat mijn angst. Als ik ergens zeker van kan zijn, is dat wel het brandende verlangen naar elkaar dat onze lichamen lijkt te verteren. Ineens weet ik precies wat ik nodig heb.

'Laat me het vergeten,' fluister ik, de zijkant van zijn hals kussend. 'Alsjeblieft, laat me het vergeten.'

Julians ademhaling verandert en de spanning in zijn lichaam neemt een andere vorm aan. 'Graag,' prevelt hij. Dan legt hij me op de matras.

Als hij in me komt, sla ik mijn benen om zijn heupen en laat zijn stoten de nachtmerrie verdrijven.

OP VRIJDAGOCHTEND WORD IK LAAT WAKKER, MET prikkende ogen van mijn nachtelijke huilbui. Ik sleep mezelf uit bed, poets mijn tanden en neem een lange douche. Naderhand voel ik me een stuk beter en ik stap de slaapkamer weer in om me aan te kleden.

'Hoe voel je je, poesje van me?' Julian stapt de kamer binnen terwijl ik net mijn korte broek dichtrits. Hij is al aangekleed en ziet er in zijn donkere spijkerbroek en T-shirt uit alsof hij uit een tijdschrift is gestapt.

'Prima.' Ik kijk hem schaapachtig aan. 'Ik weet niet waarom ik die nachtmerrie had. Al weken slaap ik goed.'

'Juist.' Julian leunt tegen de muur, slaat zijn armen over elkaar en neemt me doordringend op. 'Is er gisteren iets gebeurd? Iets dat een terugval veroorzaakt kan hebben?'

'Nee,' zeg ik snel. Het laatste wat ik wil, is dat Julian denkt dat ik nog geen paar uur in mijn eentje kan doorbrengen. 'Gisteren was geweldig. Ik denk dat het er gewoon bijhoort. Misschien te veel gegeten gisteravond of zo.'

'Hm-hm.' Julian staart me aan. 'Dat zal wel.'

'Het gaat prima met me,' herhaal ik, me opnieuw tot de spiegel wendend om mijn haar te borstelen. 'Het was gewoon een stomme droom.'

Julian zegt niets, maar ik weet dat hij zich nog steeds zorgen maakt. Gedurende het ontbijt houdt hij me nauwlettend in de gaten, ongetwijfeld speurend naar tekenen van een naderende paniekaanval. Ik doe mijn uiterste best om me normaal te gedragen - waar Rosa's ontspannen geklets zeker aan bijdraagt - en als we klaar zijn, stel ik voor dat we in het park gaan wandelen.

'Welk park?' Julian fronst.

'Welk park in de buurt ook,' zeg ik. 'Het park dat je het veiligst lijkt. Ik wil alleen graag het huis uit, even een frisse neus halen.'

Even kijkt Julian bedenkelijk, dan tikt hij iets in op zijn telefoon. 'Goed,' zegt hij. 'Geef mijn mannen een half uur om zich voor te bereiden en dan gaan we.'

'Ga je mee, Rosa?' Ik wil mijn vriendin niet opnieuw buitensluiten, maar tot mijn verrassing schudt ze haar hoofd.

'Nee, ik ga naar de stad,' legt ze uit. 'Señor Esguerra'- ze kijkt naar Julian - 'zei dat het mocht zolang ik beveiliging meeneem. Ik heb niet zoveel beveiliging nodig als jullie twee, dus wil ik vandaag graag Chicago verkennen.' Ze kijkt me bezorgd aan. 'Ik hoop dat je het niet erg vindt? Ik hoef niet per se te gaan...'

'Je moet echt gaan,' zeg ik. 'Chicago is een geweldige stad. Je hebt het vast naar je zin.' Ik glimlach breed naar haar en negeer de plotse vlaag van jaloezie die in me opkomt. Rosa hoeft niet opgesloten te zitten in een voorstadje; ik wil dat ze deze vrijheid heeft.

Zij is geen gevangene, zoals ik.

DE RIT NAAR HET PARK DUURT MAAR EEN KLEIN HALF UURTJE. Als we er bijna zijn, besef ik waar we heen gaan, wat me prompt maagpijn oplevert.

Ik ken dit park.

Hier was ik met Jake op de avond dat Julian me ontvoerde.

De herinneringen komen helder en scherp in me op. In een duistere terugblik ervaar ik opnieuw die afschuwelijke aanblik van Jake, bewusteloos op de grond, en de wrede prik van de naald in mijn hals.

'Gaat het wel?' Ik besef dat ik wit weggetrokken moet zijn. Julian fronst naar me. 'Nora?'

'Prima.' Ik probeer te glimlachen als de auto tot stilstand komt. 'Het is niets.'

'Jawel.' Hij knijpt zijn blauwe ogen samen. 'Als je je niet goed voelt, gaan we terug naar het huis.'

'Nee.' Ik pak de klink van het portier en begin eraan te rukken. Ineens lijkt de sfeer in de wagen geladen met herinneringen. 'Alsjeblieft, ik wil gewoon een frisse neus halen.'

'Goed.' Blijkbaar voelt Julian aan wat er door me heen gaat, want hij geeft de chauffeur een seintje en de deur klikt open. 'Ga je gang.'

Ik haast me de auto uit. Eenmaal buiten neemt het drukkende gevoel in mijn borst snel af als ik even diep ademhaal. Julian stapt ook uit de auto. Zijn gezicht staat strak van bezorgdheid.

'Waarom heb je voor dit park gekozen?' Ik probeer mijn stem niet te laten trillen. 'Er zijn ook andere parken in de buurt.'

Heel even lijkt hij in verwarring gebracht; dan verschijnt een begrijpende blik op zijn gezicht. 'Ik had deze plek al eens laten controleren,' legt hij uit terwijl hij op me afstapt. Zijn handen sluiten zich om mijn bovenarmen en hij kijkt op me neer. 'Is dat wat je dwarszit, poesje van me? De locatie die ik gekozen heb?'

'Ja, een beetje wel.' Ik haal nog een keer diep adem. 'De plek brengt bepaalde... herinneringen naar boven.'

'Natuurlijk.' Julians ogen glimmen geamuseerd. 'Daar had ik aan moeten denken. Dit park was het makkelijkst te beveiligen omdat ik alle informatie al had.'

'Van toen je me ontvoerde.' Ik staar hem aan. Soms verrast zijn totale gebrek aan wroeging me nog steeds. 'Twee jaar geleden heb je voor mijn ontvoering het park helemaal onderzocht.'

'Ja.' Zijn mooie mond vormt zich tot een glimlach.

Hij laat mijn armen los en stapt achteruit. 'Voel je je beter of moeten we teruggaan?'

'Nee, laten we een wandeling maken,' zeg ik. Ik wil van deze dag iets leuks maken. 'Ik voel me goed.'

Julian weeft zijn vingers door de mijne en we gaan het park binnen. Tot mijn opluchting ziet alles er overdag heel anders uit dan op die noodlottige avond. Het duurt dan ook niet lang voordat de duistere herinneringen zich terugtrekken in dat verborgen hoekje van mijn brein.

Daar wil ik ze ook graag houden, dus concentreer ik me op het warme zonlicht en het heerlijke lentebriesje.

'Wat een zalig weer,' zegt ik tegen Julian als we langs een speeltuintje lopen. 'Ik ben blij dat we zijn gaan wandelen.'

Hij glimlacht en drukt een kus op mijn hand. 'Ik ook, schatje. Ik ook.'

Het valt me op dat het park bijzonder druk is voor een gewone vrijdag. Er zijn oudere stellen, moeder en nannies met kinderen en flink wat mensen van mijn leeftijd. Waarschijnlijk studenten, een lang weekend thuisgekomen. Hier en daar zie ik wat militaire types die hun best doen niet op te vallen.

Julians mannen. Ze zijn hier om ons te beschermen, maar tegelijkertijd herinnert hun aanwezigheid me eraan dat ik in zekere zin nog altijd een gevangene ben.

'Hoe wist je me te vinden?' Ik stel de vraag als we even op een bankje gaan zitten. Ik ben me ervan bewust dat ik het verleden moet laten rusten, maar ik kan die eerste dagen om de een of andere reden niet uit mijn hoofd zetten. 'Na onze eerste ontmoeting in de club, bedoel ik.'

Julian kijkt onbeweeglijk terug. 'Ik heb je laten schaduwen.'

'O.' Het is even eenvoudig als duivels. 'Je wist toen al dat je me wilde ontvoeren?'

'Nee.' Hij neemt mijn beide handen in de zijne. 'Ik had dat nog niet besloten. Maar ik wilde weten wie je was en of je veilig thuiskwam.'

Ik staar hem aan, zowel gefascineerd als verontrust. 'Wanneer besloot je me te ontvoeren?'

Zijn stralend blauwe ogen glinsteren. 'Dat was later pas, toen ik besefte dat ik maar aan je bleef denken. Ik ging naar je diploma-uitreiking omdat ik mezelf voorhield dat je niet zo mooi kon zijn als ik me herinnerde, niet zoals de foto's die ik van mijn mannen kreeg. Ik hield mezelf voor dat als ik je opnieuw in het echt zag, die obsessie zou verdwijnen... Maar dat gebeurde uiteraard niet.' Zijn lippen krullen ironisch. 'Het werd erger. Nog altijd, trouwens.'

Ik slik, niet in staat mijn blik af te wenden van de duistere intensiteit in zijn blik. 'Heb je er ooit spijt van? Dat je me zo kaapte?'

'Spijt dat je de mijne bent?' Hij trekt zijn wenkbrauwen op. 'Nee, poesje van me. Waarom zou ik?'

Ja, waarom zou hij. Ik weet niet wat ik dan had verwacht. Dat hij verliefd op me werd en nu spijt heeft van het feit dat hij me pijn deed? Dat ik zoveel voor hem beteken dat hij inziet dat zijn daden verkeerd waren?

'Geen idee,' zeg ik zacht. Ik trek mijn handen los. 'Ik vroeg het me gewoon af.'

Zijn uitdrukking verzacht zich. 'Nora...'

Ik leun naar hem toe, maar voor hij meer kan zeggen, worden we onderbroken door het vrolijke gelach van een kind. Een klein meisje met blonde staartjes komt op ons af, een grote groene bal in haar mollige handjes.

'Vang!' gilt ze. Ze smijt de bal naar Julian en ik kijk verbaasd toe als Julian een hand uitsteekt en het onhandig gegooide object handig opvangt.

De peuter schatert en holt op ons af met haar korte beentjes. Voor ik iets kan zeggen, slaat ze haar armen om Julians knieën alsof hij een boom is.

'Hoi,' zegt ze langzaam. De kuiltjes in haar wangen als ze breed naar Julian glimlacht, zijn aandoenlijk. 'Mag ik alsjeblieft mijn bal terug?' Elk woord wordt zo keurig uitgesproken dat een ouder kind er trots op zou zijn. 'Ik wil nog verder spelen.'

'Alsjeblieft.' Julian glimlacht naar haar als hij de bal teruggeeft. 'Je mag hem zeker terug.'

'Lisette!' Een bezorgde blonde vrouw snelt blozend naar ons toe. 'Daar ben je. Val die mensen niet lastig.' Ze pakt het kind bij haar arm en kijkt ons verontschuldigend aan. 'Het spijt me zo. Ze rende weg voor ik...'

'Het geeft niet,' stel ik haar grijnzend gerust. 'Ze is heel schattig. Hoe oud is ze?'

'Tweeënhalf, maar ze lijkt soms wel twintig,' zegt de vrouw trots. 'Ik weet niet van wie ze het heeft; haar vader en ik hebben nauwelijks de middelbare school gehaald.'

'Ik kan lezen,' kondigt Lisette aan, Julian nog steeds aanstarend. 'En jij?'

Julian gaat op een knie voor het meisje zitten. 'Ik ook,' zegt hij ernstig. 'Maar niet iedereen kan dat, dus daar heb je een groot voordeel mee.'

De peuter straalt. 'Ik kan ook tot honderd tellen.'

'Echt?' Julian kantelt zijn hoofd. 'Wat kun je nog meer?'

Nu de moeder ziet dat we geen last hebben van haar dochter, ontspant ze zich en laat de arm van het meisje los. 'Ze kent alle woorden van dat liedje uit Frozen,' zegt ze, over de haren van het meisje strijkend. 'En ze kan ze nog meezingen ook.'

'Kun je dat echt?' Julians vraag is wederom serieus en het meisje knikt enthousiast voor ze met hoge, kinderlijke stem het liedje begint te galmen.

Ik grijns en verwacht dat Julian haar vraagt om op te houden, maar dat doet hij niet. In plaats daarvan luistert hij aandachtig. Zijn uitdrukking is waarderend zonder neerbuigend te zijn. Als Lisette uitgezongen is, klapt hij voor haar en vraagt naar haar lievelingsfilms, waardoor het meisje enthousiast begint te kletsen over Assepoester en de Kleine Zeemeermin.

'Sorry, hoor,' zegt haar moeder opnieuw als Lisette maar door blijft gaan. 'Ik weet niet wat ze heeft vandaag. Normaal gesproken is ze niet zo open tegen vreemden.'

'Het geeft niet,' zegt Julian, soepel omhoog komend als Lisette even stil is om adem te halen. 'We vinden het niet erg. Je hebt een geweldige dochter.'

'Hebben jullie zelf kinderen?' Lisettes moeder glimlacht al even bewonderend naar hem als haar dochter. 'Je bent heel goed met haar.'

'Nee, nog niet.' Julians blik glijdt naar mijn buik.

'O!' De vrouw glimlacht breed naar ons. 'Gefeliciteerd. Julie krijgen schitterende kinderen, dat weet ik zeker.'

'Bedankt,' zeg ik blozend tegen haar. 'We kijken er echt naar uit.'

'Nou, we moeten gaan,' zegt Lisettes moeder, opnieuw haar dochter bij de arm pakkend. 'Kom Lisette, lieverd, zeg die aardige jonge mensen gedag. Zij moeten verder en wij gaan lunchen.'

'Tot ziens.' De peuter giechelt en zwaait naar Julian. 'Fijne dag nog.'

Julian zwaait glimlachend terug en draait zich dan naar me toe. 'Die lunch klinkt goed. Wat denk jij ervan, poesje van me? Tijd om naar huis te gaan?'

'Ja.' Ik leg mijn hand in de kromming van Julians elleboog. In mijn borst vormt zich een vreemde pijn. 'We gaan naar huis.'

Op de terugweg sta ik mezelf voor het eerst een korte dagdroom toe. Een fantasie waarin Julian en ik een normaal gezin vormen. Met mijn ogen dicht zie ik mijn voormalig ontvoerder voor me zoals vandaag in het park: een gevaarlijke, knappe man die naast een schattig klein meisje knielt.

Naast ons kind.

Een kind waar ik, in deze fantasie, met heel mijn hart naar verlang.

ulian

OP ZATERDAGOCHTEND STA IK VROEG OP EN GA NAAR DE KEUKEN. Rosa is er al en als ik hoor dat ze alles onder controle heeft, ga ik weer naar boven, naar Nora.

Ze slaapt nog. Ik loop naar het bed en trek voorzichtig de deken van haar af, terwijl ik probeer haar niet wakker te maken. Ze mompelt iets en draait zich op haar rug, maar doet haar ogen niet open. Ze ziet er heel sexy uit, naakt als ze daar ligt. Ik probeer mijn stijve te negeren als ik het warme flesje massageolie pak dat ik in de keuken heb opgewarmd en wat van de olie in mijn handpalm giet.

Omdat mijn poesje zo van een voetmassage houdt, begin ik met haar voeten. Zodra ik haar voetzolen aanraak, krullen haar tenen en ze kreunt slaperig. Het geluid windt me nog verder op, maar ik bedwing de neiging op het bed te klimmen en mezelf in haar verrukkelijke, strakke lichaam te verliezen.

Deze ochtend draait om haar genot.

Ik masseer één voet, elke teen evenveel aandacht schenkend, en richt me dan op de andere voet, voor ik verder ga met haar slanke kuiten en dijen. Tegen die tijd ligt Nora zowat te spinnen. Hoewel ze haar ogen nog steeds dicht heeft, weet ik dat ze wakker is.

'Van harte gefeliciteerd met je verjaardag, schatje,' prevel ik, over haar heen leunend om olie over haar gladde, strakke buik te strijken. 'Heb je lekker geslapen?'

'Mm.' Meer lijkt ze niet uit te kunnen brengen als ik mijn handen naar haar borsten verplaats. Haar stijve tepels duwen tegen mijn handpalmen en smeken erom gekust te worden. Ik ben niet in staat die verleiding te weerstaan en buig me voorover om een tepel in mijn mond te nemen, er vervolgens hard aan zuigend. Hijgend kromt ze haar rug. Haar ogen vliegen open en ik richt me op de andere borst, terwijl mijn met olie bedekte vingers zich naar haar klit verplaatsen.

'Julian,' kreunt ze. Ze begint sneller te hijgen als ik twee vingers in haar strakke, hete kutje duw en ze dan krul. 'O, God, Julian.' Haar woorden eindigen in een zachte kreun als haar lichaam verstrakt en dan schokt in haar ontlading.

Als ze tot rust gekomen is, trek ik mijn vingers

terug en laat ze over haar ribbenkast gaan. 'Draai je om, schatje,' zeg ik zacht. 'Ik ben nog niet klaar met je.'

Ze gehoorzaamt en ik pak het flesje massageolie weer. Na een ruime hoeveelheid in mijn hand te hebben gegoten, masseer ik haar nek, armen en rug, terwijl ze blijft kreunen van genoegen. Tegen de tijd dat ik bij de stevige rondingen van haar achterste ben, zit ik zelf te hijgen van opwinding. Ik klim op het bed, ga op haar dijen zitten en leun over haar heen om haar met mijn lichaam te bedekken.

'Ik wil je neuken,' fluister ik in haar oor. Ik weet dat ze mijn erectie tegen haar achterste voelt duwen. 'Wil jij dat ook, schatje? Wil je dat ik je neem en je opnieuw laat klaarkomen?'

Onder me gaat er een rilling door haar heen. 'Ja. Alsjeblieft.'

Een duistere glimlach vormt zich om mijn lippen. 'Uw wens is mijn bevel.' Ik rits mijn broek open, haal mijn penis eruit en sla mijn arm onder haar heupen om haar achterste beter in positie te duwen. Op een andere dag zou ik de olie op haar strakke kontje gieten en haar daar nemen om van haar ongemak te genieten, maar vandaag niet. Vandaag krijgt ze wat ze wil.

Ik duw mijn penis tegen haar gladde vagina en begin me in haar te duwen.

Een zachte, natte hitte omhult me als ik dieper in haar doordring. Ondanks de lust die door me heen raast, doe ik kalm aan zodat ze aan mijn omvang kan wennen. Als ik helemaal in haar ben, kreunt ze. Haar spieren klampen me vast en dat drijft me bijna over de rand.

'Julian...' hijgt ze, kronkelend als ik met lange, gecontroleerde stoten begin te bewegen. 'Alsjeblieft, Julian, laat me komen...'

Haar smeekbede is genoeg: met een hese grom begin ik haar harder af te neuken, mezelf in haar strakke, zachte lichaam rammend. Ik hoor haar schreeuwen en voel dat ze me nog harder omklemt als ze opnieuw klaarkomt. Kreunend bereik ik ook mijn orgasme, haar schokkende kutje volspuitend met mijn zaad.

Daarna strek ik me naast haar uit en neem haar in mijn armen.

'Gefeliciteerd met je twintigste verjaardag, schatje,' mompel ik tegen haar verwarde haren, en ze begint verrukt te lachen.

'O, Julian, dat had echt niet gehoeven,' protesteert Nora als ik het fijne diamanten hangertje om haar hals bevestig. 'Het is schitterend, maar...'

'Maar wat?' Ik stap achteruit en bewonder via de spiegel de aanblik van de maanvormige steen tegen haar goudkleurige huid.

Ze wendt zich van de spiegel af en kijkt me met haar donkere ogen serieus aan. 'Je hebt er al zo'n bijzondere dag van gemaakt, met die voetmassages en Rosa's pannenkoeken bij het ontbijt. Je hoefde me niet ook nog zo'n duur cadeau te geven. Ik heb helemaal niets voor jouw verjaardag gekocht.'

'Mijn verjaardag is in november,' zeg ik geamuseerd. 'Vorige november wist je nog niet eens dat ik de explosie had overleefd, dus kon je me niets voor mijn verjaardag geven. En het jaar ervoor, tja...' Ik glimlach bij de herinnering aan hoezeer ze me die eerste maanden op het eiland haatte.

'Juist.' Nora staart me recht aan. 'Het jaar ervoor had ik andere dingen aan mijn hoofd.'

Ik lach even. 'Dat denk ik ook. Maak je geen zorgen, echt. Ik vier mijn verjaardag toch nooit.'

'Waarom niet?' Haar wenkbrauwen trekken in een verwarde frons samen. 'Houd je niet van verjaardagen?'

'Niet mijn eigen, nee.' Mijn ouders vergaten mijn verjaardag regelmatig toen ik nog jong was en dus leerde ik hem zelf ook te vergeten. 'Maar dat heeft niets te maken met dit cadeau. Als je het niet mooi vindt, zoek ik iets anders voor je uit.'

'Nee.' Nora slaat in een bezitterig gebaar een hand over de ketting. 'Ik vind hem prachtig.'

'Dan is hij voor jou.' Ik stap naar voren en leg mijn vingers onder haar kin, om vervolgens een korte kus op haar lippen te drukken. 'Het is tijd om je klaar te maken. Je ouders willen graag met je lunchen.'

Ze knippert en staart me dan aan. 'Wat gaan we vanavond doen? Je zei dat we al plannen hadden.'

'Dat klopt. Ik neem je mee naar een restaurant in de stad.' Ik zwijg even en kijk haar aan. 'Of je moet iets anders willen doen? Jij mag kiezen.'

'Echt?' Haar gezicht licht op van opwinding. 'Kunnen we dan iets bijzonders gaan doen?'

'Zoals?'

'Kunnen we na het eten naar een nachtclub gaan?'

Mijn eerste reactie is 'nee', maar ik slik de woorden in. 'Waarom?' vraag ik in plaats daarvan.

Ze haalt haar schouders op, licht blozend. 'Geen idee. Het leek me gewoon leuk. Ik ben niet meer wezen stappen sinds...' Ze zwijgt en bijt op haar lip.

'Sinds je mij ontmoette.'

Ze knikt en ik denk terug aan ons gesprek na de lunch met haar vriendinnen. In Nora's stem schemerde een licht verlangen door toen ze het had over uitgaan en lol maken, een verlangen naar dingen die ze dacht nooit meer te ervaren.

'Naar welke club wil je gaan?' Overweeg ik dit echt? Ongelofelijk...

Nora's ogen schitteren. 'Welke club dan ook,' zegt ze snel. 'Wat je het veiligst lijkt. Het maakt mij niet uit waar we heengaan, als er maar muziek is om op te dansen.'

'Wat vind je van degene waar we elkaar ontmoet hebben?' stel ik voorzichtig voor. 'Mijn mannen kennen het gebouw, dus is het makkelijker...'

'Ja, perfect,' onderbreekt ze me stralend. 'Mag Rosa ook mee? Ik weet zeker dat ze het geweldig zou vinden.' Mijn uitdrukking moet op mijn gezicht leesbaar zijn geweest, want ze voegt er snel aan toe: 'Alleen naar de club, niet naar het diner. Ik wil alleen met jou dineren.'

Ik zucht. 'Ja, hoor. Ik zal haar laten ophalen door een van de chauffeurs zodat we haar na het eten bij de nachtclub zien.'

Nora slaakt een gilletje en slaat haar armen om mijn nek. 'Dank je wel! Ik kan niet wachten. Het wordt geweldig.'

Terwijl zij met haar ouders gaat lunchen, beleg ik een vergadering met Lucas om te kijken hoe we op zaterdagavond een populaire nachtclub in Chicago goed kunnen beveiligen.

'WAUW, JULIAN, DIT IS GEWELDIG,' ROEPT NORA UIT ALS we het chique Franse restaurant waar we gaan dineren binnenlopen. 'Hoe heb je kunnen reserveren? Ik heb gehoord dat mensen maanden moeten wachten...' Dan rolt ze met haar ogen. 'O, laat ook maar. Waar heb ik het over? Natuurlijk ben jij in staat hier te reserveren.'

Ik glimlach om haar duidelijke enthousiasme. 'Ik ben blij dat je het leuk vindt hier. Laten we hopen dat het eten even goed is als de aankleding.'

Een ober brengt ons naar onze tafel, die zich in een privéhoek achterin het restaurant bevindt. In plaats van wijn bestel ik een fles bruisend water. Daarna bestel ik het menu van de chef, na de beperkingen wegens Nora's zwangerschap uitgelegd te hebben.

'Uitstekend, mijnheer,' zegt de ober met een lichte buiging. Voor we het weten staat het voorgerecht op tafel.

We smullen van aspergerisotto en langoustineravioli, terwijl Nora me over haar lunch vertelt en hoe blij haar ouders waren haar verjaardag met haar te kunnen vieren. 'Ze hebben me nieuwe verfkwasten gegeven,' zegt ze grijnzend. 'Blijkbaar is mijn vader niet langer sceptisch over mijn hobby.'

'Mooi, schatje. Dat hoeft hij ook niet te zijn. Je hebt heel veel talent.'

'Dank je wel.' Ze schenkt me een stralende glimlach en pakt haar glas water.

We praten verder en ik kan mijn blik niet van haar afhouden. Ze straalt vanavond; ze is mooier dan ooit. Haar blauwe strapless jurk is sexy en elegant tegelijk, ook al vind ik hem eigenlijk veel te kort. Toen ik haar eerder vanavond de trap af zag komen, met die jurk aan en op zilveren hakken, had ik enorme moeite haar niet mee naar boven te sleuren en de komende drie dagen in bed te houden. Haar lippen glanzen en haar ogen zijn extra aangezet; dat helpt ook niet. Steeds als ze die lippen om een vork sluit, stel ik me voor dat het mijn penis is. Ik zit dus al de hele avond met een stijve.

'Weet je, je hebt me nooit verteld wat je überhaupt die avond in die club deed,' zegt ze halverwege de derde gang. 'Waarom was je in Chicago? Je doet toch meestal zaken buiten de VS?'

'Ja,' zeg ik knikkend. 'Ik was er ook niet voor zaken in die zin. Een kennis van me had me zijn hedgefondsspecialist aanbevolen en ik had die dag een sollicitatiegesprek met hem om te zien of hij mijn persoonlijke portfoliomanager zou worden.'

'O.' Nora spert haar ogen open. 'Is dat dezelfde met wie je van de week een afspraak had?'

'Ja. Hij beviel me, dus huurde ik hem in. Toen besloot ik iets van de stad te gaan bekijken en zo kwam ik in die club terecht.'

'Maakte je je toen niet druk om de beveiliging dan?'

'Ik had een paar mannen bij me, maar Al-Quadar vormde nog geen grote bedreiging en ik hoefde me ook geen zorgen te maken om jou, schatje.' Pas toen ik Nora had, raakte ik geobsedeerd door veiligheid. Mijn poesje beseft niet hoe kwetsbaar ze me maakt, realiseert niet wat ik allemaal voor haar zou doen. Als ik er zeker van was geweest dat Majid haar ongeschonden had laten gaan, had ik hem het explosief en wat Al-Quadar verder nog had willen hebben zo gegeven.

Ik had alles gedaan om haar terug te krijgen.

'Was je van plan die avond een vrouw op te pikken?' Nora neemt een nipje van haar glas. Haar toon is nonchalant, maar de blik in haar ogen zegt me het tegenovergestelde.

Haar jaloezie laat me glimlachen. 'Misschien,' plaag ik haar. 'Dat is de reden dat de meeste mannen naar clubs gaan. Niet om te dansen, dat kan ik je verzekeren.'

'Dus daar kwam je voor?' Ze leunt naar voren, de vork in haar kleine hand klemmend. 'Heb je iemand mee naar huis genomen nadat ik weg was gegaan?'

Ik heb zin om haar nog verder te plagen, maar ik kan mezelf er niet toe zetten zo wreed te zijn. 'Nee, poesje van me. Ik ging die avond alleen naar mijn hotelkamer, niet in staat aan iemand anders te denken dat het mooie, kleine meisje dat ik had ontmoet.' En ik droomde van haar. Van haar gezicht, dat zo op dat van Maria leek... van haar zachte huid en delicate rondingen.

Van de duistere, verknipte dingen die ik haar wilde aandoen.

'Ik begrijp het.' Nora ontspant zich en een glimlach verschijnt op haar gezicht. 'En de dag erna? Ging je toen opnieuw uit?'

'Nee.' Ik pak een met krab gevulde vijg. 'Ik zag er het nut niet van.' Ik was veel te geobsedeerd door haar; urenlang nam ik de foto's door die mijn mannen stuurden.

Ik wist toen al dat ik geen vrouw ooit nog zo zou begeren.

ora

TEGEN DE TIJD DAT WE HET RESTAURANT VERLATEN, HEB ik het gevoel dat ik in de zevende hemel ben. Ons diner vanavond was net een echte date en voor het eerst in maanden bezie ik de toekomst met hoop.

We zullen misschien nooit 'normaal' worden, maar dat betekent niet dat we nooit gelukkig kunnen zijn.

Terwijl we naar de club rijden, sta ik mezelf opnieuw toe te dagdromen van Julian en mijzelf en ons gezinnetje. Het voel echter, meer solide. Voor het eerst zie ik ons voor me, met een kind dat we samen opvoeden. Het zal niet makkelijk zijn en we zullen altijd omringd worden door bewaking, maar het is mogelijk. We kunnen het laten slagen. Het grootste deel van de tijd zullen we op het landgoed wonen, maar we kunnen ook reizen. We gaan op bezoek bij mijn ouders en vrienden, bezoeken plaatsen in Europa en Azië. Ik begin een carrière als kunstenares en Julians bedrijf zou naar de achtergrond verdwijnen, in plaats van het middelpunt van ons leven te vormen.

Het wordt misschien niet het leven waar ik als kind van droomde, maar het wordt een goed leven.

Door de drukte op de weg doen we er een half uur over om bij de club te komen. Als we uitstappen, staat Rosa al ons op te wachten. Als ze me ziet, begint ze te grijzen en rent naar de auto toe.

'Nora, wat zie je er mooi uit,' roept ze uit, voor ze zich tot Julian wendt. 'U ook, Señor.' Ze schenkt ons beiden een brede, stralende glimlach. 'Dank jullie wel dat ik mee mag vanavond. Ik wilde altijd al zo graag naar een Amerikaanse nachtclub.'

'Ik ben blij dat je erbij kunt zijn,' vertel ik haar met een glimlach. 'Je ziet er geweldig uit.' En dat doet ze ook. Met haar sexy rode hakken en een korte gele jurk die haar rondingen benadrukt, ziet Rosa er sexy genoeg uit om een pin-up te kunnen zijn.

'Vind je echt?' vraagt ze gretig. 'Ik heb deze jurk in de stad gekocht. Ik was bang dat hij misschien té zou zijn.'

'Onmogelijk,' zeg ik ferm. 'Je ziet er waanzinnig uit. Kom op, we gaan lekker dansen.' Ik pak haar bij de arm en trek haar mee naar de deur van de club. Een geamuseerde Julian komt achter ons aan.

Ondanks dat de club in een ouder, schimmiger deel van de stad ligt, staat er een lange rij mensen voor de deur. Blijkbaar is deze plek nog populairder dan twee jaar geleden. De mannen staren naar Rosa en mij terwijl we langslopen, en ook Julian trekt vele bewonderende blikken van de aanwezige dames. Ik neem het ze niet kwalijk, al zou een duister deel van mij ze het liefst de ogen uitsteken. Mijn echtgenoot heeft zich vanavond opgedoft in een goed gesneden blazer en een donkere designerspijkerbroek. De kleding laat hem er moeiteloos sexy uitzien, alsof hij zo bij een filmpremière is weggelopen. Uiteraard verbergen filmsterren meestal geen wapens of messen onder hun stijlvolle kleding, maar daar probeer ik niet aan te denken.

Nadat Julian met de uitsmijter heeft gesproken, mogen we langs de rij naar binnen lopen. We worden niet naar onze ID's gevraagd, zelfs niet aan de bar, waar Julian een drankje koopt voor Rosa. Ik vraag me of dat komt doordat Julians mannen het management al ingelicht hebben.

Hoe dan ook is het gaaf.

Het is pas 22.00 uur, maar de club is druk en uit de speakers galmen de laatste pop- en hip-hophits. Hoewel ik niets gedronken heb, voel ik me high en duizelig van opwinding. Lachend trek ik Rosa en Julian de megadrukke dansvloer op, waar iedereen al tegen elkaar aan staat te schuren.

In het midden van de dansvloer draait Julian me om en trekt me tegen zich aan, me van achteren vasthoudend als we op de muziek beginnen te bewegen. Meteen besef ik wat hij doet. Als hij me zo vasthoudt, kan ik Rosa zien en dansen we feitelijk met zijn drieën, hoewel Julians grote lichaam me omhult. Niemand kan aan me komen, per ongeluk of expres. Niet zonder hem als eerste aan te raken.

Zelfs midden op een overvolle dansvloer behoor ik nog alleen aan Julian toe.

Rosa grijnst. Blijkbaar heeft zij Julians bedoeling ook door. Ze lijkt nog opgewondener dan ik. Haar ogen stralen terwijl ze losgaat op het nieuwste nummer van Lady Gaga. Het duurt dan ook niet lang voor ze een paar knappe jongens heeft aangetrokken. Ik kijk grinnikend toe als ze met hen begint te flirten en langzaam weg beweegt van Julian en mij.

Zodra zij in beslag genomen is door haar danspartners, draait Julian me naar hem toe. 'Hoe voel je je, schatje?' vraagt hij. Zijn zware stem dringt door de muziek heen. De gekleurde lichten die rondflitsen maken hem bizar knap. 'Moe? Misselijk?'

'Nee.' Ik schud vurig mijn hoofd, maar glimlach wel. 'Ik voel me fantastisch. Beter dan fantastisch, zelfs.'

'Dat zie ik,' prevelt hij. Hij trekt me dichter tegen zich aan en ik bloos als ik zijn erectie door zijn spijkerbroek heen voel. Hij wil me en mijn lichaam reageert meteen. De ritmische dreun van de muziek wordt weerkaatst in het bonzende gevoel van opwinding in mijn onderbuik. We worden omgeven door mensen, maar die verdwijnen naar de achtergrond als we elkaar aanstaren en onze lichamen samen in een primitief, seksueel ritme bewegen. Mijn borsten worden zwaar en mijn tepels duwen tegen hem aan als ik me tegen zijn borst druk. Zelfs door de lagen kleding tussen ons in heen voel ik de hitte van zijn lichaam, een hitte die gelijk is aan die in mezelf.

'Verdomme, schatje,' gromt hij terwijl hij op me neer kijkt. Zijn heupen bewegen van voor naar achter in onze dans, zowel gedreven door het ritme van de muziek als onze honger naar elkaar. 'Je mag deze jurk nooit meer dragen.'

'Deze jurk?' Ik staar hem aan. Mijn lichaam staat in vuur en vlam. 'Denk je dat het aan de jurk ligt?'

Hij sluit zijn ogen en haalt even diep adem, voor hij ze weer opent en me aankijkt. 'Nee,' zegt hij schor. 'Het gaat niet om de jurk, Nora. Het gaat om jou. Het gaat verdomme altijd om jou.'

Eigenlijk verwacht ik dat hij me hier en nu over zijn schouder gooit, maar dat doet hij niet. Hij creëert zelfs wat afstand tussen ons. Ik voel hem nog steeds tegen me aan, maar de rauwe seksualiteit is verminderd, waardoor ik weer normaal kan ademhalen. We blijven nog een paar liedjes lang dansen, tot ik dorst krijg.

'Mag ik wat water gaan halen?' Ik verhef mijn stem om boven de muziek uit te komen en Julian knikt, waarna hij me naar de bar leidt. Als we langs Rosa komen, zie ik dat ze tussen twee jongens in staat te dansen. Ik geef haar een knipoog en steek mijn duim op. Dan verlaten we de dansvloer.

Julian haalt een glas ijswater voor me en ik gulp het gretig naar binnen. Hij kijkt glimlachend toe en ik weet dat ook hij zich onze eerste ontmoeting bij deze bar herinnert.

Als we weer naar de dansvloer lopen, zie ik Rosa achterin de zaal richting de toiletten lopen. Ze zwaait lachend naar me en ik zwaai terug, waarna ik me tot Julian wend.

'Laten we nog wat dansen.' Ik pak zijn hand en we duiken de menigte weer in als er een nieuw nummer opklinkt.

Een paar minuten later merk ik dat mijn blaas behoorlijk vol begint te raken.

'Ik moet plassen,' zeg ik tegen Julian. Grijnzend leidt hij me de dansvloer weer af. We lopen samen naar de achterkant van de club en ik ga in de rij voor de damestoiletten staan. Julian leunt tegen de muur, toekijkend terwijl ik in de beschaduwde, ronde hal sta te wachten. Ik vraag me af of hij me zelfs hier nog beschermt en schiet bijna in de lach bij het idee dat hij zich genoeg zorgen maakt om met me mee te gaan naar het damestoilet.

Maar dat doet hij gelukkig niet. Hij blijft bij de ingang van de hal staan, zijn armen over elkaar geslagen.

De rij is lang en het duurt bijna vijftien minuten voor ik aan de beurt ben. Ik stap snel de kleine ruimte binnen en doe wat ik moet doen. Pas als ik mijn handen aan het wassen ben, realiseer ik me dat Rosa ook deze kant op ging, maar dat ik haar niet heb zien terugkomen.

Ik haal mijn telefoon uit mijn tasje en schrijf Julian een berichtje: *Heb jij Rosa langs zien lopen? Zie je haar ergens?*

Er komt niet meteen antwoord, dus verlaat ik het toilet en loop terug, als een flits van iets roods mijn aandacht trekt. Met een frons loop ik verder, langs de toiletruimte, en dan zie ik het.

Een rode, hooggehakte schoen ligt verlaten op de vloer.

Mijn hart slaat over.

Ik buk om hem op te rapen en voel een rilling over mijn rug gaan.

Er is geen twijfel mogelijk. Die schoen is van Rosa.

Mijn hart begint te bonzen en ik ga rechtop staan. Maar ik zie haar nergens als ik om me heen kijk. Er zit een bocht in de gang, dus ik zie ook de toiletten niet meer.

Ik laat de schoen vallen en pak opnieuw mijn telefoon. Julian heeft een berichtje teruggeschreven. *Nee, ik zie haar nergens.*

Ik begin een antwoord te typen, maar dan gaat een deur een stukje verderop, die ik niet gezien had, open.

Een kleine, dunne knul stapt naar buiten en sluit de deur achter zich, om er vervolgens tegenaan te leunen.

Hij is nog jong, besef ik als ik hem goed in me opneem. Een tiener, zijn bleke, besproete gezicht baardloos. Zijn houding is nonchalant, haast lui, maar de manier waarop hij me opneemt, bezorgt me de kriebels.

'Sorry, hoor.' Ik loop langzaam naar hem toe, walgend van de geur van alcohol en sigaretten die om hem heen hangt. 'Heb je mijn vriendin gezien? Ze draagt een gele jurk...'

Hij spuugt voor mijn voeten op de vloer. 'Rot op, trut.'

Ik ben zo geschokt dat ik een pas achteruit zet. Dan voel ik een vlaag van woede en adrenaline. 'Pardon?' Mijn handen ballen zich tot vuisten. 'Wat zei je daar tegen me?'

De houding van de tiener wordt strijdlustiger. 'Ik zei...'

En dan hoor ik het.

Een gillende vrouwenstem, gevolgd door het geluid van een vallend object. Het komt achter de deur vandaan.

Adrenaline raast door me heen. Zonder na te denken stap ik naar voren, omhoog zwaaiend met mijn rechtervuist zoals Julian me het geleerd heeft. De impuls van de beweging versterkt de kracht van de klap en de jongen snakt naar adem als mijn vuist hem net onder het borstbeen raakt. Hij klapt dubbel en mijn knie vliegt omhoog, in zijn ballen.

Krijsend grijpt hij naar zijn kruis en laat zich zakken. Ik grijp zijn nek en gebruik zijn eigen impuls terwijl ik mijn rechtervoet uitsteek.

Het werkt nog beter dan tijdens de trainingen.

Hij klapt met wapperende armen naar voren en ramt met zijn hoofd tegen de muur aan de andere kant van de gang. Dan zakt hij bewegingsloos naar de grond.

Met open mond en bevend staar ik naar hem. Ongelofelijk dat ik dat net heb gedaan.

Ik kan niet geloven dat ik een man in een gevecht

verslagen heb - zelfs al was die man een dronken tiener.

Een tweede schreeuw van achter de deur haalt me uit mijn shock.

Ik herken die stem en een nieuwe vlaag van adrenaline drijft mijn hartslag door het dak. Ik reageer op puur instinct en spring over de bewusteloze jongen heen om de deur open te gooien.

De kamer is lang en smal, met een tweede deur aan de andere kant. Naast die deur staat een vieze bank. Op die bank zie ik mijn vriendin, vechtend en snikkend onder het zware lichaam van een man.

Heel even ben ik te verbijsterd om te reageren, maar dan zie ik rode vegen op de zoom van Rosa's gele, nu gescheurde jurk.

Een vlaag van withete woede vaagt al mijn voorzichtigheid weg.

'Laat haar los!' Ik storm de kamer binnen. Geschrokken springt de man van Rosa af. Maar dan lijkt hij zich zijn smerige plan weer te herinneren: hij grijpt haar bij haar haren en trekt haar zo van de bank.

'Nora!' krijst Rosa hysterisch, wijzend naar een punt achter me.

Ik draai me verschrikt om, maar het is al te laat.

De andere man is al bij me en zijn hand vliegt richting mijn gezicht.

De klap slaat me tegen de muur en de impact dreunt door mijn lichaam.

Versuft zak ik op de grond. Door het suizen in mijn

oren heen hoor ik een man zeggen: 'Jij mag die neuken als je wilt. Ik neem deze wel in de auto.'

Terwijl ruwe handen aan mijn kleren beginnen te trekken, zie ik Rosa door haar belager richting de andere deur gesleept worden.

24

Julian

Verveeld kijk ik de gang in. Nora staat al vooraan in de rij, dus leun ik weer tegen de muur en bereid me op nog langer wachten. Ook beslis ik in stilte nooit meer terug te gaan naar deze club. Blijkbaar zijn deze rijen normaal, maar waarom hebben ze niet gewoon meer damestoiletten gebouwd?

Ik pak mijn telefoon en bekijk voor de derde keer mijn e-mail. Zoals ik verwachtte, is er in de laatste drie minuten niets nieuws binnengekomen, dus steek ik mijn telefoon weg en overweeg of ik aan de bar een drankje ga halen. Ik ben al de hele avond nuchter om mijn reflexen scherp te houden - stel dat er iets gebeurt -, maar één biertje kan geen kwaad.

Toch besluit ik het niet te doen. Hoewel ik meerdere bewakers op strategische plaatsen in de club heb laten plaatsen, vind ik het niet prettig Nora meer dan een paar minuten uit mijn zicht te laten. Ik zou met haar in die rij zijn gaan staan, maar de kromme gang is zo nauw dat er nauwelijks maar plek is voor de rij vrouwen en af en toe een man, die zich erlangs moet wurmen.

Daarom amuseer ik mezelf met het kijken naar de dansende menigte. Iedereen schuurt tegen elkaar en de atmosfeer is seksueel geladen, maar de flikkerende lichten en stampende beat doen me niets. Zonder Nora in mijn armen om me op te winden, zou ik net zo goed op een straathoek naar groeiend gras kunnen staan kijken.

Mijn telefoon trilt, wat mijn gedachten onderbreekt. Ik haal hem uit mijn zak en bekijk fronsend Nora's berichtje.

Heb jij Rosa langs zien lopen? Zie je haar ergens?

Ik kijk opnieuw de gang in. Ik zie noch Rosa, noch Nora, maar het meisje dat achter Nora stond, staat nog op haar beurt te wachten.

Nora moet dus nog op het toilet zijn. Tevreden gesteld laat ik mijn blik door de menigte in de club gaan, op zoek naar een gele jurk. Het is moeilijk zien in het schemerlicht, met al die mensen, maar Rosa's jurk is zo fel dat ik haar zou moeten kunnen vinden.

Maar ik zie haar nergens. Niet aan de bar, niet op de dansvloer.

Met een ongerust gevoel werk ik mezelf door de

menigte heen om aan de andere kant van de bar te gaan kijken.

Niets. Nergens een gele jurk.

Mijn ongerustheid slaat om in rinkelende alarmbellen. Ik pak opnieuw mijn telefoon en vraag de locatie van Nora's zenders op.

Ze is nog steeds bij de toiletten, of net erbuiten.

Een heel klein beetje gerustgesteld stuur ik Lucas een berichtje dat hij de mannen moet waarschuwen, waarna ik Nora mijn antwoord stuur. Dan ga ik op weg naar de toiletten. Misschien ben ik paranoïde, maar ik wil Nora bij me hebben. Nu. Mijn instinct schreeuwt dat er iets mis is en ik kan me niet ontspannen tot ze veilig aan mijn zijde is.

In de gang zie ik dat de rij met vrouwen alleen maar toegenomen is. Zelfs voor het herentoilet staat nu een rij. De nauwe gang wordt volledig geblokkeerd, dus ik duw mensen opzij, hun protesten negerend.

Nora is nergens in die rij, al geven haar zenders aan dat ze wel in de buurt is. Ze is ook niet op het damestoilet, zie ik als ik erlangs kom. Volgens de app bevindt ze zich zo'n tien meter verderop, iets links van de bocht in de gang. Ik ben nu uit de menigte en begin sneller te lopen, voortgestuwd door mijn bezorgdheid.

Dan zie ik het.

Het lichaam van een man op de vloer, naast een gesloten deur.

Mijn bloed lijkt te bevriezen. Ik proef de metalige, scherpe smaak van angst in mijn mond. Als iemand

Nora heeft ontvoerd, als ze haar iets hebben aangedaan...

Nee, ik sta mezelf niet toe dat te denken. Niet nu ze me nodig heeft.

Een ijzige kalmte verdrijft de angst. Ik buk me en haal het mes uit mijn enkelholster. Als het tussen mijn riem zit, kan ik er snel bij. Dan pak ik mijn pistool en stap over het lichaam heen. Het bloed dat uit het voorhoofd van de man druipt, negeer ik.

Volgens de app is Nora vlakbij - achter die deur.

Ik haal diep adem, duw de deur open en stap de kamer in.

Meteen trekt een gesmoorde kreet rechts van me mijn aandacht. Ik draai me om en zie twee figuren worstelen bij de muur. Weg is mijn kalmte.

Nora - mijn Nora - vecht met een man die twee keer zo groot is als zij. Hij ligt op haar. Zijn ene hand smoort haar geschreeuw, terwijl hij met de andere aan haar kleding trekt. Haar ogen staan wild en woedend, haar handen tot klauwen gekromd om zijn gezicht en hals te bekrassen. Hij zit dan ook onder de bloederige strepen.

Een rode waas daalt over mijn blik neer. Een woede die heviger is dan welke woede die ik ooit ervaren heb, vlamt op.

Met één sprong bevind ik me bovenop ze en sleur ik de man van Nora af. Ik schiet niet - stel dat ik haar zou raken - maar ik heb het mes al vast als ik hem tegen de vloer duw en met mijn linkerarm zijn strot dichtduw. Zijn ogen puilen uit zijn hoofd en hij snakt naar adem, maar ik hef het mes op en steek het meermaals in zijn zij. Heet bloed spuit alle kanten op en ik ruik zijn angst, het besef van zijn aanstaande dood. Zijn handen beuken tegen mijn lijf, maar ik voel ze niet. Ik zie alleen zijn blik als ik op hem in blijf steken, mijn mes op en neer gaand in zijn lichaam. Ik geniet van zijn doodsstrijd.

'Julian!' Nora's schreeuw haalt me uit mijn bloedlust en ik spring op. De aanvaller laat ik schokkend op de vloer liggen.

Nora staat te trillen. Haar mascara is uitgelopen en tranen lopen over haar wangen terwijl ze zichzelf aan de muur omhoog probeert te hijsen.

Verdomme. Een ziekmakende angst vervult me. Ik vlieg op haar af en houd haar tegen me aan. Mijn handen glijden over haar lichaam, op zoek naar verwondingen. Het lijkt niet alsof er iets gebroken is, maar haar onderlip is gezwollen en bloedt. Haar jurk is aan de bovenzijde kapotgetrokken. En het kind... Nee, daar mag ik niet aan denken.

'Ben je gewond, schatje?' Mijn stem is nauwelijks herkenbaar. 'Heeft hij je pijn gedaan?'

Ze schudt haar hoofd. Haar blik is nog steeds wild. 'Nee.' Ze draait zich met verrassende kracht om in mijn armen en begint tegen me aan te duwen. 'Laat me los! We moeten achter haar aan!'

'Wat? Wie?' Geschrokken stap ik achteruit, maar ik houd haar bij een arm zodat ze niet kan vallen.

'Rosa! Hij heeft haar meegenomen, Julian! Hij pakte haar vast en sleepte haar die kant op, naar buiten.' Nora wijst met haar vrije hand in de richting van de deur achterin. 'We moeten achter haar aan!' Ze klinkt zowat hysterisch.

'Een tweede man heeft Rosa meegenomen?'

'Ja! Hij zei...' Nora's stem eindigt in een snik. 'Hij zei dat hij haar in de auto zou verkrachten. Ze waren met zijn tweeën en één van hen nam Rosa mee!'

Een nieuwe vlaag van woede vervult me. Ik ken Rosa misschien niet goed, maar ik vind haar aardig en ze valt onder mijn bescherming. Het idee dat iemand dit heeft gewaagd, dat iemand Nora en haar zo heeft aangevallen...

'Schiet op!' Nora rukt aan de arm waarmee ik haar vasthoud om me richting de deur te trekken. 'Kom op, Julian, we moeten opschieten. Hij heeft haar net pas die kant op gesleurd, dus we kunnen ze nog inhalen!'

Verdomme. Elke spier in mijn lichaam beeft van de spanning. Ik heb me nog nooit zo verscheurd gevoeld. Nora is gewond en alles in mij schreeuwt dat zij mijn eerste prioriteit is, dat ik haar mee moet nemen en zo snel mogelijk in veiligheid moet brengen. Maar als wat ze zegt waar is, kan ik Rosa alleen redden door meteen in te grijpen... En mijn mannen zijn hier pas over een paar minuten.

'Alsjeblieft, Julian!' smeekt Nora snikkend. De paniek in haar ogen doet het hem.

'Blijf hier.' Mijn stem klinkt kil en hard als ik haar loslaat en een stap naar achteren zet. 'Ga nergens heen.'

'Ik ga mee...'

'Vergeet dat maar.' Ik pak mijn pistool en geef het

haar. 'Je wacht hier op me en iedereen die je niet kent, schiet je neer.'

Voor ze met me in discussie kan gaan, snel ik naar de deur. Intussen stuur ik Lucas een bericht over de situatie.

25

Nora

ZODRA JULIAN DE DEUR UIT IS, LAAT IK ME MET HET pistool in mijn handen geklemd op de grond zakken. Mijn benen trillen, het duizelt me en ik voel me kotsmisselijk. Er is niet veel meer nodig om me over het randje te drijven. Alleen de wetenschap dat Julian op weg is om Rosa te redden, voorkomt dat ik compleet hysterisch word. Ik haal beverig adem en veeg met de rug van mijn hand mijn wangen droog. Als ik mijn hand laat zakken, zie ik een veeg rood.

Bloed.

Er zit bloed op mijn gezicht.

Ik staar ernaar, zowel gefascineerd als walgend. Het is vast van de man die Julian gedood heeft. Julian was bedekt met bloed toen hij me aanraakte, dus zit het nu overal. De rode vegen op mijn borst en armen doen me aan een van mijn schilderijen denken. Vreemd genoeg kalmeert die analogie me een beetje. Ik haal nog eens diep adem en kijk naar de dode man, die een eindje van me af ligt.

Nu hij me niet probeert te overweldigen, dringt het tot me door dat ik hem herken. Hij is een van de twee jongens met wie Rosa aan het dansen was! Houdt dat in dat de tweede verkrachter de andere jongen is? Ik probeer me zijn gezicht voor de geest te halen, maar hij is niet meer dan een vage herinnering. Ook de tiener die voor de deur stond, heb ik niet eerder gezien. Hoorde hij bij Rosa's dansmaatjes? Maar waarom dan? Het slaat nergens op. Zelfs als ze alle drie serieverkrachters zijn, zouden ze toch niet denken dat ze weg konden komen met zo'n brute aanval in een club?

Maar goed, de beweegredenen van de dode man zijn niet langer relevant. Ik weet zeker dat hij dood is, want hij beweegt niet meer. Zijn ogen staren in het niets en zijn mond hangt half open. Een straaltje bloed sijpelt over zijn wang. Hij stinkt ook naar de dood, besef ik. Naar bloed, angst en ontlasting. Zodra de walgelijke geur tot me doordringt, kruipt ik achteruit, richting de bank.

Opnieuw is er een man voor mijn ogen vermoord. Ik wacht op afschuw en walging, maar dat is niet wat ik voel. Ik voel alleen een soort felle vreugde. Als in een film zie ik Julians mes steeds weer opnieuw in de zij van de man verdwijnen, maar het enige wat ik kan denken is dat ik blij ben dat hij dood is.

Ik ben blij dat Julian hem heeft afgemaakt.

En vreemd genoeg zit mijn gebrek aan medeleven me ditmaal niet dwars. Ik voel nog steeds de handen van de man over mijn lichaam gaan, voel zijn nagels op mijn huid toen hij mijn kleren kapot trok. Hij slaagde erin me te overmeesteren omdat ik versuft was van de klap. Hoe hard ik ook vocht, ik had geen kans gemaakt. Als Julian niet was binnengekomen...

Nee. Die gedachte kap ik meteen af. Julian kwam wel, dus ik hoef niet aan het ergste te denken. Al met al ben ik er met minimale schade vanaf gekomen. Mijn kapotte lip bonst en mijn rug voelt aan alsof hij uit één grote blauwe plek bestaat, maar er is niets onherstelbaar beschadigd. Mijn lichaam herstelt wel. Ik ben al eerder mishandeld en dat heb ik ook overleefd.

De vraag is of dat ook voor Rosa geldt.

Het idee dat ze verwond, gebroken en geschonden is, maakt me furieus. Ik wil dat Julian die man even bruut afslacht als de andere. Ik ben zelfs in staat om het zelf te doen. Eigenlijk had ik erop willen staan dat ik mee mocht, maar in discussie gaan met Julian had Rosa's redding alleen vertraagd.

Nu kan ik alleen maar wachten en hopen dat Julian haar terugvindt.

Als ik mijn tasje op de vloer zie liggen, kruip ik erheen. Iedere beweging doet zeer, maar ik wil die tas. Mijn telefoon zit erin, wat inhoudt dat ik Julian kan bereiken. En dat is belangrijk - want ik realiseer me ineens dat niet alleen Rosa op dit moment in gevaar is.

Mijn echtgenoot ook.

Nee, die gedachte smoor ik ook meteen. Ik weet waar Julian tot in staat is. Als iemand dit aankan, is het mijn ontvoerder wel. Julians leven is al van kinds af aan in bloed gedrenkt, dus een rotzak of twee vermoorden moet een eitje voor hem zijn.

Tenzij die rotzak gewapend is of vriendjes bij zich heeft.

Nee. Ik knijp mijn ogen dicht en duw die gedachten weg. Julian komt zo terug met Rosa en alles komt goed. Dat moet wel. We worden een gezin, gaan samen een leven opbouwen...

Een gezin.

Mijn ogen schieten open en mijn hand vliegt naar mijn buik. Voor het eerst dringt tot me door dat Rosa en ik niet de enige slachtoffers hadden kunnen zijn als Julian ons niet was komen redden. Als ik verkracht was of meer klappen had opgelopen, had dat ook de baby iets kunnen aandoen.

Die afschuwelijke gedachte beneemt me letterlijk de adem.

Ik begin opnieuw te trillen en de tranen rollen wederom over mijn wangen. Ik weet niet eens waarom ik huil. Alles is in orde. Dat moet wel.

Ik houd mijn tasje stevig tegen me aan gedrukt en houd mijn ogen op de achterdeur gericht. Ieder moment kan Julian binnen lopen, met Rosa bij zich, en dan wordt ons leven weer normaal.

Ieder moment.

De seconden lijken voorbij te kruipen. Ik kan wel gillen, zo langzaam lijkt de tijd te verstrijken. Ik staar naar de deur tot mijn tranen ophouden en mijn ogen beginnen te branden van het staren. Hoe hard ik het ook probeer, ik kan mijn sombere gedachten niet op afstand houden. De angst in mijn binnenste lijkt me te willen opslokken, mijn ratio weg te vreten tot er niets meer over is.

Uiteindelijk gaat de deur piepend open.

Ik spring op, mijn pijn vergeten, maar dan herinner ik me Julians laatste woorden.

Hij is niet de enige die door die deur zou kunnen komen.

Met bevende handen richt ik het wapen, en wacht.

ulian

ZODRA IK LUCAS EEN BERICHT HEB GESTUURD, OPEN IK de deur en stap de steeg achter de club in. Meteen word ik overweldigd door de geur van vuilnis en urine. Het moet geregend hebben terwijl we binnen waren, want het kapotte asfalt is nat en het licht van een nabije straatlantaarn wordt weerkaatst door olieachtige plassen.

Ik bedwing mijn woede en onrust lang genoeg om methodisch mijn omgeving af te speuren. Ik denk later wel terug aan Nora's betraande gezicht en hoezeer ik het heb verknoeid. Nu moet ik me op Rosa's redding richten.

Dat ben ik Nora en haar verschuldigd.

Ik zie niemand, dus baan ik me een weg tussen de containers door, richting de straat. Een paar ratten schieten voor mijn voeten weg. Misschien voelen ze het geweld in mij aan, de bloedlust die bij elke stap sterker wordt.

Eén dode is niet genoeg. Bij lange na niet genoeg.

Mijn voetstappen weerkaatsen tegen de muren als ik een bocht omga en in een smalle zijstraat uitkom. Dan zie ik het.

Twee personen die staan te worstelen bij een witte SUV, een meter of dertig verderop.

Ik zie het geel van Rosa's jurk en de man die haar de auto in wil sleuren. Withete woede raast opnieuw door me heen.

Ik pak mijn mes en hol op ze af.

Het moment dat Rosa's aanvaller me ziet, is overduidelijk. Hij spert zijn ogen open, zijn gezicht verwringt van angst. Voor ik iets kan doen, duwt hij Rosa naar me toe en vlucht de auto in.

Ik versnel en weet Rosa op te vangen voor ze op de grond valt. Ze klampt zich hysterisch snikkend aan me vast. Ik probeer haar tegelijkertijd te troosten en van me los te maken, maar het is al te laat.

De motor van de wagen komt brullend tot leven en de banden slippen als Rosa's aanvaller het gaspedaal indrukt, vluchtend als de lafaard die hij is.

Verdomme. Hijgend staar ik de verdwijnende auto na. Mijn mannen houden de wacht bij de kruising, maar een publieke executie trekt te veel aandacht. Met één arm om Rosa heen pak ik mijn telefoon en bel Lucas om hem de witte auto te laten volgen.

Dan richt ik mijn aandacht op de huilende vrouw in mijn armen.

'Rosa.' Ik negeer de adrenaline die door me heen raast en houd haar zachtjes van me af om de schade te kunnen opnemen. Eén kant van haar gezicht is gezwollen en bebloed. Haar hele lichaam zit onder de krassen en blauwe plekken, maar tot mijn opluchting lijkt er niets gebroken te zijn. Maar ze ziet er zo getraumatiseerd uit dat ik automatisch mijn stem laag en zacht houd, zoals ik dat bij een kind zou doen. 'Hoe zwaar ben je gewond, lieverd?'

'Hij... ze...' Ze brabbelt maar wat, bevend en huiverend in haar opengescheurde jurk. Knarsetandend probeer ik een nieuwe vlaag van woede te bedwingen. Ik weet al wat haar overkomen is. Hier komt ze niet zomaar overheen.

'Kom, lieverd, ik neem je mee terug naar Nora.' Ik houd mijn stem zacht en geruststellend als ik buk om haar op te tillen. Ze begint nog harder te beven als ik haar in mijn armen optil. Gespannen draag ik haar door de steeg, zo snel lopend als ik kan.

Als we bij de deur zijn, zet ik haar voorzichtig neer. Met een hand onder haar elleboog om haar te steunen, help ik haar de deur door.

We worden begroet door de aanblik van Nora, die een pistool op ons gericht houdt. Maar zodra ze ons ziet, klaart haar gezicht op en laat ze het wapen zakken.

'Rosa!' Het pistool klettert op de grond als ze op ons af rent. 'Je hebt haar gevonden, Julian! Goddank, je hebt haar.' Eenmaal bij ons geeft ze me een dikke knuffel, voor ze haar armen om Rosa heen slaat en haar naar de bank helpt. Ik hoor haar geruststellend mompelen terwijl Rosa zich huilend aan haar vastklampt. Intussen bel ik de chauffeur op en draag hem op de auto zo dicht mogelijk bij de steeg te zetten.

Een paar minuten later is hij er.

'Kom, schatje. We moeten gaan. Jullie moeten naar een ziekenhuis,' zeg ik zacht, en ik loop naar de bank. Nora knikt, met een bevende Rosa in haar armen. Mijn vrouw lijkt nu veel kalmer. Haar eerdere hysterie is compleet verdwenen. Toch heb ik nog steeds de neiging om haar vast te houden en helemaal te controleren, om te zien of ze zich echt wel zo goed voelt als nu lijkt. Het enige wat me daarvan weerhoudt, is de wetenschap dat Rosa Nora's steun nu meer dan wat ook nodig heeft.

Gelukkig lijkt mijn poesje prima in staat met haar getraumatiseerde vriendin om te gaan. Die stalen kern die ik altijd al in haar heb aangevoeld, is nooit zo duidelijk geweest. Ondanks de woede die door me heen raast, voel ik ook een vlaag van trots als ik zie dat Nora Rosa van de bank helpt en haar naar de deur richting de steeg helpt.

Lucas staat tegen de auto geleund op ons te wachten. Als hij Rosa ziet, verandert zijn gewoonlijk neutrale uitdrukking in iets duisters en angstaanjagends.

'Die klootzakken,' mompelt hij, terwijl hij het portier voor ons opent. 'Wat een verdomde klootzakken.' Hij blijft maar naar Rosa kijken. 'Ze gaan eraan, verdomme.'

'Dat klopt,' bevestig ik. Verrast zie ik dat hij Rosa voorzichtig losmaakt van mijn vrouw en het huilende meisje de auto in helpt. Zijn gedrag is zo ongewoon zorgzaam dat ik me even afvraag of er iets tussen hen is. Dat zou vreemd zijn, aangezien hij geobsedeerd lijkt door de Russische tolk, maar er gebeuren wel vreemdere dingen in de wereld.

Maar goed, het doet er nu ook niet toe. Ik wend me tot Nora, die bij de auto staat, haar linkerhand op het portier. Ze lijkt zich teruggetrokken te hebben in haar eigen wereld. Haar blik is op het oneindige gericht als ze met haar rechterhand naar haar buik tast.

'Nora?' Ik stap op haar af als een plotse angst door me heen slaat. Op dat moment wordt ze krijtwit.

Nora

DE KRAMP DIE ZOJUIST BEGON, WORDT VEEL HEVIGER, gevolgd door een scherpe pijn. Hij scheurt door mijn buik en beneemt me de adem. Julian stapt met een bezorgd gezicht op me af. Naar adem snakkend klap ik dubbel. Meteen word ik door sterke handen opgetild.

'Ziekenhuis, nu,' snauwt hij tegen Lucas. Voor ik zelfs maar kan knipperen, zit ik in de auto op Julians schoot en scheuren we de steeg uit.

'Nora? Gaat het wel?' Rosa klinkt paniekerig, maar ik kan haar nu niet geruststellen, niet nu ik al die krampen heb. Ik kan alleen maar kort, hijgend ademhalen. Mijn handen knijpen in Julians schouders terwijl hij me zachtjes wiegt. Ik voel hoe gespannen hij is.

'Julian.' Ik schreeuw het uit als een hevige kramp zich door mijn hele buik lijkt te verplaatsen. Ik voel een warme, glibberige natheid tussen mijn beneden en ik weet dat ik bloed zal zien als ik naar beneden kijk. 'Julian, de baby..'

'Ik weet het, schatje.' Hij drukt zijn lippen tegen mijn voorhoofd en wiegt me nog wat steviger heen en weer. 'Houd vol. Houd alsjeblieft vol.'

We scheuren door de donkere straten. De stoplichten en straatlantaarns vormen een waas. Ik hoor dat Rosa tegen me praat en met haar zachte handen over mijn haren streelt. Vaag voel ik me schuldig dat ze na alles wat ze deze avond heeft doorgemaakt, dit ook nog moet doorstaan.

Maar bovenal ben ik bang.

Een afschuwelijke angst dat het te laat is, dat het nooit meer goedkomt.

'Ik vind het heel erg, mevrouw Esguerra.' De jonge arts blijft met een meelevende blik in haar bruine ogen naast mijn bed staan. 'U was er al bang voor en u hebt inderdaad helaas een miskraam gehad. Het goede nieuws - als er in zo'n geval goed nieuws kan zijn - is dat u nog in uw eerste trimester was. De ergste bloeding is al gestopt. U kunt de komende dagen nog wat bloed verliezen, maar uw lichaam is snel weer de oude. Er is geen enkele belemmering om binnenkort opnieuw zwanger te worden, mocht u dat willen.'

Ik staar haar aan met ogen die als schuurpapier aanvoelen. Ik ben gewoon niet meer in staat om te huilen. Al mijn tranen zijn op. Ik weet dat Julians hand de mijne vasthoudt, dat hij naast me op het bed zit, dat mijn buik vaag blijft krampen, maar het enige wat tot me doordringt, is dat ik de baby verloren ben.

Ik ben onze baby verloren en het is allemaal mijn schuld.

'Waar is Rosa?' Mijn keel is zo dik dat ik moeite heb de woorden te vormen. 'Is alles goed met haar?'

'Ze ligt in de kamer naast de uwe,' zegt de arts zacht. Het is een knappe vrouw, met een bleek, hartvormig gezicht en golvend, kastanjekleurig haar. 'Wilt u haar spreken?'

'Zijn ze klaar met de onderzoeken?' Julians stem klinkt harder dan ooit. Zijn handen en gezicht zijn schoon - hij heeft met een flesje water het meeste bloed van ons af gewassen voor we de auto uit gingen - maar zijn jasje is bruin bevlekt. Ik vraag me af wat de artsen van onze verschijning denken en of ze zich realiseren dat niet al het bloed ons bloed is.

'Ja, de onderzoeken zijn afgerond.' De arts aarzelt even. 'Meneer Esguerra, uw vriendin zei dat ze geen aangifte wil doen en niet met de politie wil praten, maar in zaken als deze dringen we daar toch op aan. Ze zou op zijn minst onze gespecialiseerde seksuologe het bewijs moeten laten onderzoeken. Misschien kunt u met juffrouw Martinez praten en haar ervan overtuigen...'

'Moet ze vanwege haar verwondingen in het ziekenhuis blijven?' onderbreekt Julian haar. Zijn vingers omklemmen de mijne nu steviger. 'Of mag ze met ons mee naar huis?'

De arts fronst. 'Ze mag naar huis, maar...'

'En mijn vrouw?' Hij kijkt de jonge vrouw doordringend aan. 'Weet u zeker dat er buiten de blauwe plekken geen sprake is van interne schade?'

'Zoals ik u eerder uitlegde, meneer Esguerra, zijn alle testresultaten goed.' De dokter houdt zijn blik zonder wegkijken vast. 'Er is geen sprake van een hersenschudding of interne verwondingen. Er is ook geen noodzaak voor een curettage omdat de miskraam zo vroeg in de zwangerschap is opgetreden. Ik raad u aan dat mevrouw Esguerra de komende dagen rustig aan doet, maar daarna kan ze gewoon haar dagelijkse bezigheden weer hervatten.'

Julian kijkt weer naar mij. 'Schatje?' Zijn toon wordt een klein beetje milder. 'Wil je voor de zekerheid hier tot morgenochtend blijven, of ga je liever naar huis?'

'Naar huis.' Ik slik pijnlijk. 'Ik wil naar huis.'

'Mevrouw Esguerra...' De arts legt een hand op mijn arm. Haar slanke vingers voelen warm aan. Als ik opkijk, zegt ze zacht: 'Ik weet dat het weinig troost biedt, maar weet u alstublieft dat het overgrote merendeel van de miskramen niet voorkomen kan worden. Het is mogelijk dat het incident met uw vriendin en u een rol heeft gespeeld, maar het is evengoed mogelijk dat er sprake was een chromosomale afwijking, waardoor het toch was gebeurd. Statistisch gezien eindigt vijftien procent van de vastgestelde zwangerschappen in een miskraam. Zo'n negentig procent van de miskramen in het eerste trimester ontstaat wegens een abnormaliteit, niet iets dat de moeder deed of naliet.'

Ik luister naar haar woorden, maar mijn blik glijdt van haar gezicht naar het naamplaatje op haar borst. Dokter Cobakis. De naam komt me bekend voor, maar ik ben te moe om erover na te denken.

Lusteloos kijk ik opnieuw op. 'Bedankt,' mompel ik, hopend dat ze het onderwerp nu laat rusten. Ik begrijp wel wat haar bedoeling is. De arts heeft dit vast eerder meegemaakt. Veel vrouwen zijn automatisch geneigd zichzelf de schuld te geven als er iets misgaat in hun zwangerschap. Maar wat zij niet beseft, is dat het in dit geval daadwerkelijk mijn schuld is.

Ik wilde naar die club. Wat er met Rosa en de baby is gebeurd, is enkel en alleen mijn schuld.

Ze knijpt nog even zacht in mijn arm en stapt dan achteruit. 'Ik zorg dat uw vriendin ontslagen wordt, dan kunt u zich intussen aankleden,' zegt ze. Dan loopt ze de kamer uit en ben ik voor het eerst sinds we hier aangekomen zijn met Julian alleen.

Als de arts weg is, laat hij mijn hand los en leunt naar me toe. 'Nora...' In zijn blik zie ik dezelfde pijn die mij ook vanbinnen verscheurt. 'Heb je nog steeds pijn, schatje?'

Ik schud mijn hoofd. Het fysieke ongemak betekent

niets. 'Ik wil naar huis,' zeg ik schor. 'Alsjeblieft, Julian, breng me naar huis.'

'Dat zal ik doen.' Hij streelt de pijnloze kant van mijn gezicht. Zijn aanraking is warm en teder. 'Ik beloof je dat ik je naar huis breng.'

IK HEB NOG NOOIT ZO'N LEEGTE ERVAREN. HET IS EEN brandend niets dat doorweven is met rauwe pijn. Toen ik Maria en mijn ouders verloor, voelde ik woede en verdriet, maar niets zoals dit.

Niet deze afschuwelijke leegte, die vermengd is met de sterkste bloedlust die ik ooit ervaren heb.

Nora zwijgt als ik haar de trap naar onze slaapkamer op draag. Haar ogen zijn gesloten, waardoor haar wimpers donkere halvemaantjes vormen op haar bloedeloze wangen. Zo is ze al sinds we het ziekenhuis verlaten hebben, bijna catatonisch door de schok en het bloedverlies.

Als ik haar op het bed leg, zie ik haar gekneusde jukbeen en kapotte lip, waardoor ik weg moet kijken om mezelf onder controle te houden. Het geweld dat in me raast, voelt zo giftig, zo vernietigend, dat ik Nora nu niet kan aanraken zonder dat het in haar doorsijpelt.

Na een paar seconden voel ik me kalm genoeg om haar weer aan te kunnen kijken. Nora heeft zich niet bewogen. Ze is blijven liggen waar ik haar heb neergelegd en ik besef dat ze in slaap is gevallen. Langzaam haal ik diep adem. Dan kleed ik haar uit. Ik zou haar tot de ochtend zo kunnen laten liggen, maar er zitten sporen gedroogd bloed op haar kleren en ik wil niet dat dat is wat ze ziet als ze wakker wordt.

Ze heeft morgenochtend al genoeg te verwerken.

Als haar kleding uit is, trek ik ook mijn eigen kleren uit en til haar op, haar kleine lichaam tegen me aan houdend als ik naar de badkamer loop. Met haar nog altijd in mijn armen stap ik de douche in en zet de kraan aan.

Ze wordt wakker als de warme straal haar huid raakt. Haar ogen vliegen open en ze knijpt me krampachtig vast. 'Julian?' Het klinkt geschrokken.

'Stil maar,' sus ik. 'Het is goed. We zijn thuis.' Ze lijkt iets te kalmeren, dus zet ik haar neer en vraag: 'Kun je heel even blijven staan, schatje?'

Ze knikt. Snel was ik eerst haar en dan mezelf. Tegen de tijd dat ik klaar ben, staat ze te trillen op haar benen. Blijkbaar kost het haar grote moeite om te blijven staan. Snel wikkel ik haar in een grote handdoek en draag haar terug naar het bed.

Ze slaapt al voor haar hoofd het kussen raakt. Ik stop haar goed in en blijf even naast haar zitten, kijkend naar het rijzen en dalen van haar borst op het ritme van haar ademhaling.

Dan sta ik op en kleed me aan, om vervolgens naar beneden te gaan.

LUCAS ZIT AL OP ME TE WACHTEN IN DE WOONKAMER.

'Waar is Rosa?' Ik houd mijn toon kalm. Later denk ik wel aan ons kind, aan Nora die daar ligt, zo gekwetst, zo kwetsbaar, maar nu zet ik het allemaal uit mijn hoofd. Ik kan mijn verdriet en woede nu niet toelaten, niet nu er zoveel gedaan moet worden.

'Ze slaapt,' zegt Lucas. Hij staat op van de bank. 'Ik heb haar een slaappil gegeven en gezorgd dat ze gedoucht heeft.'

'Mooi. Bedankt.' Ik ga naast hem staan. 'Vertel me alles.'

'De opruimploeg heeft het lichaam uit de weg geruimd en het joch dat Nora in de gang bewusteloos heeft geslagen, gevangen genomen. Ze houden hem vast in een door mij gehuurd pakhuis in South Side.'

'Mooi.' Mijn borst vult zich met een wilde verwachting. 'En de witte auto?'

'De mannen hebben hem naar een luxe appartementengebouw in de binnenstad gevolgd. Daar is hij de garage ingereden. Ze hebben hem niet verder gevolgd. Ik heb het nummerbord wel al natrokken.'

Hij zwijgt even, waardoor ik ongeduldig vraag: 'En?'

'Het lijkt erop dat we een probleem hebben,' zegt Lucas grimmig. 'Zegt de naam Patrick Sullivan je iets?'

Ik frons als ik me probeer te herinneren waar ik die naam van ken. 'Hij komt me bekend voor, maar ik weet niet waarom.'

'De Sullivans bezitten de halve stad. Prostitutie, drugs, wapens, noem maar op. Ze zijn overal bij betrokken. Patrick Sullivan staat aan het hoofd van de familie en hij heeft elke lokale politicus en commissaris in zijn zak.'

'Juist.' Het begint me te dagen. Ik heb tot dusver niet te maken gehad met de Sullivan-organisatie, maar ik ken alle potentiële klanten in de VS en daarbuiten. Ik moet de naam Sullivan ergens in mijn papieren hebben staan. We hebben waarschijnlijk inderdaad een probleem. 'Wat heeft dit allemaal te maken met Patrick Sullivan?'

'Hij heeft twee zoons,' zegt Lucas. 'Of beter, hij hád twee zoons. Brian en Sean. Brian ligt momenteel te marineren in ons gehuurde pakhuis en Sean is de eigenaar van de witte SUV.'

'Ik begrijp het.' Dus de hufters die Rosa en mijn vrouw aanvielen, hebben connecties. Meer dan connecties, zelfs, wat verklaart waarom ze zo stom en arrogant waren om twee vrouwen in een openbare nachtclub te belagen. Maar ja, als hun pappie de stad in zak heeft, zijn ze vast gewend de grootste bullebakken van de speelplaats te zijn.

'En,' gaat Lucas verder, 'dat joch dat we in het pakhuis hebben zitten, is hun zeventienjarige neefje, dus ook dat van Sullivan. Hij heet Jimmy. Blijkbaar is hij nogal dik met de broers. Of was, eigenlijk.'

Een vermoeden komt in me op en ik knijp mijn ogen samen. 'Weten ze wie wij zijn? Kunnen ze Rosa eruit hebben gepikt om mij te pakken?'

'Ik denk het niet.' Lucas' gezicht verstrakt. 'De Sullivan-broers hebben nogal een geschiedenis als het om vrouwen gaat. Date-rape, drugs, aanranding, verkrachting, gang bangs met studenten, de lijst gaat maar door. Zonder hun vader zaten ze allang in de cel.'

'Ik begrijp het.' Mijn mond vertrekt. 'Tegen de tijd dat wij klaar met ze zijn, zouden ze willen dat ze daar zaten.'

Lucas knikt grimmig. 'Zal ik een aanvalsteam samenstellen?'

'Nee,' zeg ik. 'Nog niet.' Ik loop naar het raam en staar naar de donkere, door bomen omringde tuin. Het is vier uur 's ochtends en het enige licht komt van de laaghangende maan.

Deze gemeenschap is een rustige, vredige plek, maar niet lang meer. Zodra Sullivan erachter is wie zijn zoons en neefje heeft vermoord, worden deze nette, goedgebouwde straten bevlekt met bloed.

'Ik wil dat Nora en haar ouders op het landgoed zijn voor we iets doen,' zeg ik tegen Lucas. 'Sean

Sullivan zal moeten wachten. Voorlopig richten we ons op het neefje.'

'Goed.' Lucas knikt. 'Ik zal voorbereidingen treffen.'

Hij loopt de kamer uit en ik kijk opnieuw uit het raam.

Ondanks het licht van de maan zie ik alleen duisternis.

 ora

'Nora, lieverd...' Een bekende, zachte aanraking haalt me uit mijn rusteloze slaap. Ik dwing mijn zware oogleden open te gaan en staar niet-begrijpend naar mijn moeder, die op de rand van mijn bed zit en door mijn haren streelt. Mijn hoofd doet zo'n pijn dat het even duurt voor ik haar aanwezigheid verwerkt heb en haar roodomrande, dikke ogen tot me doordringen.

'Mam?' Ik houd het laken tegen me aan en ga zitten, kreunend als die beweging me overal pijn doet. Mijn rug voelt stijf en pijnlijk en mijn onderbuik krampt. 'Wat doe jij hier?'

'Julian belde ons vanochtend,' zegt ze met trillende stem. 'Hij zei dat Rosa en jij gisteravond aangevallen werden in een nachtclub.'

'O.' Een vlaag van woede maakt me helemaal wakker. Hoe waagt Julian het mijn ouders zo ongerust te maken? Ik had wel iets minder engs verzonnen om te vertellen, een mildere verklaring voor het verlies van de baby.

Het verlies van de baby.

De ellende is zo hevig dat ik haar niet kan bedwingen. Een hese, scherpe snik welt in me op en brengt een stortvloed aan hete tranen met zich mee. Bevend sla ik een hand voor mijn mond, maar het is al te laat. De pijn verteert me en mijn tranen lijken als zuur te branden. Ik voel mijn moeders armen om me heen en hoor haar huilen. Ik weet dat ik moet ophouden met huilen, maar dat kan ik niet. Het is te veel, zowel het verdriet als de wetenschap dat het mijn schuld is.

Ineens zijn het niet langer mijn moeders armen om me heen. Ik zit in het laken op Julians schoot, zijn sterke armen om me heen terwijl hij me wiegt als een kind. Ik hoor mijn vaders stem, laag en troostend, en ik weet dat hij mijn moeder troost, haar pijn probeert te verzachten. Julian moet op een zeker moment de kamer binnengekomen zijn, maar ik weet niet wanneer.

Uiteindelijk draagt Julian me naar de douche. Pas daar, buiten het zicht van mijn ouders, slaag ik erin mezelf te beheersen. 'Het spijt me,' fluister ik als Julian me afdroogt en in een dikke, zachte badjas hult. 'Het spijt me zo. Waar is Rosa? Hoe is het met haar?'

'Goed,' zegt hij zacht. Zijn ogen zijn

bloeddoorlopen. Zo te zien heeft hij vannacht weinig geslapen. 'Zo goed als mag worden verwacht. Ze is nog op haar kamer, maar Lucas heeft haar gesproken en hij zegt dat het beter met haar gaat. En jij hoeft je nergens schuldig om te voelen, schatje. Nergens.'

Ik schud mijn hoofd als die afschuwelijke pijn opnieuw in me opwelt. 'Ik moet naar haar toe...'

'Wacht, Nora.' Hij pakt me bij de arm als ik naar de slaapkamer wil gaan. 'Voor je dat doet, moet ik iets met je ouders en jou bespreken.'

'Mijn ouders?'

Hij knikt en kijkt op me neer. 'Ja. Daarom heb ik ze gebeld. We moeten praten.'

'DE SULLIVANS? DIE MISDAADFAMILIE?' Mijn vaders stem schiet de hoogte in. 'Bedoel je dat de mannen die mijn dochter aanvielen tot de mafia behoren?'

'Ja,' zegt Julian. Zijn gezicht staat hard en uitdrukkingsloos. Hij zit naast me op de bank, met zijn linkerhand op mijn knie. 'Daar kwam ik vannacht achter toen we terug waren uit het ziekenhuis.'

'We moeten meteen naar de politie stappen.' Mijn moeder leunt naar voren. Haar handen liggen ineengewrongen op haar schoot. 'Die monsters moeten hiervoor boeten. Als je weet wie ze zijn...'

'Ze zullen boeten, Gabriela.' Julians blik wordt ijskoud. 'Maak je daar geen zorgen om.'

'Het komt door jou, hè?' zegt mijn vader woest, snel opverend. 'Ze zaten achter jou aan...'

'Nee,' onderbreek ik hem hoofdschuddend. Ik ben verbijsterd door wat Julian heeft verteld, maar als ik ergens zeker van ben, is het dat ditmaal Julians zaken hier niets mee te maken hadden. 'Het was puur ongeluk, pap. Ze hadden geen idee wie Rosa en ik waren. Ze waren gewoon...' Ik huiver even. '...op zoek naar een verzetje.'

'Een verzetje?' Mijn vader staart me aan, maar gaat weer zitten. Zijn gezicht is verwrongen van woede. 'Die hufters dachten dat het leuk zou zijn om twee vrouwen pijn te doen?'

'Technisch gezien wilden ze alleen Rosa,' zeg ik dof. 'Ik kwam alleen tussenbeide.'

Julians hand spant zich om mijn knie als hij mijn kant op kijkt. Voor het eerst zie ik een vlaag van woede achter zijn emotieloze uitdrukking. Ik weet zeker dat hij me overal de schuld van geeft: van dat ik mijn verjaardag gebruikte om hem zover te krijgen dat we naar die club gingen, van mijn poging om Rosa zelf te redden.

Van het verlies van ons kind... Het kind dat ik niet wist dat ik wilde tot het te laat was.

Ik heb geen idee wat mijn straf wordt, maar wat het ook wordt, ik verdien het. Volledig.

'We moeten meteen naar de politie,' herhaalt mijn moeder. 'We moeten aangifte...'

'Nee.' Ditmaal staat Julian op. Hij begint te ijsberen. 'Dat zou niet slim zijn.'

'Waarom?' vraagt mijn vader scherp. 'Dat is wat beschaafde mensen doen in dit land. Ze gaan naar de autoriteiten...'

'De autoriteiten staan aan Sullivans kant.' Julian kijkt mijn vader fel aan. 'En zelfs als dat niet zo was, konden we Sullivan dan net zo goed een e-mail sturen om hem te vertellen wie we zijn.'

'Juist.' Ik spring op en negeer de pijn in mijn spieren. Eindelijk heeft mijn duffe brein alle punten met elkaar verbonden. Nu weet ik waarom Julian mijn ouders heeft laten komen. Als de man die Julian gedood heeft inderdaad de zoon van de maffiabaas is, is mijn echtgenoot niet de enige gevaarlijke crimineel die naar wraak smacht. 'Dat kunnen we niet doen, pap, mam.'

Mijn moeder kijkt geschokt. 'Maar, Nora...'

'Het is het beste als jullie een tijdje bij ons komen logeren,' zegt Julian. Hij komt naast me staan. 'Tot we dit hebben opgelost.'

'Wat?' Mijn moeder staart ons met open mond aan. 'Hoe bedoel je? Hoezo? O.' Ze zwijgt abrupt. 'Je hebt een van die mannen iets aangedaan, hè?' zegt ze dan langzaam, naar Julian kijkend. 'Je wilt niet dat ze weten wie we zijn omdat...'

'Omdat een van Sullivans zoons dood is, ja.' Julian zou evenveel emotie in een mededeling over het weer leggen. 'Ze zullen naar ons op zoek gaan. Als ze weten wie we zijn, komen ze achter Tony en jou aan.'

Mijn moeder wordt bleek en mijn vader staat opnieuw op. 'Bedoel je dat de mafia achter ons aan zit?'

Woede en ongeloof klinken in zijn stem door. 'Dat ze ons kunnen aanvallen omdat... omdat jij...'

'Een van Sullivans zoons doodde omdat hij Nora probeerde te verkrachten? Ja.' Julians stem klinkt killer dan ooit. 'We hebben het later wel over de schuldvraag. Voorlopig stel ik voor dat jullie je werkgevers inlichten over jullie aanstaande vakantie en je spullen gaan pakken. Ik wil niet dat Nora ook nog om haar ouders moet rouwen.'

'Wanneer vertrekken we?' Ook mijn moeder staat op. Haar gezicht is nog steeds bleek. 'En hoelang gaat deze 'vakantie' duren?'

'Gabs, je wilt toch niet echt...' begint mijn vader, maar mijn moeder legt haar hand op zijn arm.

'Jawel.' Haar stem klinkt ferm en haar blik drukt vastberadenheid uit. 'Ik wil dit net zo min als jij, maar jij hebt ook dingen gehoord over de Sullivans. Het zijn rotzakken en als Julian zegt dat we in gevaar zijn...'

'Vertrouw jij die moordenaar?' Mijn vader staart haar aan. 'Denk je dat we bij hem veiliger zijn?'

'Dan hier met de mafia op onze hielen? Ja, dat weet ik wel zeker,' vuurt mijn moeder terug. 'We hebben niet echt veel keus, is het wel?'

'We kunnen naar de politie of de FBI...'

'Nee, Tony, dat kan niet. Niet als wat Julian zegt waar is.'

'Uiteraard wil hij niet naar de politie gaan...'

Ze blijven ruziën en mijn hoofdpijn verergert. Uiteindelijk kan ik het niet meer aan. 'Mam, pap, alsjeblieft.' Ik stap naar voren en negeer mijn bonzende hoofd. 'Kom gewoon een tijdje bij ons logeren. Het hoeft niet voor altijd te zijn. Ja, toch, Julian?' Ik werp een blik op mijn echtgenoot voor bevestiging.

Julian knikt koeltjes. 'Zoals ik al zei, is het alleen voor de duur van de situatie. Niet meer dan een maand of twee, hoop ik.'

'Een maand of twee? Hoe denk je dit in een maand of twee op te lossen?' vraagt mijn moeder. Mijn vader staat daar maar, bevend van woede.

'Wil je dat echt weten, Gabriela?' vraagt Julian zacht. Mijn moeder wordt nog bleker.

'Nee, laat maar.' Ze klinkt een beetje hees. Dan schraapt ze haar keel en vraagt: 'Wat zeggen we op ons werk? Hoe verklaren we zo'n plotse, lange vakantie? Ik bedoel, het is meer een verlof...'

'Vertel ze de waarheid: dat jullie dochter een miskraam heeft gehad en jullie de komende tijd nodig heeft.' Julians kille woorden laten me ineenkrimpen. Hij merkt mijn reactie op en pakt mijn hand, waarna hij op mildere toon tegen mijn moeder zegt: 'Of verzin iets anders. Het is aan jullie.'

'Oké. Dat doen we,' zegt mijn moeder met een blik op ons. Als ik naar mijn vader kijk, zie ik dat de woede uit zijn gezicht is verdwenen. In plaats daarvan lijkt hij moeite te hebben om zijn tranen te bedwingen. Hij vangt mijn blik en stapt op me af.

'Het spijt me zo, lieverd,' zegt hij verdrietig. 'Ik heb het je niet eerder kunnen zeggen, maar ik leef zo mee met je verlies.'

'Bedankt, pap,' fluister ik. Daarna draai ik me om in een poging niet te gaan huilen.

Meteen slaat Julian zijn armen om me heen. 'Tony, Gabriela,' hoor ik hem zacht zeggen. Zijn hand masseert mijn rug terwijl ik met mijn gezicht tegen zijn borst probeer mijn tranen in te houden. 'Ik denk dat Nora nu moet gaan rusten. Waarom bespreken jullie dit samen niet even en praten we er later vandaag nog even over? Ik wil Nora en jullie het liefst morgen al op het vliegtuig hebben, voor Sullivan erachter komt wie we zijn.'

'Natuurlijk,' zegt mijn moeder zacht. 'Kom, Tony, we hebben veel te doen.' En voor ik me weer kan omdraaien, hoor ik hun voetstappen de kamer uitgaan.

Als ze weg zijn, verslapt Julian zijn omhelzing en kijkt me aan. 'Nora, schatje...'

'Het gaat wel,' onderbreek ik hem. Ik wil zijn medelijden niet. Het schuldgevoel dat ik het afgelopen uur opzij heb kunnen zetten, is terug en sterker dan ooit. 'Ik ga nu met Rosa praten.'

Julian neemt me even in zich op; dan laat hij me gaan. 'Goed, poesje van me,' zegt hij zacht. 'Ga je gang.'

30

*J*ulian

ALS IK NORA DE KAMER UIT ZIE LOPEN, WORD IK ME bewust van een zwaar drukkend gevoel in mijn borst. Ze probeert haar pijn te verbergen, sterk te zijn, maar ik weet dat wat er gebeurd is, haar verscheurt. Haar uitbarsting van vanochtend was slechts het topje van de ijsberg. De wetenschap dat ik hier verantwoordelijk voor ben - dat ik dit allemaal op mijn geweten heb - maakt de hevige onrust in mijn binnenste nog veel erger.

Dit is allemaal mijn fout. Als ik haar niet zo graag blij had willen maken, als ik niet zo graag aan al haar wensen had willen voldoen, was dit allemaal niet gebeurd. Ik had naar mijn instinct moeten luisteren en haar op het landgoed moeten houden, waar niemand haar iets kon aandoen. Op zijn minst had ik haar verzoek om naar die vervloekte club te gaan moeten weigeren.

Maar dat heb ik niet gedaan. Ik stond mezelf zwakheid toe. Ik liet mijn obsessie mijn beoordelingsvermogen beïnvloeden en nu betaalt zij daar de prijs voor. Als ik haar niet alleen naar dat toilet had laten gaan, als ik een andere club had gekozen... Het berouw is giftig en raast door mijn hoofd tot ik het gevoel heb dat het elk moment kan ontploffen.

Ik moet een uitlaatklep voor mijn woede vinden, en wel nu.

Daarom draai ik me om en loop naar de voordeur.

'Ik heb de neef hierheen gebracht,' zegt Lucas als ik de oprit op stap. 'Ik had zo'n idee dat je vandaag niet helemaal naar Chicago wilde gaan.'

'Uitstekend.' Lucas kent me heel erg goed. 'Waar is hij nu?'

'In dat busje daar.' Hij wijst naar een zwart busje, dat op strategische wijze geparkeerd staat achter de bomen die het verst bij de buren vandaan zijn.

Vol duistere verwachting loop ik erheen, vergezeld door Lucas. 'Heeft hij ons al iets van informatie gegeven?' vraag ik.

'Hij had de toegangscodes van de parkeergarage en lift van het gebouw van zijn neef voor me,' zegt Lucas. 'Het was niet moeilijk hem aan het praten te krijgen. Ik besloot de rest van de ondervraging aan jou over te laten, voor het geval je hem persoonlijk wilde spreken.'

'Goed. Dat wil ik zeker.' Ik open de achterdeur van het busje en kijk naar het schemerige interieur.

Op de grond ligt een geknevelde, dunne jongeman. Zijn enkels zijn achter zijn achterste aan zijn polsen gebonden, wat hem in een onnatuurlijke positie brengt. Zijn gezicht is bloederig en dik. Een sterke geur van urine, angst en zweet komt op me af. Lucas en mijn mannen hebben goed hun best op hem gedaan.

Ik negeer de stank en klim in het busje, waarna ik me omdraai. 'Zijn de wanden geluiddicht?' vraag ik Lucas, die buiten is blijven staan.

Hij knikt. 'Voor 90 procent in elk geval.'

'Mooi. Dat is voldoende.' Ik sluit de deuren achter me, waardoor ik samen met de jongen opgesloten zit. Hij begint meteen te spartelen, luid piepend tegen de knevel.

Ik pak mijn mes en hurk naast hem. Hij begint nog wilder te spartelen en zijn gekreun neemt in volume toe. Maar ik negeer zijn doodsbange blik en grijp hem bij de hals om hem stil te houden. Dan steek ik het mes tussen zijn knevel en wang, waarna ik het stuk stof doorsnijd. Een stroompje bloed loopt over zijn wang omdat ik hem daar geraakt heb. Ik geniet van die aanblik. Ik wil meer van zijn bloed. Ik wil het busje ermee bekleden.

Alsof hij mijn gedachten geraden heeft, begint de tiener te huilen. 'Doe dit niet, gast,' smeekt hij snikkend. 'Ik heb niks gedaan! Ik zweer dat ik niks heb gedaan...'

'Bek dicht.' Ik staar hem aan en laat de spanning

stijgen. 'Weet je waarom je hier bent?'

Hij schudt zijn hoofd. 'Nee! Nee, echt niet, dat zweer ik,' brabbelt hij. 'Ik weet van niets. Ik was in die club en daar was dat meisje en ik weet niet wat er is gebeurd, want ik kwam pas bij in dat pakhuis en ik heb niks gedaan...'

'Heb je niet aan het meisje in de gele jurk gezeten?' Ik houd mijn hoofd schuin en speel met het mes. Zo moet een kat zich ook voelen als hij met een muis speelt. Het is plezierig.

De jongeman spert zijn ogen wijd open. 'Wat? Nee! Verdomme, nee! Ik zweer dat ik daar niets mee te maken had! Ik zei tegen Sean dat het een slecht idee was...'

'Dus je wist dat ze het gingen doen?'

Hij beseft meteen wat hij heeft toegegeven en begint opnieuw te brabbelen. Tranen en snot stromen over zijn kapotte gezicht. 'Nee! Ik bedoel, ze vertellen me nooit iets tot ze het gaan doen, dus ik wist het niet. Ik zweer dat ik het niet wist tot we er waren en ze zeiden dat ik de deur moest bewaken. Ik zei dat het niet eerlijk was en ze zeiden dat ik het gewoon moest doen. Toen kwam die andere meid en ik zei dat ze moest oprotten...'

'Bek dicht.' Ik druk de scherpe kant van het mes tegen zijn mond. Hij is meteen stil. 'Oké,' zeg ik zacht, 'luister goed naar me. Jij gaat mij vertellen waar je neef Sean eet, slaapt, schijt, neukt en wat hij verder ook doet. Ik wil een lijst van elke plek waar hij zou kunnen komen. Begrepen?'

Hij knikt kort en ik haal het mes weg. Meteen begint de jongen namen van restaurants, clubs, illegale vechtclubs, hotels en bars af te ratelen. Met mijn telefoon leg ik alles vast, waarna ik naar hem glimlach. 'Goed gedaan.'

Zijn kapotte lippen beven als hij mijn glimlach probeert te beantwoorden. 'Nu laat je me toch gaan? Ik zweer dat ik daar niets mee te maken had.'

'Je laten gaan?' Ik kijk naar het mes in mijn hand alsof ik daadwerkelijk over zijn woorden nadenk. Dan glimlach ik opnieuw naar hem. 'Waarom? Omdat je je neef verraden hebt?'

'Maar... ik heb je alles verteld!' Zijn ogen zijn zo ver opengesperd dat het wit helemaal te zien is. 'Verder weet ik niets!'

'Dat weet ik.' Ik druk het mes tegen zijn buik. 'Dat betekent dat je nu nutteloos voor me bent.'

'Dat ben ik niet!' krijst hij. 'Je kunt losgeld voor me vragen. Ik ben Jimmy Sullivan, de neef van Patrick Sullivan. Hij betaalt je om me terug te krijgen! Dat zweer ik...'

'O, dat zal vast wel.' Ik duw de punt het mes in zijn huid en geniet van het bloed dat opwelt. Met moeite wend ik mijn ogen af van het rode stroompje naar de doodsbange blik van de jongen. 'Helaas voor jou is zijn geld wel het laatste wat ik nodig heb.'

Terwijl hij het doodsbang uitschreeuwt, snijd ik hem open, kijkend hoe het bloed een donkere, schitterende rode rivier vormt.

Nadat ik mijn handen heb afgeveegd aan de handdoek die iemand heel verstandig in het busje heeft gelegd, doe ik de deur open en glip naar buiten. Lucas staat op me te wachten, dus draag ik hem op zich van het lichaam te ontdoen. Daarna ga ik het huis binnen.

Gek genoeg voel ik me niet veel beter. De moord zou iets van de druk verlicht moeten hebben, mijn brandende verlangen naar geweld verminderd hebben, maar het lijkt alles juist erger te maken. De leegte in mijn binnenste wordt alleen maar groter en duisterder.

Ik wil Nora. Ik heb haar meer dan ooit nodig. Maar eerst neem ik een douche. Ik zit onder het bloed en allerlei andere rotzooi. Zo hoeft ze me niet te zien.

Zo ben ik inderdaad de brute moordenaar waar haar ouders me voor aanzien.

Zodra ik klaar ben met douchen, kijk ik op de app waar ze nu is. Tot mijn immense teleurstelling is ze nog op Rosa's kamer. Ik overweeg haar te gaan halen, maar besluit haar nog een paar minuten te geven en zelf nog even wat te werken.

Als ik mijn laptop open, zie ik dat mijn inbox vol staat met de gebruikelijke berichten. Russen, Oekraïeners, IS, veranderingen in leveringscontracten, een veiligheidslek in een van de Indonesische fabrieken... Ik neem het allemaal zonder enige interesse door tot ik op een e-mail stuit van Frank, mijn contact bij de CIA.

Ik lees het snel door en word dan koud vanbinnen.

ora

'HÉ, DAAR.' MET EEN DIENBLAD MET BROODJES EN THEE stap ik Rosa's kamer binnen en loop naar haar bed.

Ze ligt op haar zij, haar rug naar de deur gekeerd, een deken over zich heen. Ik zet het dienblad op het nachtkastje, ga op de rand van haar bed zitten en leg zacht een hand op haar schouder. 'Rosa? Gaat het wel?'

Ze rolt zich om en ik krimp bijna ineen als ik haar bont en blauwe gezicht zie.

'Zo erg?' vraagt ze als ze mijn reactie ziet. Haar stem klinkt hees, maar ze lijkt kalm. Haar ogen zijn droog.

'Nou, goed is het niet,' zeg ik voorzichtig. 'Hoe voel je je?'

'Waarschijnlijk beter dan jij,' zegt ze zacht terwijl ze

me recht aankijkt. 'Het spijt me zo van de baby, Nora. Ik kan me niet voorstellen wat Julian en jij moeten doormaken.'

Ik knik en probeer de pijn in mijn borst te negeren. 'Dank je wel.' Ik dwing mezelf te glimlachen. 'Heb je trek? Ik heb iets te eten meegebracht.'

Voorzichtig gaat ze zitten en kijkt langzaam naar het dienblad. 'Heb jij dat gemaakt?'

'Natuurlijk. Je weet dat ik water kan koken en een plakje kaas op een boterham kan leggen, toch? Dat was ook mijn lot voordat Julian me ontvoerde en een luxeleventje gaf.'

Heel even lijkt zich een glimlach om Rosa's gebarsten lippen te vormen. 'O, ja. Die duistere tijden in het verleden toen je voor jezelf moest zorgen.'

'Precies.' Ik pak een warme kop thee en geef hem voorzichtig aan Rosa. 'Alsjeblieft. Kamillethee met honing. Hét middel tegen alle kwalen, volgens Ana.'

Rosa nipt en trekt dan een wenkbrauw op. 'Indrukwekkend. Bijna even goed als die van Ana.'

'Nou, zeg.' Overdreven geërgerd kijk ik haar aan. 'Bijna? Ik dacht echt dat ik dat thee zetten onder de knie had.'

Nu is haar glimlach duidelijker. 'Je bent er bijna, dat zweer ik. Laat me eens zo'n broodje proberen. Ik moet zeggen dat ze er smakelijk uitzien.'

Ik geef haar een bord en kijk toe terwijl ze eet. 'Eet je niet mee?' vraagt ze als ze halverwege is. Ik schud mijn hoofd.

'Nee, ik heb eerder in de keuken al gegeten,' leg ik uit.

'Ik zou geen trek moeten hebben,' zegt Rosa na het grootste deel van haar broodje op te hebben. 'Lucas heeft me vanochtend een omelet gebracht.'

'O, ja?' Verrast knipper ik met mijn ogen. 'Ik wist niet dat hij kan koken.'

'Ik ook niet.' Ze schuift de laatste paar happen naar binnen en geeft me dan het bord terug. 'Dat was lekker, Nora, dank je wel.'

'Geen probleem.' Ik ga staan en negeer mijn stijve, pijnlijke rug. 'Kan ik nog iets anders voor je halen? Een boek om te lezen, misschien?'

'Nee, laat maar.' Voorzichtig en soms ineenkrimpend duwt ze de dekens van zich af en klimt uit bed, gehuld in een lang T-shirt. 'Ik moet toch opstaan. Ik kan niet de hele dag in bed blijven.'

Ik frons. 'Natuurlijk wel. Je moet rusten vandaag, even bijkomen.'

'Net zoals jij aan het rusten bent?' Ze werpt me een spottende blik toe en loopt naar de kledingkast aan de andere kant van de kamer. 'Ik heb genoeg in bed gelegen. Ik wil Lucas spreken en erachter komen wat ze gaan doen aan die hufters die ons aanvielen.'

Ik staar haar aan. 'Rosa...' Maar ik weet niet precies wat ik moet zeggen.

'Je wil weten wat gisteravond met die gasten gebeurd is, toch?' Ze is bezig een spijkerbroek aan te trekken, maar stopt halverwege. Haar ogen glinsteren.

'Je wilt weten wat ze met me hebben gedaan voordat jij kwam.'

'Alleen als je het me wilt vertellen,' zeg ik snel. 'Als je je daar niet goed bij voelt...'

Ze steekt haar hand op en ik breek mijn zin af. Dan haalt ze diep adem en zegt: 'Ze volgden me naar het toilet.' Haar stem trilt maar een beetje. 'Toen ik uit het toilet kwam, stonden ze samen op me te wachten. De oudste, Sean, zei dat er een vipruimte was die ze me wilden laten zien. Je weet wel, net zoals in films?'

Ik knik en voel een brok in mijn keel ontstaan.

'Idioot als ik ben, geloofde ik ze.' Ze wendt zich af en steekt haar arm in de kast. Ik kijk zwijgend toe terwijl ze haar lange T-shirt uittrekt en een beha en een zwart T-shirt met lange mouwen aantrekt. Haar gladde huid is bedekt met krassen en blauwe plekken, sommige in de vorm van vingerafdrukken. Ik moet mijn reactie snel verbergen als ze zich weer omdraait en zegt: 'Ik had ze al verteld dat ik voor het eerst in dit land was, dus ik dacht ze me gewoon een leuke tijd wilden bezorgen.'

'O, Rosa...' Ik stap op haar af, maar ze steekt weer haar hand op.

'Niet doen.' Ze slikt. 'Laat me het verhaal afmaken.'

Ik blijf op korte afstand van haar staan en ze gaat verder. 'Zodra we de toiletruimtes voorbij waren, uit het zicht van de rij, sleurde de jongste, Brian, me die kamer in. Er was ook een tiener. Hij keek toe, tot Sean zei dat hij op de gang moest gaan staan om te zorgen dat er niemand binnen zou komen. Ik denk dat ze...' Ze zwijgt even om zichzelf onder controle te houden. '...hem ook een keer zouden laten gaan als zij klaar waren met me.'

De woede die ik in de club ook voelde, keert terug. Hij was gesmoord onder het verdriet, opzijgeduwd door de pijn van mijn verlies, maar nu steekt hij de kop weer op. Heet en scherp vervult hij me tot ik ervan sta te trillen, mijn handen tot vuisten gebald.

'Ik denk dat je de rest van het verhaal wel kent,' zegt Rosa. Haar stem begint steeds erger te trillen. 'Je kwam binnen toen ik Sean probeerde af te weren. Zonder jou...' Haar gezicht vertrekt en ditmaal laat ik me niet tegenhouden.

Ik sla mijn armen om haar heen als ze begint te beven. Onder mijn woede voel ik hulpeloosheid, een totale machteloosheid om met deze situatie om te gaan. Wat Rosa is overkomen, is de ergste nachtmerrie van elke vrouw. Ik heb geen hoe ik haar moet troosten. Voor een buitenstaander lijkt wat Julian mij op het eiland aandeed hetzelfde, maar zelfs tijdens die traumatische eerste keer was hij in principe teder met me. Ik voelde me geschonden, maar ook gekoesterd, onlogisch als die combinatie ook mag zijn.

Ik heb nooit ervaren wat Rosa nu moet voelen.

'Ik vind het zo erg voor je,' zeg ik, haar haren strelend. 'Het spijt me zo. Die hufters zullen ervoor boeten. We zorgen dat ze ervoor boeten.'

Ze snikt en trekt zich dan terug. Haar ogen glanzen van de tranen. 'Ja.' Haar stem klinkt gesmoord. Ze stapt achteruit. 'Dat wil ik ook, Nora. Meer dan wat ook.'

'Ik ook,' fluister ik. Ik wil dat Rosa's verkrachters doodgaan. Op een zo brute en afschuwelijke wijze mogelijk. Het is fout en verknipt, maar dat boeit me niet. De beelden van de man die Julian vannacht doodde komen in me op. Daarbij ervaar ik een vreemde voldoening. Ik wil dat de andere - Sean - dezelfde straf ondergaat.

Ik wil Julian op hem loslaten en mijn echtgenoot zijn brute magie zien verrichten.

Een klopje op de deur laat ons allebei opschrikken.

'Binnen,' roept Rosa, terwijl ze snel haar ogen afveegt met haar T-shirt.

Tot mijn verbazing stapt Julian binnen. Zijn uitdrukking is gespannen en vreemd bezorgd. Hij heeft zich omgekleed en zijn haar is nat, alsof hij zojuist heeft gedoucht.

'Wat is er mis?' Mijn hart begint te bonzen. 'Is er iets gebeurd?'

'Nee,' zegt Julian. Hij loopt naar ons toe. 'Nog niet. Maar we moeten eerder vertrekken dan ik dacht.' Hij blijft voor me staan. 'Ik heb gehoord dat een compositietekening van ons drieën rondgaat bij de lokale FBI. De broer die ontsnapt is, moet een goed geheugen hebben. De Sullivans zijn naar ons op zoek en als ze zoveel connecties hebben als ik denk, hebben we nog maar weinig tijd.'

Angst windt zich als prikkeldraad om mijn borst. 'Denk je dat ze al weten wie mijn ouders zijn?'

'Dat weet ik niet, maar het is niet volledig uitgesloten. Bel ze en zeg dat ze inpakken wat ze kunnen. We halen ze over een uur op en dan breng ik jullie allemaal naar het vliegveld.'

'Wacht eens even.' Ik staar hem aan. 'Allemaal? En jij dan?'

'Ik moet die Sullivan-dreiging afwentelen. Lucas en ik blijven hier, net als het merendeel van de bewakers.'

'Wat?' Ik heb ineens moeite met ademhalen. 'Hoe bedoel je, jullie blijven hier?'

'Ik moet deze bende opruimen,' zegt Julian ongeduldig. 'Gaan we tijd verspillen met discussiëren of bel je je ouders?'

Ik slik de protesten die in me opkomen weg. 'Ik bel ze meteen,' zeg ik kortaf, naar mijn telefoon reikend.

Julian heeft gelijk, dit is niet het moment voor een discussie. Maar als hij denkt dat ik hier zomaar akkoord mee ga, heeft hij het hartstikke mis.

Ik zal doen wat nodig is om hem niet weer te verliezen.

32

Julian

De rit naar Nora's ouders verloopt in een gespannen stilte. Ik ben bezig de veiligheidsmaatregelen met mijn team af te stemmen. Nora zit druk berichtjes te sturen naar haar ouders, die haar bombarderen met vragen over deze plotse wijziging in de plannen. Rosa kijkt stilletjes toe. Haar uitdrukking is onleesbaar door de zwart-blauwe verkleuringen op haar gezicht.

Zodra we er zijn, holt Nora naar het huis. Ik volg haar; ik wil haar nog geen half uur alleen laten. Rosa blijft bij Lucas in de auto zitten. Ze wil ons niet in de weg lopen, zegt ze.

Als we binnenkomen, begrijp ik wat ze bedoelt.

Het huis van de Lestons is een gekkenhuis. Gabriela rent rondjes en probeert zoveel mogelijk in een grote koffer te stoppen. Haar echtgenoot is aan de telefoon en staat luidkeels aan iemand uit te leggen dat hij nu het land uit moet en dat hij dat niet eerder kon aangeven, sorry.

'Ze gaan me ontslaan,' moppert hij als hij opgehangen heeft. Ik doe mijn best niet te zeggen dat geen enkele baan zijn leven waard is.

'Als ze je ontslaan, help ik je aan een nieuwe baan, Tony,' zeg ik in plaats daarvan, aan de keukentafel plaatsnemend. Nora's vader werpt me een woedende blik toe, maar ik negeer hem. Ik ben bezig met de tientallen e-mails die de afgelopen paar uur in mijn inbox zijn beland.

Veertig minuten later heeft Nora haar ouders zover dat ze ophouden met dingen inpakken.

'We moeten gaan, mam,' houdt ze vol als haar moeder nog iets noemt wat ze nog niet heeft ingepakt. 'We hebben ook Deet op het landgoed, dat beloof ik je. En alles wat je verder wilt hebben, bestellen we en dan wordt het bezorgd. We wonen niet in de rimboe, hoor.'

Dat lijkt Gabriela te kalmeren, dus help ik haar de grote koffer dicht te doen en sleep hem dan naar de auto. Het ding moet minstens honderd kilo wegen. Het kost me moeite hem in de kofferbak van de limo te leggen.

Intussen heeft Nora's vader een kleinere koffer gebracht.

'Kom maar,' zeg ik, maar hij trekt hem weg.

'Ik kan het zelf,' zegt hij scherp. Ik ga opzij en laat het hem zelf doen. Als hij boos wil blijven, is dat zijn zaak.

Zodra alles in de auto ligt, stappen Nora's ouders in. Rosa gaat voorin zitten, naast Lucas. 'Dan hebben jullie meer ruimte,' zegt ze, alsof de limousine niet groot genoeg is voor wel tien mensen.

'Moeten al die auto's hier echt zijn?' vraag Nora's moeder als ze naast Nora gaat zitten. 'Ik bedoel, is het echt zo gevaarlijk?'

'Waarschijnlijk niet, maar ik wil geen enkel risico lopen,' zeg ik als we wegrijden. Behalve drieëntwintig bewakers, verdeeld over zeven SUV's, die allemaal rondjes rijden door het blok, heb ik ook een zwik wapens onder de stoelen verborgen. Het is nogal overdreven voor een vredige vakantie in Chicago, maar nu er wel problemen zijn ontstaan, ben ik bang dat ik niet genoeg heb meegenomen. Ik had meer mannen en meer wapens mee moeten brengen, maar wilde niet dat Frank en de zijnen dachten dat ik hier was om zaken te doen.

'Dit is waanzin,' moppert Tony, uit het raam kijkend naar de colonne die ons volgt. 'Ik wil niet weten wat de buren nu denken.'

'Ze denken dat je beroemd bent, pap,' zegt Nora geforceerd opgewekt. 'Heb je je nooit afgevraagd hoe het voor de president moet zijn? Die heeft ook altijd de geheime dienst bij zich.'

'Nee, niet bepaald.' Nora's vader kijkt om en zijn uitdrukking wordt iets milder als hij naar zijn dochter kijkt. 'Hoe voel je je, lieverd?' vraagt hij. 'Je zou moeten rusten in plaats van deze gekkigheid te doorstaan.'

'Ik voel me prima, pap.' Nora's gezicht verstrakt. 'En als je het niet erg vindt, wil ik er verder niet over praten.'

'Natuurlijk, lieverd,' zegt haar moeder, knipperend. Tegen de tranen, denk ik. 'Zoals je wilt, lieveling.'

Nora probeert naar haar moeder te glimlachen, maar slaagt daar totaal niet in. Ik moet mijn arm wel om haar heen slaan en haar tegen me aan trekken. 'Ontspan je, schatje,' prevel ik tegen haar haren als ze zich tegen me aan nestelt. 'We zullen er snel zijn en dan kun je in het vliegtuig slapen, goed?'

Nora zucht en mompelt tegen mijn schouder: 'Klinkt goed.' Ze lijkt moe, dus strijk ik door haar haren, genietend van de zachte lokken. Ik zou zo voor eeuwig kunnen zitten, met de warmte van haar kleine lichaam tegen me aan en haar zoete, delicate geur om me heen. Voor het eerst sinds de miskraam verlaat iets van het gewicht mijn borst en vermindert het duistere, bittere verdriet een beetje. De drang naar geweld raast nog steeds door me heen, maar die afschuwelijke leegte is tijdelijk vervuld en lijkt me niet langer op te willen slokken.

Ik weet niet hoelang we zo zitten, maar als ik opkijk, zie ik dat Nora's ouders ons vreemd aan zitten te kijken. Vooral Gabriela lijkt gefascineerd. Ik frons naar ze en schik Nora zo dat ze lekkerder zit. Ik vind het maar niks dat ze hier getuige van zijn. Ze mogen niet weten hoezeer ik afhankelijk ben van mijn poesje, hoe wanhopig ik haar nodig heb.

In reactie op mijn blik kijken ze weg. Ik blijf Nora's haren strelen als we de snelweg verlaten en een B-weg oprijden.

'Hoelang duurt het nog voor we er zijn?' vraagt Nora's vader een paar minuten later. 'We gaan naar een privévliegveld, toch?'

'Klopt,' zeg ik. 'Het is niet ver meer, volgens mij. Het is niet druk op de weg, dus we zijn er met twintig minuten. Een van mijn mannen is het vliegtuig aan het voorbereiden, dus zodra we er zijn, kunnen we vertrekken.'

'En kunnen we gewoon zo vertrekken? Zonder douanecontrole?' vraagt Nora's moeder. Ze lijkt nog steeds bijzonder geïnteresseerd in de manier waarop ik Nora vasthoud. 'Niemand zal ons ervan weerhouden terug te komen naar dit land of zo?'

'Nee,' zeg ik. 'Ik heb een speciale afspraak met...' Maar voor ik uitgesproken ben, begint de auto sneller te rijden. De versnelling is zo onverwacht en hevig dat ik moeite heb om te blijven zitten en Nora vast te houden, die naar adem snakt en mijn middel vastgrijpt. Haar ouders hebben minder geluk; ze vallen opzij en glijden bijna van de bank.

Het paneel dat ons van de chauffeur scheidt, zakt naar beneden, waardoor Lucas' grimmige gezicht in de achteruitkijkspiegel zichtbaar wordt.

'We worden achtervolgd,' zegt hij kortaf. 'Ze hebben ons door en brengen alles mee wat ze hebben.'

33

Nora

M IJN HART SLAAT OVER; DAN RAAST EEN GOLF adrenaline door me heen.

Voor ik kan reageren, is Julian al in beweging. Hij maakt mijn gordel los en trekt me van de stoel af, op de vloer.

'Blijf daar,' snauwt hij. Geschokt kijk ik toe hoe hij een zitting optilt en daarmee een enorme hoeveelheid wapens onthult.

'Wat...' sputtert mijn moeder, maar op dat moment maakt de limo een scherpe beweging en word ik tegen de zijkant van de met leer beklede bank geslagen. Mijn ouders schreeuwen het uit en grijpen elkaar vast, terwijl Julian de bovenkant van de bank vastgrijpt om te voorkomen dat hij omvalt.

Dan hoor ik het.

Het geratel van automatisch geweervuur.

Iemand schiet op ons.

'Gabriela!' Mijn vaders gezicht is krijtwit. 'Houd me vast.'

De limo zwenkt opnieuw, waardoor mijn moeder een doodsbange gil slaakt. Op de een of andere manier weet Julian zich overeind te houden. Hij buigt zich over de wapens terwijl de limo nog meer vaart maakt. Vanuit mijn positie op de vloer zie ik door de ramen de boomtoppen voorbijvliegen. We moeten met een noodgang over de weg razen.

Opnieuw geweervuur. De bomen vliegen nu nog sneller voorbij, hun groene kruinen slechts een waas. Ik hoor mijn hart bonzen; het overstemt bijna het gepiep van banden in de verte.

'O, mijn God.' Mijn moeder gilt het uit en ik pak een zitting vast om op mijn knieën uit het achterraam te kunnen kijken.

Wat ik zie, kan zo uit een *Fast and Furious*-film komen.

Achter de zeven SUV's van onze bewakers doemt een hele optocht op. Meer dan tien SUV's en busjes, maar ook drie Hummers met enorme geweren op het dak. Mannen met aanvalsgeweren hangen uit de ramen en schieten op onze bewakers, die hetzelfde doen. Geschokt kijk ik toe als een van de wagens van de achtervolgers de achterste SUV inhaalt en hem vanaf de zijkant van de weg probeert te duwen. Beide auto's zwaaien over de weg. Vonken spatten alle kanten op als hun zijkanten elkaar raken. Opnieuw hoor ik geweervuur, waarna de auto van de achtervolgers van de weg raakt en over de kop vliegt.

Eén neer, nog meer dan vijftien te gaan.

Het rekensommetje is overduidelijk. Vijftien tegen acht, inclusief onze limo. We staan er slecht voor. Mijn hart bonst als het gevecht op hoge snelheid doorgaat. Auto's botsen op elkaar te midden van een regen aan kogels.

Boem! Het oorverdovende geluid raast door me heen en ik heb gevoel dat zelfs mijn botten trillen. Verbijsterd zie ik een van de SUV's van onze bewakers omhoog vliegen en midden in de lucht ontploffen. De benzinetank, denk ik versuft, maar dan hoor ik Julian mijn naam schreeuwen.

Met suizende oren draai ik me om en zie dat hij me iets groots toesteekt. 'Trek dit aan,' brult hij voor hij nog twee dingen naar mijn ouders gooit.

Kogelvrije vesten, besef ik vol ongeloof.

Hij heeft zojuist kogelvrije vesten uitgedeeld.

Het ding is zwaar, maar ik weet het aan te trekken, ook al slingert de limo alle kanten op. Ik hoor dat mijn ouders elkaar driftig helpen en als ik naar Julian kijk, heeft hij zijn eigen vest al aan.

Ook heeft hij een AK-47 vast. Die geeft hij aan mij om vervolgens een groot, ongewoon uitziend wapen uit de stapel te trekken. Even staar ik er verbluft naar, maar dan besef ik wat het is.

Een granaatwerper voor handmatig gebruik. Julian

heeft hem een keer laten zien toen we nog op het landgoed waren.

Ik schud mijn schok van me af en klim op de zitting. Met bevende hand houd ik het wapen vast. Ik moet helpen, hoe eng het ook is. Maar voor ik het raam kan openen en schieten, trekt Julian me weer naar de vloer.

'Blijf laag,' brult hij. 'Waag het niet te bewegen.'

Ik knik en probeer mijn ademhaling onder controle te krijgen. De adrenaline die door me heen raast, versnelt alles en vertraagt het tegelijkertijd, waardoor mijn perceptie zowel sloom als scherp is. Mijn moeder snikt. Rosa en Lucas roepen iets. Julians gezicht vertrekt als hij door de voorruit kijkt.

'Verdomme.' De felheid in de vloek laat me schrikken.

Ik ga toch op mijn knieën zitten... en krijg geen adem meer.

Op de weg voor ons, een paar honderd meter verderop, staat een politieblokkade. We rijden er met volle snelheid op af.

ulian

HET KILLE, RATIONELE DEEL VAN MIJN GEEST MERKT twee dingen meteen op: we kunnen geen kant op en de vier politiewagens die de weg blokkeren, worden omringd door mannen in SWAT-uitrusting.

Ze verwachten ons - wat inhoudt dat ze aan de kant van de Sullivans staan en hier zijn om ons allemaal af te maken.

Die gedachte vervult me met een angstige woede. Niet voor mezelf, maar de wetenschap dat Nora vandaag zou kunnen sterven, dat ik haar misschien nooit meer vast zal kunnen houden...

Nee. Verdomme, nee. Zonder twijfel duw ik die

verlammende gedachte opzij en neem de situatie goed in me op.

In minder dan twintig seconden zijn we bij de wegversperring. Ik weet wat Lucas gaat doen: de twee auto's met de meeste ruimte ertussen rammen. Het gat is maar 60 centimeter breed, maar we rijden zo'n 200 kilometer per uur en de auto is gepantserd, dus we hebben de impact mee.

We moeten alleen de klap overleven.

Ik grijp de granaatwerper in mijn rechterhand, schreeuw 'Zet je schrap!' tegen Nora's ouders en laat me op de grond vallen, bovenop Nora, om haar te beschermen.

Een paar seconden later raakt onze limo met een halsbrekende klap de politiewagens. Ik hoor Nora's ouders schreeuwen en voel de traagheid van de impact me voorwaarts sleuren. Iedere spier in mijn lichaam is aangespannen om de beweging tegen te gaan.

Het werkt, maar ook maar net. Mijn linkerschouder slaat tegen de zijkant van de bank, maar ik houd Nora veilig onder me. Waarschijnlijk wordt ze geplet onder mijn gewicht, maar dat is beter dan het alternatief. Ik hoor het metalige getik van kogels tegen de zijkant en ramen van de wagen. Ze schieten op ons.

In een gewone auto zouden we doorboord zijn met kogels.

Zodra ik de limo weer vaart voel maken, spring ik op. Vanuit mijn ooghoek zie ik dat Nora's ouders de klap ook hebben overleefd. Tony houdt met een pijnlijke grimas zijn arm vast, maar Gabriela lijkt alleen versuft.

Ik heb geen tijd om ze nader te onderzoeken. Als we dit willen overleven moeten we Sullivans mannen uitschakelen, en wel nu.

Ik heb nog altijd de granaatwerper vast, dus druk ik op een knopje in het portier om de verborgen opening in het dak te openen. Dan ga ik in het midden staan, met mijn hoofd en schouders buiten de auto. Ik hef het wapen en richt op de auto's achter ons - waar zich nu bij de vijftien auto's van Sullivan ook een politiewagen heeft gevoegd.

Nee, dertien auto's van Sullivan, corrigeer ik mezelf. Mijn mannen hebben twee auto's uitgeschakeld.

Tijd om de kansen nog wat verder ten goede te keren.

Kogels vliegen om mijn hoofd, maar dat negeer ik terwijl ik zorgvuldig mik. Ik heb maar zes granaten, dus ik moet raak schieten.

Boem! Het eerste schot slaat hard terug. De terugslag ramt tegen mijn schouder, maar de granaat raakt zijn doel: de politiewagen recht achter ons. De auto vliegt omhoog en ontploft, waarna hij brandend op zijn zij terechtkomt. Een van de Hummers kan hem niet meer ontwijken en ik kijk tevreden toe als beide auto's ontploffen, waardoor een van Sullivans busjes van de weg raakt.

Nog elf vijandelijke wagens over.

Ik mik opnieuw. Dit keer heb ik een ambitieuzer

doel: een van de overgebleven Hummers, achterin de colonne. Hij heeft een enkelschotsgranaatwerper op zijn dak; die heeft eerder een van onze SUV's uitgeschakeld en ik weet dat ze het wapen nog een keer willen gebruiken.

Boem! Nog zo'n terugslag - en tot mijn afschuw mis ik. De Hummer ontwijkt de granaat op het laatste moment en ramt zo een van onze SUV's. Ik kijk hulpeloos toe als de wagen over de kop gaat en van de weg vliegt.

Nu zijn er nog vijf SUV's en onze limo.

Ik duw alle emotie opzij en mik op een busje dat dichterbij is. Boem! Dit keer is het precies raak. De wagen gaat over de kop en explodeert. Twee van de Sullivan-SUV's erachter rijden er met volle snelheid op in.

Nog acht vijandelijke wagens over.

Ik mik opnieuw en probeer het constante geslinger van de limo te compenseren. Ik weet dat Lucas over de hele weg zwenkt om ons een moeilijker doelwit te maken, maar dat maakt hen ook een moeilijker doelwit voor mij.

Boem! Ik schiet en nog een SUV van de Sullivans ontploft, de wagen erachter meenemend.

Nog zes vijandelijke wagens over en twee granaten.

Ik haal diep adem en mik opnieuw, maar op dat moment beginnen de twee Hummers te vuren. Twee van onze SUV's gaan de lucht in en rollen de weg af.

Nog drie van onze SUV's over.

Ik onderdruk mijn woede, houd het wapen stil en

mik op de Hummer die ons in probeert halen. Eén, twee... Boem! De granaat treft doel en de enorme auto raakt van de weg, rokend en met een kapotte motorkap.

Nog één Hummer en vier vijandelijke SUV's.

Ik heb nog één granaat.

Ik haal diep adem en mik, maar voor ik kan schieten, slingert een van de vijandelijke SUV's en ramt een andere. Mijn mannen moeten de chauffeur hebben geraakt. Onze kansen worden beter. De Sullivans hebben nu nog één Hummer en twee SUV's.

Opgelucht mik ik opnieuw... Maar dan hoor ik het.

Het onmiskenbare gebrul van een helikopter.

Ik kijk op en zie vanuit het westen een politiehelikopter aankomen.

Verdomme.

Of het zijn nog meer corrupte agenten, of de autoriteiten hebben lucht gekregen van het gevecht.

In beide gevallen ziet het er niet goed voor ons uit.

35

ALS HET NIEUWE GELUID MIJN OREN BEREIKT, SCHIET mijn adrenaline omhoog. Ik wist niet dat ik me zo verdoofd en tegelijkertijd springlevend tegelijk kon voelen. Mijn hart bonst als een gek en mijn huid prikt van angst. Maar de paniek die me eerder in zijn greep had, is verdwenen; die is ergens tussen de tweede en derde explosie opgelost.

Blijkbaar kun je overal aan wennen, ook aan ontploffende auto's.

Ik grijp het geweer vast dat Julian me gegeven heeft en houd met mijn andere hand mijn bank vast, niet in staat mijn blik af te wenden van de strijd die buiten gevoerd wordt. De weg achter ons ziet eruit als een slagveld: overal gecrashte, brandende auto's op de smalle, lege weg.

Het ziet eruit als een computerspel, alleen zijn de doden echt.

Boem! Een druk op de knop en een auto vliegt de vlucht in. Boem! Nog een auto. Boem! Boem! Ik merk dat ik mentaal elke granaat aanstuur, alsof ik zo Julian kan helpen.

Een spel. Gewoon een realistisch schietspel met verbluffende geluidseffecten. Als ik me dat maar voorhoud, kan ik dit wel aan. Ik kan net doen alsof er niet tientallen brandende dode lichamen op de weg achter ons liggen, zowel onze mannen als de hunne. Ik kan net doen alsof de man van wie ik houd niet midden in de limo staat met een granaatwerper, zijn hoofd en bovenlichaam blootgesteld aan de kogelregen buiten.

Ja, gewoon een spel, waar nu een helikopter bij gekomen is. Ik hoor hem en als ik op de bank klim om uit het raam te kijken, zie ik hem ook.

Het is een politiehelikopter en hij komt recht op ons af.

Het zou een opluchting moeten zijn dat de autoriteiten tussenbeide komen - maar de blokkade waar we zojuist doorheen zijn geraasd, leek niet op een poging om de orde te handhaven. Ik zag de politiewagen met de auto's van de Sullivans mee rijden. Het leek er niet op alsof ze alle betrokken criminelen wilden arresteren.

Ze wilden ons uitschakelen.

Een nieuwe vlaag van angst slaat door me heen en spoelt mijn valse kalmte weg. Dit is geen spelletje. Overal om ons heen gaan mensen dood. Zonder de bepantsering en Lucas' rijvaardigheid, waren wij waarschijnlijk ook al dood. En voor mezelf is dat nog niet zo erg. Maar iedereen van wie ik houd, bevindt zich in deze auto. Als hen iets overkomt...

Nee, stop. Ik begin te hyperventileren en duw die gedachte daarom weg. Ik kan me nu geen paniek veroorloven. Als ik omkijk, zie ik mijn ouders bij elkaar gekropen op de bank zitten, hun handen om hun gordels geklemd. Hun bleke huid heeft een groenige tint gekregen. Volgens mij zijn ze in shock; mijn moeder is in elk geval gestopt met gillen.

De limo zwenkt scherp naar rechts, waardoor ik bijna van de bank tuimel.

'Ik probeer de hangar te bereiken!' schreeuwt Lucas. Ik besef dat we zojuist een nog smallere weg zijn opgereden. Het kleine vliegveld ligt recht voor ons, ons lokkend met zijn belofte op redding. Het gebrul van de helikopter komt nu van recht boven ons, maar als we het vliegtuig weten te bereiken en weg kunnen komen...

Boem! Mijn blikveld wordt donker en alle geluid sterft even weg. Naar adem snakkend klamp ik me aan de bank vast als de limo opnieuw slingert en nog sneller begint te rijden. Als ik weer een beetje bijkom, realiseer ik me dat de SUV direct achter ons geraakt is.

In zijn dak zit nu een groot, rokend gat. Vol afschuw kijk ik toe als hij een van onze auto's ramt en die met verpletterende kracht opzij duwt. De banden piepen; dan rollen beide auto's in een hoop verwrongen metaal van de weg.

De politiehelikopter heeft op ons geschoten, besef ik paniekerig. Hij heeft met één schot twee van onze auto's uitgeschakeld, waardoor we nog maar één auto over hebben.

Angstig werp ik een blik door de voorruit. De hangar waar ons vliegtuig geparkeerd staat, is dichtbij. Zo dichtbij. Nog een paar honderd meter en we zijn er. Zo lang kunnen we het wel overleven...

Boem! Mijn oren suizen, maar ik zie de Hummer achter ons in vlammen opgaan. Opgelucht dringt tot me door dat Julian hem geraakt moet hebben. Nu hebben we alleen nog de helikopter en twee SUV's achter ons aan. In de laatste SUV van ons zitten nog bewakers. Nog een paar van die schoten en we zijn veilig...

'Nora!' Sterke armen vliegen om mijn middel en sleuren me naar de grond. Een woedende Julian ligt op me. 'Ik zei dat je verdomme moest blijven liggen!'

In minder dan een seconde dringt tot me door dat hij niet gewond is en dat zijn handen leeg zijn.

De granaatwerper moet leeg zijn.

Boem! Een knal geeft de limo een zwiep, waardoor we allebei de lucht in worden geworpen. Ik merk wel dat Julian zich om me heen kromt om me te beschermen, maar de klap als we het tussenschot raken, is enorm. Alle lucht wordt uit mijn longen geperst en het interieur van de auto draait om me heen. Mijn zicht wordt wazig als iets scherps mijn huid raakt. Mijn hoofd bonst alsof mijn hersenen eruit willen klimmen.

'Nora!' Julians stem dringt langzaam door het gesuis in mijn oren heen. Versuft probeer ik me op hem te concentreren. Mijn zicht wordt iets beter en ik besef dat we opnieuw op de vloer liggen, met hem bovenop me. Zijn gezicht is bedekt met bloed, het drupt op me. Hij praat, maar de woorden dringen niet tot me door.

Ik zie alleen het nare, dodelijke rood van zijn bloed.

'Je bent gewond.' Die doodsbange piep lijkt totaal niet op mijn eigen stem. 'Julian, je bent gewond...'

Met een harde hand grijpt hij mijn kaak, zodat ik stil word. 'Luister naar me,' gromt hij. 'Over precies één minuut moet je het op een lopen zetten. Begrepen? Ren recht naar dat vliegtuig en blijf niet staan, wat er ook gebeurt.'

Ik staar niet-begrijpend hem aan. Drup. Drup. Drup. Het rood blijft druppelen. Ik voel het op mijn gezicht en proef de metalige smaak op mijn lippen. Zijn ogen zijn helder en blauw tegenover dat rood, zo mooi...

'Nora!' brult hij. Hij schudt me door elkaar. 'Begrepen?'

Iets van het gesuis in mijn oren neemt af en eindelijk dringen zijn woorden tot me door.

Rennen. Hij wil dat ik ren.

'En jij...' begin ik, maar hij onderbreekt me.

'Je neemt je ouders mee en jullie rennen zo hard je verdomme kunt.' Zijn toon is scherp genoeg om een staalkabel door te snijden en zijn blik brandt in de mijne. 'Ik geef je het geweer mee, maar je gaat niet de held uithangen. Begrepen, Nora?'

Ik knik kort. 'Ja.' Ondanks het gebons in mijn hoofd merk ik dat de auto nog steeds rijdt. Wat ons ook geraakt heeft, het heeft ons niet tot stilstand gebracht. Ik hoor de helikopter ook nog steeds, maar we zijn er nog. 'Ja, dat begrijp ik.'

'Mooi.' Hij houdt mijn blik nog even vast en dan, alsof hij het niet kan helpen, drukt hij een korte, brandende kus op mijn lippen. Ik proef zilt en de metalige smaak van zijn bloed, evenals de unieke smaak die bij Julian hoort, en ik wil dat hij me blijft kussen, dat hij me deze nachtmerrie laat vergeten. Maar heel snel verplaatst hij zijn lippen naar mijn hals en fluistert: 'Zorg dat je je ouders en jezelf in dat vliegtuig krijgt, schatje. Thomas is er al en hij kan vliegen als het nodig is. Lucas zorgt voor Rosa. Dit is onze enige kans om het te overleven, dus als ik zeg dat je moet rennen, ren je. Ik ben vlak achter je, goed?'

Voor ik iets kan zeggen, trekt hij me op mijn knieën en geeft me de AK-47. Mijn hoofd tolt door die plotse beweging, maar ik schud de duizeligheid van me af en grijp het wapen zo stevig als ik kan vast. Alles voelt vreemd aan en mijn lichaam lijkt niet mee te willen werken, maar ik ben helder genoeg om te registeren dat de achterruit verdwenen is en er rook uit de kofferbak komt. Tot mijn opluchting zitten mijn ouders nog steeds in hun gordels. Ze bloeden en lijken versuft, maar ze leven nog.

De achterruit moet in splinters door de auto zijn geblazen, wat het bloed op hen en Julian verklaart.

De limo vertraagt en Julian pakt opnieuw mijn kaak om mijn aandacht te trekken. 'Over tien seconden,' zegt hij kortaf, 'open ik de deur en stap eruit. Op dat moment neem jij de andere deur. Begrepen, Nora? Je klimt die deur uit en rent alsof je leven ervan afhangt.'

Ik knik en hij laat me los. Ik kijk naar mijn ouders. 'Maak jullie gordels los,' zeg ik hees. 'Zodra de auto stopt, rennen we naar het vliegtuig.'

Mijn moeder reageert niet. Haar gezicht is krijtwit van de shock, maar mijn vader begint aan de gordels te friemelen. Vanuit mijn ooghoek zie ik de hangar steeds dichterbij komen en ik begin mijn ouders te helpen. Ik wil ze los hebben voor de auto stopt.

Ik slaag erin mijn moeder te bevrijden, maar die van mijn vader lijkt vast te zitten. Wanhopig rukken we eraan, elkaar in de weg zittend als de limo door een grote, open poort een pakhuis-achtig gebouw binnenscheurt.

'Schiet op!' brult Julian als de limo piepend tot stilstand komt. Ik raak bijna opnieuw mijn evenwicht kwijt, maar dankzij de gordel blijf ik overeind.

'Nu, Nora!' Julian gooit zijn deur open. 'Nu, rennen!'

Eindelijk komt de gordel los en ik pak mijn vaders hand. Hij pakt die van mijn moeder. Ik smijt de andere deur open en we vallen de auto op handen en knieën uit. Mijn hart bonst en ik kijk wanhopig rond, op zoek naar het vliegtuig, en dan zie ik het.

Het staat bij de open deur aan de andere kant van de hangar, met een stuk of tien vliegtuigen tussen ons in.

'Deze kant op!' Ik spring op en trek aan mijn vaders hand. 'Kom op, we moeten gaan!'

We beginnen te rennen. Achter ons hoor ik meer banden piepen en dan het geratel van geweervuur. Ik kijk om en zie Julian en Lucas op een SUV schieten die zojuist het gebouw is binnengereden. Rosa rent vlak achter ons. Mijn hart bonst en ik vertraag omdat alles in mij schreeuwt dat ik Julian en Lucas moet helpen, maar dan herinner ik me zijn woorden.

Onze grootste kans op overleven is het vliegtuig. Zelfs met mijn hulp functioneren mijn ouders nauwelijks.

Daarom onderdruk ik de neiging terug te rennen en schreeuw in plaats daarvan 'Opschieten!' naar Rosa, die bijna bij ons is. Met zijn vieren rennen we verder. Mijn vader sleept mijn moeder voort. Hij is doodsbleek en zijn ogen staan paniekerig. Maar hij zet de ene voet voor de andere en meer heb ik nu niet van hem nodig. Later maak ik me wel druk over de impact van dit alles op mijn ouders' geestelijke gesteldheid en mijn rol hierin.

Nu moeten we het gewoon overleven.

Maar toch blijf ik achterom kijken. Mijn angst om

Julian voelt als een enorme knoop in mijn maag. Ik wil hem niet weer verliezen. Dat overleef ik niet.

De eerste keer dat ik omkijk, zie ik Julian en Lucas dekking nemen achter de limo en schieten op de mannen die achter de limo schuilen. Er liggen al twee doden op de grond en er zit een bloederig gat in de vooruit van de SUV.

Ondanks mijn paniek voel ik een vlaag van trots. Mijn echtgenoot en zijn rechterhand weten wat ze doen als het om levens nemen gaat.

De tweede keer dat ik omkijk, ziet de situatie er nog beter uit. Vier vijandelijke lichamen op de grond en Lucas op weg naar de laatste schutter, terwijl Julian hem dekt.

De derde keer dat ik kijk, is de laatste schutter dood en stopt het geweervuur. De hangar is vreemd stil na al dat lawaai. Ik zie Lucas en Julian opstaan, blijkbaar ongedeerd. Tranen van vreugde rollen over mijn wangen.

Het is ons gelukt. We hebben het overleefd.

We zijn bij het vliegtuig en ik zie Thomas, de chauffeur die me naar de kapper reed, bij de open deur staan. 'Breng ze naar binnen,' vertel ik hem met trillende stem. Hij knikt en helpt mijn ouders en Rosa de trap op. 'Ik kom zo,' beloof ik mijn vader als hij me mee wil trekken. 'Ik heb heel even nodig.' Ik trek me los en wend me weer richting de limo.

'Julian!' Ik zwaai met de AK-47 boven mijn hoofd. 'Hier! Kom, we gaan!'

Hij kijkt naar me en ik zie een brede lach op zijn gezicht doorbreken.

Half lachend, half huilend begin ik naar hem toe te rennen, alles negerend behalve mijn vreugde... En dan ontploft de muur naast de limo, waardoor Lucas en hij weggeblazen worden.

36

*J*ulian

Pijn. Duisternis.

Heel even ben ik terug in die raamloze ruimte en snijdt Majids mes weer door mijn gezicht. Mijn maag knijpt samen en ik slik de gal in mijn keel weg. Dan wordt mijn geest helder en hoor ik een vaag gesuis in mijn oren.

Dat is niet wat er in Tadzjikistan gebeurd is.

Zo heet was het daar ook niet.

Het is te heet. Zo heet dat ik verbrand.

Verdomme. Een vlaag adrenaline verdrijft de mentale sufheid. Razendsnel rol ik me om in een poging de vlammen op mijn kogelvrije vest te doven.

Misselijkheid klauwt aan me en mijn hoofd bonst, maar het vuur dooft.

Hijgend blijf ik liggen om tot mezelf te komen. Wat is er verdomme gebeurd?

Het gesuis neemt wat af. Ik open mijn ogen en zie overal brandende wrakstukken om me heen.

Een ontploffing. Het moet een explosie zijn geweest.

Zodra het besef doordringt, hoor ik het.

Een vlaag geweervuur, die beantwoord wordt.

Mijn hart slaat over. Nora!

De paniek is zo hevig dat hij al het andere wegvaagt. Ik negeer de pijn en spring op, struikelend als mijn knieën het dreigen te begeven voor ze zich stabiliseren.

Razendsnel zoek ik de bron van het geweervuur. Dan zie ik het.

Een klein figuurtje schuilt achter een groot vliegtuig na nog een paar schoten gelost te hebben. Achter haar zie ik een groep gewapende mannen in SWAT-uitrusting.

In minder dan een seconde neem ik de rest in me op. De muur van de hangar waar de limo stond is weggeblazen. Door de opening zie ik de politiehelikopter staan, de rotorbladen nu stil.

Mijn mannen in de laatste SUV hebben het niet gered, waardoor wij nu tegenover de laatsten van Sullivans mannen staan.

Maar voor ik die gedachte volledig heb gevormd, ben ik al in beweging. De limo staat brandend naast me, maar het vuur is voorin, dus ik heb nog even. Ik wring een deur open en klim erin. De wapens liggen er nog, dus pak ik twee automatische geweren en spring er weer uit. Dat ding kan elk moment de lucht in gaan. Een paar meter verderop zie ik Lucas overeind krabbelen. Hij leeft nog; daar ben ik blij om, maar voor die gevoelens heb ik nu geen tijd. Een paar honderd meter verderop schiet Nora om de vliegtuigen heen, schietend op haar achtervolgers. Mijn kleine poesje tegen vier gewapende mannen - ik word misselijk van angst en woede.

Ik pak beide wapens en begin te rennen. Zodra ik duidelijk zicht heb op Sullivans mannen, open ik het vuur.

Tak-tak-tak! Het hoofd van een van de mannen ontploft. Tak-tak-tak! Nog eentje gaat neer.

De laatste twee beseffen wat er gebeurt en openen het vuur in mijn richting. Ik negeer de kogels om me heen en blijf rennen en schieten, proberend zo veel mogelijk dekking te zoeken tussen de vliegtuigen. Zelfs met het kogelvrije vest ben ik niet bepaald onschendbaar.

Tak-tak-tak! Er snijdt iets langs mijn linkerschouder, een brandende streep in mijn arm achterlatend. Vloekend grijp ik de geweren steviger vast en schiet terug, waarbij een van de mannen achter een kleine wagen springt. De tweede blijft schieten. Ik zie Nora achter een van de vliegtuigen vandaan komen en mikken. Haar donkere ogen lijken enorm in haar bleke gezicht.

Bam! Het hoofd van de schutter ontploft met een

klap. Haar kogel heeft doel getroffen. Ze draait zich om en schiet op de man achter de vrachtwagen.

Met haar als afleiding verander ik van koers en besluip de vrachtwagen van achteren. Als ik naderbij kom, zie ik hem op Nora mikken. Met een brul van woede haal ik de trekker over en doorzeef hem met kogels.

Als een bloedige massa levenloos vlees zakt hij naar beneden.

Er wordt niet meer geschoten. De stilte is oorverdovend.

Hijgend laat ik mijn wapens zakken en stap achter de vrachtwagen vandaan.

37

ALS JULIAN ACHTER DE VRACHTWAGEN VANDAAN STAPT, bebloed maar in leven, laat ik de AK-47 vallen. Mijn vingers kunnen het zware wapen niet meer dragen. De emotie in mijn borst is meer dan opluchting, meer dan blijdschap.

Het is uitzinnigheid. Een verbijsterde, wilde uitzinnigheid dat we onze vijanden hebben gedood en het overleefd hebben.

Toen de muur ontplofte en die mannen de hangar binnen kwamen, dacht ik dat Julian dood was. Vol blinde woede opende ik het vuur. Toen ze terugschoten, begon ik op puur instinct heen en weer te rennen.

Ik wist dat ik het maar een paar minuten zou

volhouden, maar dat interesseerde me niet. Ik wilde alleen zo lang mogelijk in leven blijven om er zoveel mogelijk te doden.

Maar nu is Julian er, even levend en vitaal als altijd.

Ik weet niet of ik naar hem toe ren of hij naar mij, maar ik eindig in zijn armen, zo stevig vastgeklemd dat ik nauwelijks kan ademhalen. Hij drukt hete kussen op mijn gezicht en hals. Zijn handen gaan over mijn lichaam, op zoek naar verwondingen. De afschuwelijke gebeurtenissen van het laatste uur verdwijnen in een wilde vreugde.

We hebben het overleefd, we zijn samen. Niets haalt ons ooit nog uit elkaar.

'DIE TWEE WAREN IN DE BUURT VAN DE HELIKOPTER,' zegt Lucas als we de hangar uitkomen om hem te zoeken. Net als Julian is hij bloederig en duidelijk gewond, maar niet minder dodelijk - zoals blijkt uit de staat van de twee mannen in het gras. Ze kreunen en huilen. De een omklemt zijn bloedende arm, de ander probeert het bloeden van zijn been te stelpen.

'Is dat wie ik denk?' Julian knikt naar de oudere man. Lucas glimlacht wreed.

'Ja. Patrick Sullivan zelf, samen met zijn favoriete - en enig overgebleven - zoon Sean.'

Ik staar naar de jongere man. Nu herken ik zijn verwrongen trekken. Het is Rosa's aanvaller, degene die ons ontvlucht was.

'Ik vermoed dat ze met de helikopter kwamen om de boel in de gaten te houden en op het juiste moment in te grijpen,' gaat Lucas verder, ondanks dat hij met een vertrokken gezicht zijn ribben omklemt. 'Maar dat juiste moment kwam niet. Ze zijn erachter gekomen wie je was en hebben alle agenten opgetrommeld die ze iets schuldig waren.'

'De mannen die we gedood hebben, waren agenten?' Ik begin te trillen nu de adrenaline afneemt. 'Die mannen in de Hummers en SUV's ook?'

'Veel wel, aan hun kleding te zien,' zegt Julian. Hij slaat een arm om mijn middel. Mijn benen beginnen aan te voelen als spaghetti, dus ik ben dankbaar voor zijn steun. 'Een aantal was waarschijnlijk corrupt, maar de rest volgde alleen bevelen van hoger hand. Ze dachten ongetwijfeld dat we zeer gevaarlijke criminelen waren. Misschien zelfs terroristen.'

'O.' Mijn hoofd begint weer te bonzen als ik erover nadenk. Ineens begin ik al mijn pijntjes en blauwe plekken te voelen. De pijn spoelt als een vloedgolf over me heen, gevolgd door een uitputting die zo hevig is dat ik tegen Julian aan zak als mijn blikveld vervaagt.

'Verdomme.' Ik vloek en mijn wereld maakt slagzij. Dan besef ik dat Julian me heeft opgetild. 'Ik breng haar naar het vliegtuig,' zegt hij. Met al mijn kracht schud ik mijn hoofd.

'Nee, het gaat prima. Zet me neer,' zeg ik, tegen zijn schouder duwend. Tot mijn verbazing laat Julian me zakken en zet me voorzichtig neer. Hij houdt een arm om mijn middel geslagen, maar laat me zelf staan.

'Wat is er, schatje?' Hij kijkt op me neer.

Ik gebaar naar de twee bloedende mannen. 'Wat ga je met ze doen? Ga je ze doden?'

'Ja,' zegt Julian. Zijn blauwe ogen glinsteren kil. 'Dat ga ik.'

Ik haal diep adem en laat hem langzaam ontsnappen. Het meisje dat Julian naar het eiland bracht, zou protesteren, een reden verzinnen om ze te sparen. Maar dat meisje ben ik niet meer. Het lijden van deze mannen doet me niets. Ik heb meer medelijden met een kever die op zijn rug ligt dan met deze mensen en ik ben blij dat Julian afrekent met de dreiging die ze vormen.

'Ik vind dat Rosa hier ook bij moet zijn,' zegt Lucas. 'Ze wil gerechtigheid zien.'

Julian kijkt naar me en ik knik even. Het is misschien verkeerd, maar het lijkt me alleen maar juist dat ze erbij is, dat ze hen die haar kwaad hebben gedaan aan hun einde ziet komen.

'Haal haar even,' zegt Julian. Lucas loopt de hangar in, waardoor Julian en ik achterblijven met de Sullivans.

We bekijken onze gevangenen in een grimmige stilte, beiden onwillig om te spreken. De oudere man is bewusteloos door het bloedverlies, maar Rosa's aanvaller weet zijn smeekbeden goed verstaanbaar te maken. Hij snikt en kronkelt, belooft ons geld, politieke gunsten, een introductie bij de Amerikaanse kartels... wat we maar willen, als we hem maar laten gaan. Hij zweert nooit meer een vrouw aan te raken, zegt dat het een fout was, dat hij niet wist wie Rosa was... Als Julian en ik niet reageren, veranderen zijn smeekbeden in dreigementen. Ik negeer hem, wetend dat niets wat hij zegt ons van gedachten kan doen veranderen. De woede in mijn binnenste is ijskoud en laat geen ruimte voor medelijden.

Voor wat hij Rosa en onze baby heeft aangedaan, verdient Sean Sullivan de dood.

Een minuutje later is Lucas terug, met een geschokte Rosa naast zich. Maar zodra ze de mannen ziet, krijgt ze weer kleur. Haar blik wordt keihard. Ze loopt op haar belager af, kijkt even naar hem en richt haar blik dan op ons.

'Mag ik?' vraagt ze. Ze steekt haar hand uit en Lucas geeft haar met een kille glimlach zijn wapen. Met vaste hand richt ze op haar verkrachter.

'Doe het,' zegt Julian. Opnieuw zie ik een man sterven. Voor de echo van Rosa's schot is weggestorven, stapt Julian op de bewusteloze Patrick Sullivan af en schiet een reeks kogels in zijn borst.

'We zijn klaar hier,' zegt hij. Hij draait zich om en met zijn vieren lopen we terug naar het vliegtuig.

Op weg naar huis vliegt Thomas het vliegtuig. Lucas deelt de cabine met Julian, Rosa en mij. Als ze ons allemaal levend terugziet, barst mijn moeder in een hysterische huilbui uit. Julian brengt mijn ouders naar de slaapkamer en vraagt ze te gaan douchen en daar even bij te komen. Ik wil gaan kijken hoe het met ze gaat, maar de combinatie van uitputting en de nasleep van de adrenaline haalt me in.

Zodra we in de lucht zijn, val ik in slaap in mijn stoel, mijn hand stevig in die van Julian geklemd.

Ik herinner me niet dat we geland zijn of dat we naar het huis zijn gereden. De eerstvolgende keer dat ik mijn ogen opendoe, lig ik in ons eigen bed en is dokter Goldberg bezig mijn wonden te verzorgen. Ik herinner me vaag dat Julian me heeft schoongewasssen in het vliegtuig, maar de rest van de reis is als een waas aan me voorbij gegaan.

'Waar zijn mijn ouders?' vraag ik terwijl de arts met een pincet een stukje glas uit mijn arm haalt. 'Hoe is het met ze? En Rosa en Lucas?'

'Ze slapen allemaal,' zegt Julian, die toekijkt. Zijn gezicht ziet grauw van uitputting en zijn stem klinkt vermoeider dan ooit. 'Maak je geen zorgen. Het gaat prima met ze.'

'Ik heb ze onderzocht toen jullie aankwamen,' zegt dokter Goldberg, de langzaam bloedende wond in mijn arm verbindend. 'Je vader heeft zijn elleboog behoorlijk gekneusd, maar niets gebroken. Je moeder was in shock, maar naast een paar sneden van het glas en een lichte whiplash mankeert ze niets, net als juffrouw Martinez. Lucas Kent heeft een paar gebroken ribben en brandwonden, maar dat overleeft hij wel.'

'En Julian?' Ik kijk naar mijn echtgenoot. Hij is al

schoon en verbonden, dus de arts moet hem verzorgd hebben terwijl ik sliep.

'Een lichte hersenschudding, net als jij, evenals eerstegraads brandwonden op zijn rug. Een paar hechtingen in het schampschot op zijn arm en wat kneuzingen. En natuurlijk al die kleine wondjes van het rondvliegende glas.' Hij haalt nog een stukje glas uit mijn arm en kijkt ons dan aan, alsof hij twijfelt wat hij moet zeggen. Uiteindelijk zegt hij: 'Ik heb gehoord dat je een miskraam hebt gehad. Ik vind het heel erg.'

Ik knik en vecht tegen de plots opkomende tranen. Het medeleven in dokter Goldbergs stem doet me meer pijn dan welk glas ook. Het herinnert me aan wat we verloren hebben. Het afschuwelijke verdriet dat ik tijdens ons gevecht om te overleven heb weggestopt, is weer terug, scherper en heviger dan ooit.

We hebben het overleefd, maar we zijn er niet ongedeerd vanaf gekomen.

'Bedankt,' zegt Julian gesmoord. Dan staat hij op en kijkt uit het raam. Zijn bewegingen zijn schokkerig en zijn hele houding straalt spanning uit. Blijkbaar beseft de arts zijn blunder, want hij maakt zijn werk snel en in stilte af, mompelt 'goedenavond' en vertrekt, ons met onze pijn achterlatend.

Zodra dokter Goldberg weg is, komt Julian bij het bed staan. Ik heb hem nog nooit zo moe gezien. Hij staat te zwaaien op zijn benen.

'Heb je wel geslapen in het vliegtuig?' vraag ik terwijl Julian zijn T-shirt en sportbroek uittrekt die hij blijkbaar hier aangetrokken heeft. Mijn borst verkrampt als ik zijn verwondingen zie. 'Wat kneuzingen' is nogal mild uitgedrukt. Hij is overal bont en blauw. Het grootste deel van zijn gespierde torso en rug zijn bedekt met verband.

'Nee, ik wilde jou in de gaten houden,' antwoordt hij op doffe toon. Dan komt hij naast me liggen. Hij slaat een arm over mijn zij en trekt me tegen zich aan. 'Ik was bang dat je een hersenschudding had van die klap in de auto,' mompelt hij. Zijn gezicht bevindt zich slechts centimeters van het mijne.

'O, ik begrijp het.' Ik kan mijn blik niet van de zijne afwenden. 'Maar jij hebt ook een hersenschudding, van de explosie.'

Hij knikt. 'Dat dacht ik al, ja. Nog een reden om wakker te blijven.'

Mijn borst knijpt opnieuw samen. Ik verdrink in zijn ogen, word dieper in die blauwe diepte gezogen. Ineens dringen de beelden van de explosie zich aan me op, de volledige horror van de recente gebeurtenissen met zich meebrengend. Julian die weggeblazen werd, Rosa's verkrachting, de miskraam, mijn ouders' doodsbange gezichten als we over de snelweg vliegen, te midden van een kogelregen... De gruwelijke beelden rijgen zich aaneen en verstikken me met verdriet en schuldgevoel.

Omdat ik ons naar die club heb gesleept, ben ik binnen twee dagen mijn baby en bijna ook iedereen van wie ik houd kwijtgeraakt.

De tranen die beginnen te vloeien, voelen als bloed dat uit mijn ziel wordt geknepen. Iedere druppel brandt en mijn snikken klinken hees en lelijk. Mijn nieuwe wereld is niet gewoon duister; hij is zwart en hopeloos.

Ik knijp mijn ogen dicht en probeer me op te krullen, mezelf zo klein mogelijk te maken om de pijn binnen te houden, maar dat staat Julian niet toe. Hij slaat zijn armen om me heen en houdt me vast terwijl ik volkomen instort; zijn grote lichaam verwarmt me, zijn handen strelen zijn rug. Hij fluistert tegen mijn haren dat we het overleefd hebben, dat alles goed komt en dat ons leven binnenkort weer normaal wordt.... Het lage, diepe geluid van zijn stem omringt me, vult mijn oren tot ik wel moet luisteren. De woorden troosten me, ook al weet ik dat ze niet waar zijn.

Ik weet niet hoelang ik zo lig te huilen, maar uiteindelijk ebt de ergste pijn weg en word ik me bewust van Julians aanraking, zijn enorme kracht. Zijn omhelzing, ooit mijn gevangenis, is nu mijn veilige haven, de reden dat ik niet verdrink in mijn wanhoop.

Als mijn tranen drogen, besef ik dat ik hem even stevig vast heb als hij mij, dat hij mijn aanraking even hard nodig lijkt te hebben. Hij troost me, maar ik troost hem ook. Dat vermindert mijn ellende, verlicht iets van de donkere waas die op me drukt.

Hij heeft me wel eerder vastgehouden als ik huilde, maar nooit zo. Hij was altijd de bron van mijn tranen, direct of indirect. We zijn nog nooit verenigd geweest in ons verdriet, hebben nooit samen pijn gedeeld. Het dichtst bij een gezamenlijk verlies kwamen we door Beths afschuwelijke dood, maar zelfs toen konden we niet samen rouwen. Na de explosie in het pakhuis rouwde ik zelf om Beth en Julian. Tegen de tijd dat hij me kwam halen, voelde ik meer woede dan pijn.

Maar ditmaal is het anders. Mijn verlies is het zijne. Meer nog, zelfs, aangezien hij dit kind vanaf het begin wilde. Het kleine leven dat in me groeide - dat hij zo fel beschermde - is weg. Ik kan me niet indenken hoe Julian zich nu moet voelen.

Hoezeer hij me moet haten om wat ik heb gedaan.

Die gedachte verscheurt me, maar ik slik mijn ellende in. Ik weet niet wat er morgen gebeurt, maar nu troost hij me en ik ben egoïstisch genoeg om dat te accepteren, om zijn kracht te gebruiken om hier doorheen te komen.

Met een beverige zucht nestel ik me dichter tegen mijn echtgenoot gaan, luisterend naar het sterke, regelmatige ritme van zijn hart.

Ook al haat Julian me nu, ik heb hem nodig.

Ik heb hem te hard nodig om hem ooit nog te laten gaan.

ulian

NORA'S ADEMHALING VERTRAAGT EN HAAR LICHAAM ONTSPANT ZICH TEGEN HET MIJNE AAN. Af en toe gaat er nog een rilling door haar heen, maar ook die sterven weg als ze dieper in slaap valt.

Ik zou ook moeten gaan slapen. Sinds de avond voor Nora's verjaardag heb ik niet meer geslapen, wat inhoudt dat ik al meer dan 48 uur wakker ben.

Achtenveertig van de afschuwelijkste uren van mijn leven.

We hebben het overleefd. Het komt allemaal goed. Ons leven wordt snel weer normaal. Mijn gesus klinkt zelfs mezelf hol in de oren. Ik wil mijn eigen woorden geloven, maar het verdriet is te vers en de pijn gaat te diep.

Een kind. Een baby die deels mij, deels Nora was. Het zou niets moeten zijn, gewoon een klompje cellen met de potentie iets te worden, maar zelfs met tien weken vervulde dat kleine wezentje mijn borst met emotie en had het me om zijn kleine, nauwelijks gevormde vingertje gewonden.

Ik had alles voor mijn kind gedaan, en hij of zij was nog niet eens geboren.

Het kindje stierf voor het een kans kreeg om te leven.

Een duistere, bittere woede verstikt me en ditmaal is de woede tegen mezelf gericht. Er is zoveel dat ik had kunnen - moeten - doen om dit te voorkomen. Ik weet dat het geen zin heeft om daaraan te denken, maar mijn uitgeputte brein kan het niet loslaten. De zinloze wat als-vragen blijven rondspoken tot ik me een hamster in een molentje voel, rondrennend zonder ergens te komen. Wat als ik Nora op het landgoed had gehouden? Wat als ik eerder bij de toiletten was geweest? Wat als, wat als... Mijn brein wervelt steeds sneller rond. Opnieuw dreigt die leegte me op te slokken. Als ik Nora niet had, zou dat gebeuren, zou ik doordraaien.

Ik verstevig mijn greep op haar kleine, warme lichaam en staar in de duisternis. Wanhopig wens ik iets onmogelijks, zoek ik naar vergiffenis die ik niet verdien en nooit zal vinden.

Nora zucht in haar slaap en wrijft met haar wang

over mijn borst. Haar zachte lippen strijken over mijn huid. Op een andere avond zou het onbewuste gebaar me opwinden, de lust wekken die me altijd plaagt in haar aanwezigheid. Maar vanavond verhoogt die tedere aanraking alleen maar het drukkende gevoel in mijn borst.

Mijn kind is dood.

De keiharde eindigheid ervan raakt me, slaat door de muren heen die ik al sinds mijn jeugd opgetrokken houd. Er is niets dat ik kan doen. Niemand kan iets doen. Ik zou heel Chicago kunnen platbranden en het zou geen verschil maken.

Mijn kind is dood.

De pijn vlamt op, overspoelt me als een rivier die een dam wegvaagt. Ik vecht ertegen, probeer het in te houden, maar dat maakt het alleen maar erger. De herinneringen voeren me mee, de gezichten van iedereen die ik kwijtgeraakt ben wervelen door mijn hoofd. De baby, Maria, Beth, mijn moeder, mijn vader zoals hij was tijdens die zeldzame momenten dat ik van hem hield... Het verdriet is overweldigend, spoelt alles weg behalve het besef van dit nieuwe verlies.

Mijn kind is dood.

De ellende raast door me heen, ondraaglijk en tegelijkertijd zuiverend.

Mijn kind is dood.

Bevend houd ik Nora vast als ik het gevecht opgeef en de pijn toelaat.

IV

DE NASLEEP

39

Twee weken na onze thuiskomst geeft Julian aan dat het veilig is voor mijn ouders om terug te keren naar Oak Lawn.

'Ik zal de komende maanden voor extra beveiliging zorgen,' legt hij uit als we naar het trainingsgebied lopen. 'Ze zullen wel tijdelijk moeten wennen aan extra restricties als het op winkelcentra en andere drukbevolkte gebieden aankomt, maar ze kunnen wel weer aan het werk en hun gewone dagelijkse activiteiten hervatten.'

Dat verrast me niet echt, dus ik knik. Julian heeft me op de hoogte gehouden van de ontwikkelingen en ik weet dat de Sullivans niet langer een bedreiging vormen. Met behulp van dezelfde meedogenloze tactieken die hij ook op Al-Quadar toegepast heeft, is mijn echtgenoot erin geslaagd te doen wat de autoriteiten al decennia lang zonder succes poogden: Chicago van zijn voornaamste misdaadfamilie bevrijden.

'En Frank?' We lopen langs twee bewakers die een partijtje worstelen op het gras. 'Ik dacht de CIA niemand van ons terug wilde zien in het land?'

'Gisteren gaf hij toe. Het kostte me wat overtuigingskracht, maar je ouders moeten zonder problemen terug kunnen keren.'

'Juist.' Ik kan me slechts een vage voorstelling maken van de 'overtuigingskracht' die Julian nodig had na de verwoesting die we achter hebben gelaten. Zelfs de opruimploeg van de CIA slaagde er niet in het verhaal van ons gevecht in de doofpot te stoppen. Het gebied rond het privévliegveld is weliswaar niet dichtbevolkt, maar de explosie en het geweervuur zijn wel opgemerkt. De afgelopen weken is de clandestiene 'grijp de dodelijke wapenhandelaar'-operatie in Chicago uitgebreid in het nieuws uitgemeten.

Zoals Julian in de auto al zei, hadden de Sullivans flink wat gunsten opgeëist om die aanval zo te organiseren. De politiecommissaris - een voormalige Sullivan-mol en momenteel een bloederige massa in een bak loog - gebruikte de informatie die de Sullivans over ons hadden onder het excuus dat een wapenhandelaar explosieven de stad in smokkelde om een SWAT-team op te roepen. De Sullivan-teamleden die zich bij hen voegden, werden 'versterkingen uit een ander gebied' genoemd en de hele overhaaste operatie werd voor de andere wetshandhavers verzwegen - wat de reden was dat ze ons konden verrassen.

'Maak je geen zorgen,' zegt Julian, mijn gespannen uitdrukking verkeerd begrijpend. 'Naast Frank en een paar andere hoge omes weet niemand dat jouw ouders hierbij betrokken waren. De extra beveiliging is niet meer dan een voorzorgsmaatregel, echt.'

'Dat weet ik.' Ik kijk hem aan. 'Je zou ze niet terug laten gaan als het niet veilig was.'

'Nee,' zegt Julian zacht. Hij blijft voor de deur van de vechtsportzaal staan. 'Dat klopt.' Zijn voorhoofd glanst van het zweet dankzij de vochtige hitte en zijn tanktop kleeft aan zijn goedgevormde spieren. In zijn hals en gezicht zijn nog steeds wat half geheelde wondjes zichtbaar van de glassplinters, maar ze doen weinig af aan zijn sterke aantrekkingskracht.

Op minder dan een halve meter afstand en me met zijn doordringende, blauwe blik opnemend, is mijn echtgenoot het toonbeeld van levendige, gezonde mannelijkheid.

Ik slik en kijk weg. Mijn huid tintelt als ik terugdenk aan hoe ik vanochtend wakker werd. We hebben sinds de miskraam geen seks meer gehad, maar dat betekent niet dat Julian niet aan me komt. Op mijn knieën, zijn penis in mijn mond, of vastgebonden met zijn tong op mijn klit... De beelden zetten me in vuur en vlam, hoewel het alom aanwezige schuldgevoel ook op me drukt.

Waarom is Julian toch zo lief voor me? Sinds we

terug zijn, wacht ik op mijn straf, op een uiting van de woede die hij moet voelen, maar tot dusver heeft hij nog niets gedaan. Hij is juist heel teder en voorzichtig met me, in zekere zin nog liefdevoller dan tijdens mijn zwangerschap. Het is een subtiele verandering: een paar extra kussen en aanrakingen overdag, elke ochtend een paar volledige lichaamsmassages, Ana mijn lievelingseten laten maken... Het is niet zozeer dat hij dit niet eerder heeft gedaan, maar de frequentie van deze kleine gebaren is toegenomen sinds we terug zijn uit Amerika.

Sinds we ons kind zijn verloren.

Mijn ogen branden van de onvergoten tranen en ik buig mijn hoofd om ze voor Julian te verbergen als ik langs hem heen de sportruimte in loop. Ik wil niet dat hij me weer ziet huilen. Dat heeft hij de afgelopen weken al genoeg meegemaakt. Waarschijnlijk straft hij me daarom niet. Hij denkt dat ik niet sterk genoeg ben, bang dat ik weer het paniekerige wrak word dat ik na Tadzjikistan was.

Maar dat is niet zo. Dat weet ik zeker. Deze keer is het op de een of andere manier anders.

Iets in míj is anders.

Ik loop over de matten en begin mijn spieren op te warmen. Intussen knipper ik mijn tranen weg. Als ik weer naar Julian kijk, is het verdriet dat me soms nog steeds overvalt, niet zichtbaar meer.

'Ik ben er klaar voor,' zeg ik en neem mijn positie op de mat in. 'Daar gaan we.'

In het uur dat volgt, leert Julian me hoe ik een man

van honderd kilo in zeven seconden tegen de grond krijg. Even denk ik niet meer aan ons verlies of mijn schuldgevoel.

Na de training ga ik terug naar het huis om te douchen en loop dan naar het zwembad om mijn ouders het nieuws mede te delen. Mijn spieren zijn moe, maar mijn geest zingt van de endorfines na de zware work-out.

'Dus we mogen terug?' Mijn vader gaat rechtop zitten in zijn ligstoel. Wantrouwen en opluchting strijden om voorrang op zijn gezicht. 'En al die agenten dan? En de connecties van die gangsters?'

'Het is vast in orde, Tony,' zegt mijn moeder voor ik antwoord kan geven. 'Julian zou ons niet terugsturen als het niet geregeld was.'

Ze is gekleed in een geel badpak en ziet er gebruind en ontspannen uit, alsof ze de afgelopen weken in een kuuroord is geweest - wat feitelijk niet ver bezijden de waarheid is. Julian heeft er alles aan gedaan om het mijn ouders naar de zin te maken en ze het gevoel te geven dat ze daadwerkelijk op vakantie zijn. Boeken, films, heerlijk eten, cocktails bij het zwembad... Ze krijgen wat ze willen, waardoor zelfs mijn vader moest toegeven dat mijn leven op het landgoed van een wapenhandelaar niet zo vreselijk is als hij dacht.

'Klopt, dat zou hij inderdaad niet,' bevestig ik, terwijl ik op een ligstoel naast die van mijn moeder ga zitten. 'Julian zegt dat jullie mogen vertrekken wanneer jullie maar willen. Hij kan het vliegtuig morgen hebben klaarstaan, maar we zouden het heerlijk vinden als jullie nog even blijven.'

Zoals ik al verwachtte, schudt mijn moeder haar hoofd. 'Bedankt, lieverd, maar ik denk dat het tijd is om naar huis te gaan. Je vader maakt zich zorgen om zijn werk en mijn bazen vragen dagelijks wanneer ik terug kom...' Haar stem sterft weg en ze glimlacht verontschuldigend.

'Natuurlijk.' Ik glimlach terug en negeer het knijpende gevoel in mijn borst. Ik weet wat er achter hun verlangen om te gaan zit en dat is niet hun werk of hun vrienden. Ondanks alle gemakken voelen mijn ouders zich opgesloten, beperkt door de uitkijkposten en de drones die boven de jungle cirkelen. Ik zie het in de manier waarop ze naar de bewapende bewakers kijken en in de angst op hun gezichten als ze langs het trainingsgebied komen en schoten horen. Voor hen is dit een luxe gevangenis, compleet met gevaarlijke criminelen.

Een van die criminelen is hun eigen dochter, uiteraard.

'We moeten gaan pakken,' zegt mijn vader. Hij staat op. 'Het lijkt me het beste als we morgenvroeg vertrekken.'

'Goed.' Ik probeer zijn woorden me niet te laten kwetsen. Het is gek om me afwezen te voelen omdat mijn ouders naar huis willen. Ze horen hier niet en dat weet ik net zo goed als zij. Hun lichamen zijn misschien geheeld van de blauwe plekken en schaafwonden van de auto-achtervolging, maar dat geldt niet voor hun geesten.

Het zal meer dan een paar uur met dokter Wessex klosten voor mijn kleinburgerlijke ouders rondvliegende auto's en dode mensen verwerkt hebben.

'Zal ik jullie helpen?' vraag ik als mijn vader een handdoek om mijn moeders schouders slaat. 'Julian heeft een overleg met zijn accountant en ik heb tot het avondeten niets te doen.'

'Dat hoeft niet, lieverd,' zegt mijn moeder vriendelijk. 'Het lukt wel. Waarom ga je niet lekker zwemmen voor het eten? Het water is heerlijk koel.'

Snel lopen ze het aangenaam koele huis in, mij bij het zwembad achterlatend.

'Vertrekken ze morgenochtend al?' Rosa kijkt verrast als ik haar van mijn ouders' aanstaande vertrek vertel. 'Wat jammer. Ik heb je moeder dat meertje waar je ze over verteld hebt nog niet kunnen laten zien.'

'Dat geeft niet,' zeg ik, bukkend om een wasmand te pakken. 'Hopelijk komen ze ons nog eens bezoeken.'

'Ja, dat hoop ik ook,' zegt Rosa. Als ze ziet wat ik doe, fronst ze. 'Nora, zet neer. Je zou geen...' Ze zwijgt abrupt.

'Zware dingen mogen tillen?' maak ik met een ironische glimlach haar zin af. 'Ana en jij vergeten steeds dat ik niet langer invalide ben. Ik mag weer tillen en vechten en schieten en eten wat ik wil.'

'Natuurlijk.' Rosa kijkt berouwvol. 'Het spijt me.' Ze pakt de mand uit mijn handen. 'Maar je mag toch mijn werk niet doen.'

Met een zucht laat ik haar de mand van me afpakken. Ik weet dat het haar dwarszit als ik haar wil helpen. Ze is behoorlijk prikkelbaar sinds we terug zijn en staat erop dat we haar niet anders behandelen dan voorheen.

'Ik ben verkracht, geen arm kwijt,' snauwde ze tegen Ana toen de huishoudster haar lichtere schoonmaakwerkzaamheden wilde toebedelen. 'Er overkomt me niets als ik stofzuig en dweil.'

Uiteraard barstte Ana toen in tranen uit en konden Rosa en ik haar vervolgens twintig minuten lang troosten. De oudere vrouw is erg emotioneel sinds onze terugkeer. Ze rouwt openlijk om mijn miskraam en Rosa's aanranding.

'Ze heeft er meer moeite mee dan mijn moeder,' zei Rosa vorige week, en dat verbaasde me niets. Hoewel ik mevrouw Martinez pas een paar keer heb ontmoet, leek de stevige, strenge vrouw me een oudere versie van Beth, even hard en even cynisch. Hoe Rosa zo opgewekt is gebleven met zo'n moeder, zal mij altijd een mysterie blijven. Zelfs nu, na alles wat ze heeft doorgemaakt, is de glimlach van mijn vriendin bijna even zonnig en stralen haar ogen bijna net zo als eerst. Haar blauwe plekken zijn bijna weggetrokken en je zou nooit zeggen dat Rosa zoiets traumatisch heeft overleefd - vooral gezien haar eis haar als normaal te behandelen.

Ik zucht nogmaals en kijk toe hoe ze efficiënt de wasmachine vult. De donkere kleren scheidt ze van de lichtere en die eindigen in een stapel op de vloer. Als ze klaar is, draait ze zich naar me toe. 'Heb je het al gehoord?' vraagt ze. 'Lucas heeft de tolk gevonden. Ik denk dat hij achter haar aangaat als hij je ouders thuisgebracht heeft.'

'Heeft hij je dat verteld?'

Ze knikt. 'Ik kwam hem vanochtend tegen en vroeg hoe het ermee stond. Toen vertelde hij dat.'

'O, ik begrijp het.' Helemaal niet, eigenlijk, maar ik wil niet doorvragen. Rosa zegt bijzonder weinig over haar vreemde verhouding met Lucas en ik wil er geen druk op zetten. Ze vertelt het me wel als ze er klaar voor is - mocht er iets te vertellen zijn.

Ze gaat verder met de was en ik overweeg haar te vertellen wat ik gisteren ontdekte... en wat ik nog niet met Julian gedeeld heb. Uiteindelijk ga ik ervoor, aangezien ze een deel van het verhaal toch al kent.

'Herinner je je de knappe jonge arts die me in het ziekenhuis bijstond nog?' vraag ik, tegen de droger leunend.

Rosa kijkt me verbaasd aan door deze verandering van onderwerp. 'Dat denk ik wel. Hoezo?'

'Haar achternaam is Cobakis. Ik weet nog dat ik dat op haar naamplaatje zag staan en dacht dat het me bekend voorkwam, alsof ik die naam eerder had gezien.'

Nu heb ik Rosa's volle aandacht. 'En? Kende je die naam inderdaad?'

Ik knik. 'Ja. Ik wist alleen niet meer waar, maar gisteren schoot het me te binnen. Er was een man die George Cobakis heette op de lijst die ik Peter heb gegeven.'

Rosa spert haar ogen open. 'De lijst met mensen die verantwoordelijk zijn voor wat zijn gezin aangedaan is?'

'Ja.' Ik haal diep adem. 'Ik wist het niet zeker, dus controleerde ik vannacht mijn e-mail, en ja hoor. George Cobakis uit Homer Glen, Illinois. De naam viel me eerder op vanwege de locatie.'

'O, wauw.' Rosa staart me aan. 'Denk je dat die aardige dokter iets met die George te maken heeft?'

'Dat weet ik wel zeker. Ik heb George Cobakis gegoogled en ik kwam haar naam tegen in de zoekresultaten. Ze is met hem getrouwd. Een lokale krant heeft een artikel geschreven over een inzamelingsactie voor veteranen en hun gezinnen. Zij stonden er met hun foto bij. Blijkbaar hebben ze veel voor die organisatie gedaan. Hij is een journalist, een buitenlandse correspondent. Ik kan me niet voorstellen hoe zijn naam op die lijst terecht is gekomen.'

'O, nee.' Rosa lijkt zowel gefascineerd als geschrokken. 'Wat ga je eraan doen?'

'Wat kan ik doen?' Die vraag kwelt me al sinds ik de verbinding heb gelegd. Voorheen waren de namen op die lijst gewoon namen. Maar nu hangt er een gezicht aan een van die namen. Een foto van een glimlachende, donkerharige man en zijn slimme, knappe vrouw.

Een vrouw die ik ontmoet heb.

Een vrouw die weduwe wordt als Julians voormalige veiligheidsadviseur de wraak krijgt die hij verlangt.

'Heb je met je echtgenoot overlegd?' vraagt Rosa. 'Weet hij ervan?'

'Nee, nog niet.' Ik weet ook niet of ik wil dat Julian het weet. Een paar weken geleden heb ik Rosa verteld over de lijst die ik naar Peter heb gestuurd, maar ik heb er niet bij gezegd dat het tegen Julians wil in was. Dat - en dat wat er gebeurde nadat we het nieuws over mijn zwangerschap hoorden - is te privé om te delen. 'Ik denk dat Julian gaat zeggen dat er niets meer aan te doen is nu de lijst in Peters handen is,' zeg ik, me de reactie van mijn echtgenoot voorstellend.

'Waarschijnlijk zou hij nog gelijk hebben ook.' Rosa kijkt me strak aan. 'Het is jammer dat we die vrouw ontmoet hebben. Maar als haar echtgenoot op de een of andere manier betrokken was bij wat er met Peters gezin is gebeurd, zie ik niet in hoe we daar iets aan kunnen doen.'

'Juist.' Ik haal nog een keer diep adem en probeer mijn onrust opzij te zetten. 'Dat kunnen we ook niet. En dat moeten we ook niet doen.'

Zelfs al heb ik Peter die lijst gegeven.

Zelfs al is wat er gaat gebeuren ook mijn fout.

'Dit is jouw probleem niet, Nora,' zegt Rosa, die mijn zorgen aanvoelt. 'Peter zou toch wel achter die namen gekomen zijn. Hij was te geobsedeerd, een andere uitkomst was onmogelijk. Jij bent niet verantwoordelijk voor wat hij die mensen aandoet - alleen Peter is dat.'

'Natuurlijk,' mompel ik. Ik probeer te glimlachen. 'Dat weet ik wel.'

En terwijl Rosa verdergaat met de was, begin ik over de nieuwe bewakers.

 ulian

NADAT IK KLAAR BEN MET HET OVERLEG MET MIJN ACCOUNTANT, sta ik op om me uit rekken. Langzaam verdwijnt de spanning uit mijn spieren. Meteen vliegen mijn gedachten naar Nora. Ik zoek haar locatie op in de app. Dat doe ik minstens vijf keer per dag. De gewoonte is even ingesleten als 's ochtends mijn tanden poetsen.

Ze is in het huis, wat ik al verwachtte. Tevreden leg ik de telefoon weg en sluit mijn laptop. Ik ben klaar voor vanavond. Met al het papierwerk voor een nieuwe lege vennootschap en de sollicitatiegesprekken met mogelijke nieuwe bewakers ben ik zo'n twaalf uur per dag aan het werk. Ooit zou dat geen probleem zijn geweest - ik leefde voor mijn werk - maar tegenwoordig is mijn werk een onaangename afleiding.

Ik word erdoor weerhouden tijd door te brengen met mijn mooie, vreemd afstandelijke vrouw.

Ik weet niet wanneer ik het voor het eerst opmerkte, maar Nora kijkt steeds van me weg. Ze schermt zich voor me af, zelfs tijdens de seks. Eerst schreef ik haar teruggetrokken houding toe aan het verdriet en de nasleep van het trauma, maar naarmate de dagen verstreken, besefte ik dat er meer aan de hand was.

Het is een subtiele, nauwelijks merkbare afstand tussen ons, maar hij is er wel. Ze praat en gedraagt zich normaal, maar ik weet dat het niet zo is. Wat ze ook voor me verbergt, het zit haar dwars en zorgt ervoor dat een muur tussen ons in staat. Ik voelde het ook tijdens onze training vandaag en dat maakte me alleen maar vastbeslotener om dit tot op de bodem uit te zoeken.

Volgens de artsen is ze helemaal hersteld van de miskraam - en vanavond gaat ze me alles vertellen. Hoe dan ook.

Bij het eten kijk ik toe terwijl Nora met haar ouders praat. Ik neem alles in me op, elke beweging van haar handen, elke knipper met haar lange wimpers. Ik had gedacht dat het onmogelijk was, maar mijn obsessie voor haar heeft sinds onze terugkomst nieuwe hoogten bereikt. Het is alsof alle verdriet, pijn en woede in me zich tot één hartverscheurende sensatie hebben samengevoegd, een gevoel dat zo intens is dat het me van binnenuit uiteenscheurt.

Een verlangen dat enkel en alleen op haar gericht is.

Als we het hoofdgerecht op hebben, besef ik dat ik nauwelijks iets heb gezegd. Het merendeel van de tijd heb ik naar haar gekeken en geluisterd. Maar waarschijnlijk is dat wel goed, aangezien dit de laatste avond is dat Nora's ouders hier zijn. Hoewel haar vader niet langer openlijk vijandig op me reageert, weet ik dat de Lestons niets liever willen dan hun dochter uit mijn klauwen bevrijden. Ik zou dat nooit toestaan, natuurlijk, maar ze mogen zeker tijd met zijn drieën doorbrengen.

Als Ana het toetje serveert, excuseer ik mezelf daarom met de mededeling dat ik genoeg gegeten heb en naar de bibliotheek ga, zodat ze gedrieën de maaltijd kunnen afronden.

Eenmaal in de bibliotheek ga ik op een bank bij het raam zitten en beantwoord wat e-mails op mijn telefoon. Dan word ik opnieuw belaagd door de puzzel van Nora's afstandelijkheid. De manier zoals ze zich de afgelopen weken gedraagt, doet me denken aan toen ik die zenders bij haar had laten plaatsen. Het is alsof ze boos op me is - al heb ik ditmaal geen idee waarom.

Ik kijk naar de klok en besef dat het al een half uur geleden is dat ik van tafel ben gegaan. Hopelijk is Nora al naar boven gegaan. Maar als ik haar locatie bekijk, zie ik dat ze nog steeds in de eetkamer is.

Enigszins geërgerd overweeg ik een boek te pakken, maar dan krijg ik een beter idee.

Ik open een andere app op mijn telefoon en zet de verborgen luidspreker aan die zich in de eetkamer bevindt, zet mijn Bluetooth-headset aan en leun naar achteren op de bank om te luisteren.

Een seconde later klinkt Gabriela's stem door mijn headset.

'...er vielen doden,' zegt ze. 'Hoe kan dat je niet dwarszitten? Naast criminelen waren er politieagenten bij, goede mannen die gewoon bevelen opvolgden...'

'En ze hadden ons gedood als ze die bevelen uitgevoerd hadden.' Nora's toon klinkt ongewoon scherp, waardoor ik overeind ga zitten en aandachtiger begin te luisteren. 'Is het beter om te sterven door de kogel van een goede man dan om jezelf te verdedigen en het te overleven? Het spijt me dat ik niet zoveel wroeging toon als je verwacht, mam, maar het spijt me niet dat we allemaal nog leven en gezond zijn. Het is niet Julians schuld dat dit gebeurd is. Als je iemand de schuld wil geven...'

'Hij is degene die de zoon van die gangster doodde,' onderbreekt Tony haar. 'Als hij fatsoenlijk had gehandeld en het alarmnummer had gebeld in plaats van aan het moorden te slaan...'

'Als hij fatsoenlijk had gehandeld, was ik verkracht en had Rosa nog meer geleden voor de politie ter plaatse was geweest.' Er klinkt een harde trilling door in Nora's stem. 'Je was er niet bij, pap. Je begrijpt het niet.'

'Je vader begrijpt het prima, lieverd.' Gabriela's stem is nu kalmer, gelatener. 'En ja, misschien kon je echtgenoot niet werkeloos toekijken tot de politie kwam, maar jij weet even goed als ik dat hij die man niet hoefde te doden.'

De man niet doden die Nora bijna verkracht had? Mijn bloed vlamt op in een vlaag van woede. Die verdomde hufter heeft geluk gehad dat ik hem niet heb gecastreerd en zijn ballen in zijn reet heb gestopt. De enige reden dat hij zo snel stierf, was dat Nora er was en mijn angst om haar groter was dan mijn woede.

'Misschien wel.' Nora's toon is gelijk aan die van haar moeder. 'Maar we hebben alle reden om te geloven dat de Sullivans ermee weggekomen waren, gezien hun connecties. Is dat wat je wilt, mam, dat ze dit andere vrouwen hadden kunnen aandoen?'

'Nee, natuurlijk niet,' zegt Tony. 'Maar dat geeft Julian niet het recht zich als rechter, jury en beul op te stellen. Toen hij die man doodde, wist hij niet wie hij was, dus dat excuus kun je niet gebruiken. Je echtgenoot vermoordde die man omdat hij het wilde. Er was geen andere reden.'

Een paar gespannen seconden lang is het stil. De woede in mijn binnenste zwelt, kronkelend en knijpend, terwijl ik wacht wat Nora te zeggen heeft. Het interesseert me niets wat Nora's ouders van me vinden, maar dat ze hun dochter tegen me proberen op te zetten, doet me zeker wel iets.

Eindelijk begint Nora te spreken. 'Ja, pap, dat klopt.' Haar stem is kalm en effen. 'Hij doodde die man zonder nadenken, omdat hij mij iets aandeed. Wil je dat ik hem daarvoor veroordeel? Dat kan ik niet. Dat doe ik niet. Want als ik hem was, had ik hetzelfde gedaan.'

Opnieuw een lange stilte. Vervolgens: 'Lieverd, toen je buiten bleef bij het vliegtuig en we al die schoten hoorden, was jij dat?' vraagt Gabriela zacht. 'Heb je iemand neergeschoten?' Een korte pauze en dan vraagt ze nog zachter: 'Heb je iemand gedood?'

'Ja.' Nora's toon is niet veranderd. Ik zie haar voor me, zonder aarzeling de blikken van haar ouders ontmoetend. 'Ja, mam, dat heb ik.'

Een scherpe ademteug en dan weer een stilte.

'Ik zei het toch, Gabs.' Tony's stem klinkt treurig. 'Ik zei toch dat het niet anders kon? Onze dochter is veranderd. Hij heeft haar veranderd.'

Er klinkt een schrapend geluid, als van een stoel die over de vloer schuift, en dan een beverig: 'O, lieverd.' Dan volgt een gesmoorde snik en Nora's zachte stem: 'Niet huilen, mam. Niet huilen, alsjeblieft. Het spijt me dat ik je heb teleurgesteld. Dat spijt me heel erg...'

Ik kan het niet meer verdragen. Ik spring van de stoel en been de bibliotheek uit, vastbesloten Nora op te halen en mee naar boven te nemen. Het laatste wat ze nodig heeft, is dat ze haar een schuldgevoel bezorgen. Als ik haar tegen haar eigen ouders moet beschermen, dan zij dat zo.

Al lopende hoor ik ze praten en in de gang blijf ik in weerwil van mezelf staan om te luisteren.

'Je hebt ons niet teleurgesteld, lieverd,' zegt Nora's vader gesmoord. 'Dat is het niet, echt niet. Maar we zien dat je niet langer hetzelfde meisje bent... Zelfs als je weer bij ons was, zou het niet hetzelfde zijn.'

'Nee, pap,' antwoordt Nora zacht. 'Dat zou het inderdaad niet.'

Er gaan een paar seconden voorbij en dan begint haar moeder weer te spreken. 'We houden van je,' zegt ze hees. 'Alsjeblieft, twijfel daar nooit aan. We houden altijd van je.'

'Dat weet ik, mam. Ik houd ook van jullie.' Voor het eerst hoor ik Nora's stem breken. 'Het spijt me dat het zo gelopen is, maar ik hoor hier nu.'

'Bij hem.' Vreemd genoeg klinkt Gabriela niet bitter, alleen gelaten. 'Ja, dat zien wij nu ook in. Hij houdt van je. Ik dacht niet dat ik dit ooit zou zeggen, maar het is zo. De manier waarop jullie samen zijn, de manier waarop hij naar je kijkt...' Ze lacht beverig. 'O, lieverd, we zouden alles geven om het een ander te laten zijn. Een goede man, een vriendelijke man, iemand met een normale baan die een huis in de buurt voor je zou kopen...'

'Julian heeft een huis in de buurt gekocht,' zegt Nora en haar moeder lacht opnieuw, ditmaal een beetje hysterisch.

'Dat is waar,' zegt ze als ze gekalmeerd is. 'Dat heeft hij inderdaad gedaan, hè?'

Nu lachen de twee vrouwen samen en opgelucht slaak ik een zucht. Misschien heeft Nora mijn hulp toch niet nodig.

Opnieuw klinkt het geluid van stoelpoten over de vloer. Dan zegt Tony hees: 'We zijn er voor je, lieverd.

Wat er ook is, we zijn er voor je. Altijd. Als er ooit iets verandert, als je ooit bij hem weg wilt en thuis wilt komen...'

'Dat gaat niet gebeuren, pap.' De stille zekerheid in Nora's stem verwarmt me en verjaagt de laatste restjes van mijn woede. Ik ben er zo blij mee dat ik haar laatste woorden bijna mis: 'Niet tenzij hij dat wil.'

'Dat wil hij niet,' zegt Nora's vader. Hij klinkt wel bitter. 'Dat is wel duidelijk. Als die man zijn zin kreeg, was je nooit meer dan drie meter bij hem vandaan.'

Ik hoor zijn woorden maar half, omdat ik bezig ben Nora's vreemde opmerking te interpreteren. Niet tenzij hij dat wil. Het klonk bijna alsof ze daar bang voor is. Of is dat juist wat ze wil? Een nare verdenking komt in me op. Is dat waarom ze zo afstandelijk is, omdat ze wil dat ik haar laat gaan? Omdat ze niet langer bij me wil zijn en hoopt dat ik haar laat gaan als spijtbetuiging voor wat er gebeurd is?

Mijn borst knijpt samen als nieuwe woede in me opborrelt. Is dat wat mijn poesje wil? Een soort groots gebaar waarin ik haar haar vrijheid schenk? Waarbij ik haar om vergiffenis smeek en net doe of ik spijt heb dat ik haar ooit ontvoerd heb?

Vergeet het maar.

Ik trek de headset uit mijn oor. Duistere woede rolt door me heen als ik met twee treden tegelijk de trap op ren.

Als Nora denkt dat ik zo ver heen ben, heeft ze het mis. Heel erg mis.

Ze is van mij en dat blijft ze, de rest van ons leven.

MOE MAAR BLIJ NA MET MIJN OUDERS GEPRAAT TE HEBBEN, loop ik de trap op naar de slaapkamer. Een deel van mij wenst nog steeds dat ik mijn familie had kunnen afschermen van mijn nieuwe leven, maar ik ben toch blij dat ze nu de waarheid kennen.

Dat ze weten wie ik nu ben en dat ze toch nog van me houden.

Eenmaal bij de slaapkamer gooi ik de deur open en loop naar binnen. Het licht is uit en als ik de deur sluit, vraag ik me af waar Julian is. Hoewel ik blij ben het uitgepraat te hebben met mijn ouders, maak ik me zorgen dat hij zomaar bij het toetje vertrok. Is er iets gebeurd of was hij ons gewoon zat?

Is hij mij zat?

Als die afschuwelijke gedachte in me opkomt, zie ik een duistere figuur bij het raam staan.

Een primitieve angst bezorgt me hartkloppingen en ik tast naar het lichtknopje.

'Laat het licht uit.' Julians stem klinkt op uit de duisternis en ik zak bijna door mijn knieën van opluchting.

'Goddank. Heel even besefte ik niet dat...' begin ik, maar dan dringt zijn harde toon tot me door. 'Jij het was,' maak ik de zin onzeker af.

'Wie zou het anders zijn?' Mijn echtgenoot draait zich om en loopt met de stille tred van een roofdier op me af. 'Het is onze slaapkamer. Of ben je dat vergeten?' Hij legt beide handen aan weerszijden van mijn hoofd tegen de muur, zodat ik gevangen zit.

Ik snak naar adem en druk mijn handen tegen de koude muur. Julian is duidelijk uit zijn humeur en ik heb geen idee wat daar de oorzaak van is. 'Nee, natuurlijk niet,' antwoord ik langzaam, naar zijn beschaduwde trekken starend. Er is zo weinig licht dat ik alleen de glinstering van zijn ogen zie. 'Hoe bedoel...'

Hij komt dichterbij en duwt zijn lichaam tegen het mijne. Ik snak naar adem als ik zijn harde penis tegen mijn buik voel. Hij is naakt en opgewonden. Zijn warme, mannelijke geur omringt me nu hij me zo gevangen houdt. Zelfs door mijn jurk heen voel ik lust in hem, lust en iets veel duisterders.

Mijn lichaam ontwaakt met een schok en een vlaag van angst versnelt mijn polsslag. Dit moet de straf zijn waar ik op wachtte. Nu de artsen me gezond hebben verklaard, is de tijd van wachten voorbij.

'Julian?' Zijn naam klinkt als een ademloze zucht als hij mijn hals grijpt, zijn lange vingers bijna helemaal om mijn keel gewikkeld. Zijn grote lichaam is een en al spier, hard en onverzettelijk tegen het mijne. Eén kneep van die stalen vingers en hij verplettert mijn luchtpijp. Die gedachte bezorgt me een rilling, maar in mijn kern ontwaakt een holle pijn en mijn tepels worden hard. De woede straalt van hem af en wekt iets wilds in me, voedt het duistere vuur dat in me smeult.

Als hij van plan is me eindelijk te straffen, zorg ik dat ik krijg wat ik verdien.

Hij leunt naar me toe. Zijn adem is warm op zijn gezicht en ik sla toe. Mijn rechterhand balt zich tot een vuist en ik zwaai hem met al mijn kracht omhoog, tegen de onderkant van zijn kin. Tegelijkertijd draai ik naar rechts, zijn greep op mijn nek verbrekend. Ik duik onder zijn arm door en draai me om zodat ik hem in de rug kan raken.

Maar hij is al weg.

In de halve seconde die ik nodig had om te draaien, bewoog Julian zich, even snel en dodelijk als een huurmoordenaar. In plaats van zijn rug, raakt mijn hand de scherpe kant van zijn elleboog. Ik schreeuw het uit als de schok zich door mijn hele arm verplaatst.

'Verdomme!' Zijn woedende brul gaat vergezeld van een razendsnelle beweging. Voor ik kan reageren, heeft hij me in zijn armen, met mijn polsen gekruist voor mijn borst en zijn linkerbeen over mijn knieën zodat ik hem niet kan schoppen. Omdat hij me van achteren vast heeft, kan ik hem niet bijten. Mijn poging hem een kopstoot te geven, schiet treurig te kort als hij zijn gezicht buiten mijn bereik houdt.

Na al die training heeft hij me nog in drie seconden bedwongen.

Frustratie voegt zich bij de adrenaline en dat voedt de furie in me. Woede dat hij me twee weken lang voorgelogen heeft met die tederheid - en woede op mezelf, bovenal.

Mijn schuld. Het is allemaal mijn schuld. De woorden klinken als tromgeroffel in mijn hoofd. Bitter, dik schuldgevoel rijst op in mijn keel en dreigt me verstikken als het zich met het pijnlijke verdriet vermengt.

Rosa. Onze baby. Tientallen doden.

Het geluid dat uit mijn keel opklinkt, is een combinatie van een grom en een snik. Ondanks dat het zinloos is, begin ik te vechten, bokkend en draaiend in Julians ijzeren greep. Ik heb weinig gewicht, maar omdat hij me met één been op mijn plek houdt, kan ik hem wel uit zijn evenwicht brengen.

Met een vloek valt hij achterover, maar hij laat me niet los. Zijn rug vangt het grootste deel van de klap op. Ik voel de impact nauwelijks. Hij kreunt en rolt meteen om, me tegen de harde houten vloer duwend. Ondanks zijn gewicht op me, blijf ik vechten, worstelend zo hard als ik kan. Mijn gezicht is tegen het koele hout geperst, maar ik merk het ongemak nauwelijks op.

Mijn schuld. Het is allemaal mijn schuld.

Half hijgend, half snikkend probeer ik hem te schoppen, te krabben, hem een fractie te laten voelen van de pijn die me vanbinnen verteert. Mijn spieren protesteren maar ik stop niet, niet wanneer Julian mijn polsen op mijn rug dwingt en ze met zijn riem vastbindt en ook niet als hij me aan mijn elleboog het bed op sleept.

Ik vecht terwijl hij mijn jurk en ondergoed uittrekt en ook als hij me bij mijn haren grijpt en me op mijn knieën dwingt. Ik vecht alsof het een gevecht op leven en dood is, alsof de man die me vastheeft mijn ergste vijand is in plaats van de man van wie ik meer houd dan van wie ook. Ik vecht omdat hij sterk genoeg is die furie in mij aan te kunnen.

Omdat hij sterk genoeg is die weg te nemen.

Terwijl ik in zijn ruwe greep lig te worstelen, duwt hij met zijn knieën mijn benen uiteen en duwt zijn penis tegen mijn opening. In een brute stoot neemt hij me. Ik schreeuw het uit van de pijn, de ongelofelijke opluchting van zijn opeising. Ik ben nat, maar niet nat genoeg, en elke stoot schuurt, schrijnt en heelt me. Mijn gedachten vliegen alle kanten uit en de dreun in mijn hoofd verdwijnt tot ik alleen nog voel, zijn lichaam in het mijne, de pijn en het schrijnende genot van ons verlangen.

Ik sta op het punt klaar te komen als Julian tegen me begint te praten, grommend dat hij me altijd bij zich houdt, dat ik nooit aan een ander zal toebehoren, alleen aan hem. Er schuilt een duistere dreiging in die woorden: de belofte dat hij daar alles voor zal doen. Zijn meedogenloosheid zou me bang moeten maken, maar als mijn ontlading door me heen raast, is angst wel het laatste wat ik voel.

Ik voel alleen nog puur geluk.

Dan draait hij me op mijn rug en maakt mijn polsen los. Ik besef dat ik ergens gestopt ben met vechten. De woede is verdwenen; ik voel alleen nog uitputting en opluchting.

Opluchting dat Julian me nog steeds wil. Dat hij me zal straffen, maar niet weg zal sturen.

Dus als hij mijn enkels op zijn schouders zet, stribbel ik niet tegen. Ik vecht niet als hij naar voren leunt tot ik bijna in tweeën vouw en ook niet als hij het vocht uit mijn vagina tussen mijn billen smeert. Pas als ik zijn eikel tegen mijn andere opening voel, begin ik woordeloos te protesteren. Mijn kringspier spant zich en mijn handen duwen tegen zijn harde borst. Het is een zwak, haast symbolisch gebaar - ik kan Julian op die manier niet van me af krijgen -maar zelfs de minste weerstand maakt hem woedend.

'Waag het niet,' gromt hij. In het schemerlicht dat door het raam naar binnen valt, zie ik zijn ogen glinsteren. 'Dit ontzeg je me niet. Je ontzegt mij niets. Ik bezit je, elke centimeter van je.' Hij dringt naar binnen en opent me terwijl hij ruw fluistert: 'Als je dat kontje niet ontspant, poesje van me, krijg je daar spijt van.'

Een rilling van pervers genoeg gaat door me heen. Mijn nagels boren zich in zijn borst als mijn kringspier langzaam toegeeft aan de meedogenloze druk. De brandende invasie is pijnlijk en mijn ingewanden knijpen samen als hij zich steeds dieper in me boort. Het is maanden geleden sinds hij me zo genomen heeft en mijn lichaam is vergeten hoe het hiermee moet omgaan, hoe het zich moet ontspannen bij dat overmatig volle gevoel. Ik knijp mijn ogen dicht en probeer door de pijn heen te ademen, sterk te blijven. Maar tranen, stomme, verraderlijke tranen, druipen uit mijn ooghoeken.

Maar het is niet de pijn die me aan het huilen maakt en ook niet de verknipte manier waarop mijn lichaam erop reageert.

Het is de wetenschap dat mijn straf nog niet voorbij is, dat Julian me nog niet vergeven heeft.

Dat hij me misschien nooit zal vergeven.

'Haat je me?' De vraag is over mijn lippen voor ik hem kan tegenhouden. Ik wil het niet weten, maar tegelijkertijd kan ik niet zwijgen. Ik open mijn ogen en staar naar de donkere figuur boven me. 'Julian, haat je me?'

Hij beweegt niet; zijn erectie is nog steeds diep in me. 'Of ik je haat?' Zijn grote lichaam is gespannen en zijn hese stem klinkt ongelovig. 'Waar heb je het verdomme over, Nora? Waarom zou ik je haten?'

'Omdat ik de miskraam kreeg.' Mijn stem trilt. 'Omdat ons kind stierf en het mijn schuld was.'

Heel even reageert hij niet; dan trekt hij zich zacht vloekend terug, waardoor ik naar adem snak van de pijn.

'Verdomme.' Hij laat me los en gaat op het bed zitten. De afwezigheid van zijn warmte en gewicht is schokkend, net als het licht van de bedlamp die hij aandoet. Het duurt even voor mijn ogen aan het licht gewend zijn en ik de uitdrukking op zijn gezicht kan zien.

'Denk je dat ik jou de schuld geef van wat er is gebeurd?' vraagt hij schor, op zijn hurkend zittend. Zijn blik brandt in de mijne; zijn penis is nog altijd stijf. 'Denk je dat het jouw fout was?'

'Natuurlijk was het dat.' Ik ga zitten en voel een stekend branden vanbinnen op de plek waar hij net nog was. 'Ik ben degene die naar Chicago wilde, naar die club. Als ik dat niet had gezegd, was dit allemaal niet...'

'Stop.' Het harde bevel rolt door me heen, al is zijn gezicht vertrokken van iets dat op pijn lijkt. 'Houd op, schatje, alsjeblieft.'

Ik zwijg en kijk hem verward aan. Was dat dan niet waar het om ging? Was dit niet mijn straf omdat ik hem teleurgesteld had? Omdat ik mezelf en ons kind in gevaar heb gebracht?

Met zijn blik op mij gericht, haalt hij diep adem en komt dan mijn kant op. 'Nora, poesje van me...' Hij neemt mijn gezicht tussen zijn grote handen. 'Hoe kun je denken dat ik je zou haten?'

Ik slik. 'Ik hoop van niet, maar ik weet dat je boos bent...'

'Denk je dat ik boos ben omdat jij je ouders wilde zien? Omdat je wilde dansen en lol wilde maken?' Hij spert zijn neusvleugels. 'Verdomme, Nora, als die miskraam al iemands schuld is, dan is het de mijne. Ik had je niet alleen naar dat toilet moeten laten gaan...'

'Maar je kon niet weten...'

'En jij ook niet.' Hij haalt diep adem en laat zijn handen naar mijn schoot zakken, waar hij mijn handen in de zijne neemt. 'Het was jouw schuld niet,' zegt hij ruw. 'Niets hiervan was jouw schuld.'

Ik lik over mijn droge lippen. 'Maar waarom...'

'Waarom ik boos was?' Zijn mooie mond vertrekt. 'Omdat ik dacht dat je bij me weg wilde. Ik had iets dat je vanavond tegen je ouders hebt gezegd verkeerd begrepen.'

'Wat?' Ik frons. 'Wat heb ik... O!' Ik herinner me mijn onzekere, bange opmerking. 'Nee, Julian, dat is niet wat ik bedoelde,' begin ik, maar hij knijpt in mijn handen voor ik verder kan praten.

'Dat weet ik,' zegt hij zacht. 'Geloof me, schatje, dat weet ik nu.'

We staren elkaar zwijgend aan. De lucht is geladen met echo's van gewelddadige seks en duistere emoties, de nasleep van lust en pijn en verlies. Het is vreemd, maar op dit moment begrijp ik hem beter dan wie ook. Ik zie de man achter het monster, de man die me zo hard nodig heeft dat hij alles zal doen om me bij hem te houden.

De man die ik zo hard nodig heb dat ik alles zou doen om bij hem te blijven.

'Houd je van me, Julian?' Ik weet niet wat me de moed geeft dit nu te vragen, maar ik moet het voor eens en altijd weten. 'Houd je van me?' Ik houd zijn blik vast.

Heel even beweegt hij niet en zegt hij niets. Hij knijpt zo hard in mijn handen dat het pijn doet. Ik voel zijn interne gevecht, het verlangen dat vecht met de angst. Ik wacht met ingehouden adem. Misschien zal hij zichzelf nooit zo bloot geven, durft hij de waarheid niet eens tegenover zichzelf toe te geven. Dus als hij spreekt, verrast hij me.

'Ja, Nora,' zegt hij schor. 'Ja, ik houd van je. Ik hou zoveel van je dat het pijn doet. Ik wist het niet, of misschien wilde ik het niet weten, maar het is altijd al zo geweest. Ik heb het grootste deel van mijn leven geprobeerd niets te voelen, mensen op afstand te houden, maar ik viel vrijwel meteen voor je. Het duurde alleen twee jaar voor ik het doorhad.'

'Wat maakte dat je het besefte?' fluister ik. Vreugde welt op in mijn hart. Hij houdt van me. Tot dit moment wist ik niet hoezeer ik die woorden nodig had, hoezeer het ontbreken ervan me dwarszat. 'Wanneer wist je het?'

'De nacht toen we weer thuis waren.' Zijn adamsappel beweegt als hij slikt. 'Ik lag hier naast je. Toen stond ik mezelf toe het te voelen, de pijn van het verlies van onze baby, de pijn van het verlies van al die andere mensen in mijn leven - en ik besefte dat ik mezelf probeerde te beschermen tegen de pijn van jou verliezen. Probeerde niet van je te houden zodat jou verliezen me niet zou vernietigen. Maar het was al te laat. Ik hield al van je. Al een hele tijd. Obsessie, verslaving, liefde.... het is allemaal hetzelfde. Ik kan niet zonder je, Nora. Jou kwijtraken zou me vernietigen. Ik kan alles aan, maar dat niet.'

'O, Julian...' Ik kan me niet voorstellen wat het deze sterke, meedogenloze man heeft gekost dat toe te geven. 'Je raakt me niet kwijt. Ik ben hier. Ik ga nergens heen.'

'Dat weet ik.' Hij knijpt zijn ogen samen. Alle kwetsbaarheid is uit zijn gezicht verdwenen. 'Maar ondanks dat ik van je houd, zal ik je nooit laten gaan.'

Een beverig lachje ontsnapt me. 'Natuurlijk. Dat weet ik wel.'

'Nooit.' Hij lijkt dat nog even te moeten benadrukken.

'Dat weet ik ook.'

Hij staart me aan, mijn handen in de zijne, en ik voel zijn woordeloze bevel. Hij wil dat ik mijn gevoelens beken, dat ik mijn ziel blootleg zoals hij de zijne heeft blootgelegd. Natuurlijk geef ik hem wat hij vraagt.

'Ik houd van je, Julian,' zeg ik, en ik zorg dat hij het in mijn blik ziet. 'Ik zal altijd van je houden. En ik wil niet dat je me ooit laat gaan.'

Ik weet niet of ik naar hem toe beweeg of hij naar mij, maar zijn mond vindt de mijne. Zijn lippen en tong veroveren me als hij me in een onontkoombare omhelzing vasthoudt. We komen samen in pijn en genot, geweld en passie.

We komen samen in onze liefde.

DE VOLGENDE OCHTEND ZWAAI IK OP HET VLIEGVELD MIJN OUDERS UIT, die naar huis vertrekken. Als het vliegtuig alleen nog een zwart puntje in de lucht is, wend ik me tot Julian, die naast me staat en mijn hand vasthoudt.

'Zeg het nog eens,' zeg ik zacht terwijl ik hem aankijk.

'Ik houd van je.' Zijn ogen glinsteren als hij mijn blik ontmoet. 'Ik houd meer van je dan van wie of wat ook.'

Ik glimlach. Mijn hart voelt lichter dan het in weken gedaan heeft. De schaduw van het verdriet is er nog, net als de restjes schuldgevoel, maar de duisternis vaagt de rest niet langer weg. Ik kan weer geloven dat de pijn op een dag verdwijnt, dat ik weer gelukkig zal zijn.

Onze problemen zijn niet voorbij - dat is onmogelijk, aangezien we zijn wie we zijn - maar de toekomst jaagt me niet langer angst aan. Binnenkort moet ik het met hem over de knappe dokter en Peters plan voor wraak hebben. Nog later moeten we de mogelijkheid van een tweede kind bespreken en hoe we dan omgaan met het altijd aanwezige gevaar in onze levens.

Maar nu hoeven we alleen van elkaar te genieten.

Genieten van het feit dat we leven en liefhebben.

Julian

'Nora Esguerra!'

De voorzitter van Stanford roept haar naar voren en ik kijk toe hoe mijn vrouw over het podium loopt, gekleed in hetzelfde zwarte gewaad en met hetzelfde zwarte hoedje als de rest van de geslaagden. Het gewaad wappert om haar slanke lichaam heen, waardoor de kleine, maar al duidelijk zichtbare welving van haar buik verborgen wordt - een kind waar we ditmaal beiden dolblij naar uitkijken.

Nora blijft voor de voorzitter staan, schudt hem de hand en draait zich tijdens het applaus om zodat ze naar de camera kan lachen. Haar delicate gezicht straalt in de ochtendzon.

Een flits laat me schrikken, hoewel ik wist dat hij kwam.

Ik dwing mezelf het wapen om mijn middel los te laten en te ontspannen. We hebben honderd van onze beste mannen om het veld staan. Mijn pistool is niet nodig. Toch voel ik me beter nu ik het bij me heb - en ik weet dat Nora blij is dat ze haar half-automatische pistool in haar handtasje heeft zitten. Hoewel de opening van haar tweede tentoonstelling in Parijs vorig jaar vlekkeloos verliep, zijn we allebei nogal paranoïde vandaag - en vastberaden te doen wat nodig is om de veiligheid van onze ongeboren dochter te garanderen.

Nog een flits naast me. Ik kijk naar rechts en zie Nora's ouders foto's maken met hun nieuwe camera. Ze kijken even trots als ik me voel. Als ze mijn blik voelt, kijkt Nora's moeder in mijn richting. Ik werp haar een warme glimlach toe voor ik weer naar het podium kijk.

De volgende geslaagde is al aan de beurt, maar die interesseert me niet. Ik zie alleen mijn poesje, dat voorzichtig aan de linkerkant van het podium naar beneden komt. De leren map met haar diploma heeft ze vast. Het kwastje aan haar hoedje is de andere kant op geslagen, haar status als geslaagde benadrukkend.

Ze is beeldschoon, nog mooier dan bij de diploma-uitreiking van haar middelbare school, vijf jaar geleden.

Terwijl ze zich door de rijen geslaagden en hun families wringt, ontmoet haar blik de mijne. Ik voel mijn hart groeien, zich vullen met die mengeling van duistere bezitterigheid en tedere liefde die ze altijd in me oproept.

Mijn gevangene. Mijn echtgenote. Mijn hele wereld.

Ik zal tot het einde der tijden van haar houden en ik laat haar nooit, echt nooit, gaan.

Bedankt voor het lezen! Als je een recensie wilt achterlaten, wordt dat enorm gewaardeerd.

Als je genoten hebt van de *Verwrongen*-trilogie, is dit misschien ook iets voor je:

- *Aanraking (De Krinar-kronieken: deel 1)* – een science fiction-verhaal vol duistere romantiek

Verbonden is het einde van Julian en Nora's verhaal, maar er is een tweede serie met Lucas en Yulia. Bezoek www.annazaires.com/book-series/nederlands/ om je in te schrijven voor de nieuwsbrief, zodat je het meteen hoort wanneer het eerste boek uitkomt.

Als je wilt weten wanneer mijn volgende boek uitkomt,

kun je mijn website in de gaten houden op
www.annazaires.com/book-series/nederlands/ en je
aanmelden voor de nieuwsbrief.

Sla de pagina om voor een voorproefje van *Aanraking*.

FRAGMENT UIT AANRAKING (DE KRINAR-KRONIEKEN: DEEL 1)

In de nabije toekomst hebben de Krinar het voor het zeggen op aarde. De Krinar komen uit een ander universum, zijn veel verder ontwikkeld dan wij en zijn een mysterie voor ons – en wij zijn aan hen overgeleverd.

De verlegen, onschuldige Mia Stalis leidt een serieus studentenleven in New York City. Net als de meeste mensen heeft zij nooit contact gehad met de Krinar. Maar op een dag in het park komt daar verandering in. Korum laat zijn oog op haar vallen en vanaf dat moment heeft ze te maken met een krachtige, gevaarlijk verleidelijke Krinar die haar wil bezitten en zich daar door niets of niemand van laat weerhouden.

Hoe ver zou jij gaan voor je vrijheid? Hoeveel zou jij opgeven om de mensheid te helpen? Welke keuze zou je maken als je begint te vallen voor je vijand?

Ademhalen, Mia, ademhalen. Ergens in haar achterhoofd bleef een rationeel stemmetje die woorden herhalen. In diezelfde vreemd opmerkzame hoek van haar brein viel haar op hoe symmetrisch zijn gezicht was en hoe strak zijn goudkleurige huid om zijn hoge jukbeenderen en hoekige kaaklijn zat. Ze had wel foto's en filmpjes gezien van K, maar die vielen in het niet bij wat ze nu zag. Op een kleine tien meter afstand was het wezen simpelweg adembenemend.

Ze bleef naar hem staren, nog steeds als versteend, en hij rechtte zijn rug en begon naar haar toe te lopen. Of eigenlijk was het meer sluipen, bedacht ze, want zijn bewegingen deden haar denken aan die van een katachtige die een gazelle wilde verslinden. Al die tijd hield hij met zijn blik de hare vast. Naarmate hij haar dichter naderde, zag ze de gele vlekjes in zijn lichtgouden ogen en zijn dikke, lange wimpers.

Ze keek geschokt en ongelovig toe terwijl hij naast haar ging zitten op het bankje, op nog geen halve meter afstand. Hij glimlachte zijn witte tanden bloot. Zijn hoektanden waren normaal, merkte ze op met een of ander nog functionerend deel van haar brein. Niet eens een klein beetje langer dan anders. Dat was een mythe die een tijdlang over hen de ronde deed, net als dat ze niet tegen zonlicht konden.

'Hoe heet je?' Hij stelde de vraag op een haast spinnende toon. Zijn stem klonk laag en prettig, zonder enig accent. Zijn neusvleugels gingen een klein stukje naar buiten alsof hij haar geur opsnoof.

'Eh…' Mia slikte nerveus. 'M-Mia.'

'Mia,' herhaalde hij langzaam, om haar naam te proeven. 'Mia hoe?'

'Mia Stalis.' O shit, waarom wilde hij haar naam weten? Waarom zat hij hier tegen haar te praten? Wat deed hij überhaupt in Central Park? Dit was niet bepaald om de hoek bij de K-Centers. *Ademhalen, Mia, ademhalen.*

'Relax, Mia Stalis.' Zijn glimlach werd breder en er verscheen een kuiltje in zijn linkerwang. Een kuiltje? K hadden kuiltjes? 'Heb je nooit eerder een van ons ontmoet?'

'Nee.' Mia besefte dat ze haar adem inhield en liet hem met een zucht los. Ze was trots dat haar stem niet zo bibberig klonk als ze zich voelde. Moest ze het vragen? Wilde ze het weten?

Ze raapte haar moed bij elkaar. 'Wat eh…' Nog een keer slikken. 'Wat wil je van me?'

'Praten, op dit moment.' De ooghoeken van zijn gouden ogen rimpelden een beetje, alsof hij op het punt stond naar haar te lachen.

Vreemd genoeg maakte dat haar zo boos dat ze geen angst meer voelde. Als er één ding was waar Mia een hekel aan had, dan was het uitgelachen worden. Gezien haar kleine, magere lijf en haar algemene gebrek aan sociale vaardigheden – het directe gevolg van een lastige puberteit waarin ze te maken had gekregen met een beugel die de nachtmerrie was van ieder meisje, pluizig haar én een bril – had ze meer dan genoeg ervaring als mikpunt van spot.

Ze hief haar kin omhoog. 'Goed dan, en hoe heet jij?'

'Korum.'

'Alleen Korum?'

'We doen niet echt aan achternamen zoals jullie. Mijn volledige naam is veel langer, maar als ik je die vertelde, zou je toch niet weten hoe je hem moest uitspreken.'

Hmm, interessant. Ze herinnerde zich dat ze iets dergelijks had gelezen in *The New York Times*. Tot nu toe leek zijn verhaal te kloppen. Haar benen waren bijna gestopt met trillen en haar ademhaling werd weer wat kalmer. Misschien, heel misschien, zou ze dit wel kunnen navertellen. Het praten met hem leek wel veilig, hoewel de manier waarop hij haar met die geelachtige ogen bleef aanstaren zonder te knipperen zenuwslopend was. Ze besloot hem aan de praat te houden.

'Wat doe je hier, Korum?'

'Zoals ik al zei: ik ben met jou aan het praten, Mia.' Hij klonk vermaakt.

Mia zuchtte gefrustreerd. 'Ik bedoel waarom je hier in Central Park bent; waarom je in New York City bent.'

Hij glimlachte weer en hield zijn hoofd een beetje schuin. 'Misschien wel in de hoop dat ik een mooi meisje met krullen zou ontmoeten.'

Oké, nu was het mooi geweest. Hij was haar

duidelijk aan het dollen. Nu ze weer een beetje helder kon nadenken, realiseerde ze zich dat ze midden in Central Park waren, waar ongeveer een triljoen mensen hen konden zien. Ze keek voorzichtig rond om te zien of haar vermoeden klopte. En inderdaad. Hoewel mensen logischerwijs afstand hielden van haar bankje en de buitenaardse man die erop had plaatsgenomen, waren er wat verderop een paar dapper genoeg om naar hen te kijken. Sommigen maakten zelfs voorzichtig opnames met hun smartwatchcamera. Als de K haar iets zou doen, zou het in no time op YouTube staan. Daar was hij zich ongetwijfeld ook van bewust. Restte nog de vraag of het hem iets kon schelen.

Maar goed, aangezien ze nooit een filmpje had gezien van een K die een studente aanvalt midden in Central Park, leek het haar dat ze relatief veilig was. Mia pakte voorzichtig haar laptop op en wilde hem terugstoppen in haar rugtas.

'Laat me je daarmee helpen, Mia...'

Voor ze met haar ogen kon knipperen, voelde ze hem de zware laptop overnemen uit haar plotseling krachteloze vingers. Hij raakte heel licht haar knokkels aan en een gevoel dat leek op een lichte elektrische schok schoot door Mia heen. Haar zenuwuiteinden tintelden ervan.

Hij pakte haar rugtas en stopte de laptop er behoedzaam in, in één soepele beweging. 'Zo, opgelost.'

O god, hij had haar aangeraakt. Misschien was haar theorie over de veiligheid van de openbare ruimte complete bullshit. Ze voelde haar ademhaling weer versnellen en haar hartslag was waarschijnlijk gevaarlijk hoog aan het worden.

'Ik moet nu gaan… Doei!'

Hoe ze het voor elkaar kreeg om die woorden eruit te persen zonder te hyperventileren, zou ze nooit begrijpen. Ze pakte het hengsel van de rugtas die hij zojuist had neergezet en sprong op – haar eerdere versteendheid was opgeheven.

'Doei, Mia. Tot later.' Zijn licht spottende stem klonk door de heldere lentelucht terwijl ze wegliep, zo haastig dat ze bijna rende.

~

Aanraking is nu verkrijgbaar. Ga naar www.annazaires.com/book-series/nederlands om jouw exemplaar te bestellen.